डियर मिसेज नायडू

ए. कुमारस्वामी और पी. के. स्वर्णम्बल
(जिन्हें सब पट्टीदादा के नाम से जानते हैं)
के लिए

"ख़ुद को नन्ही लड़कियाँ मत समझो। तुम तो शक्ति का रूप दुर्गा हो ...
धरती की बात छोड़ो, तुम आसमान भी हिला सकती हो।"

सरोजिनी नायडू, 1930

10 जून, 2013

डियर मिसेज नायडू,

आप सोच रही होंगी, मैं आपको यह पत्र क्यों लिख रही हूँ!

मिसेज नायडू,सच पूछें तो मैं भी हैरान हूँ।

अम्मा कहती हैं कि मुझे अजनबियों से बात नहीं करनी चाहिए। आप सोचेंगी कि इसका मतलब तो मुझे चिट्ठी भी नहीं लिखनी चाहिए। लेकिन यह स्कूल का दिया हुआ काम है, इसलिए वे कहती हैं कि इसमें कोई दिक्कत नहीं है।

(आप जानती हैं मिसेज नायडू, इसमें एक मंत्र छुपा है : यदि आप बड़ों से किसी भी काम की इजाज़त चाहते हों तो बस उन्हें कह दीजिए कि यह काम स्कूल से मिला है। वे पक्का उस काम को करने की इजाज़त दे देंगे।)

मुझे शायद शुरू से अपनी बात कहनी चाहिए।

तो इसकी शुरुआत पिछले सप्ताह हुई।

पिछले सप्ताह मैंने अपनी नई छठी कक्षा में जाना शुरू किया। यहाँ मैं अपनी टीचर मिस एनी से मिली। वह मेरी पहले की किसी भी टीचर से एकदम अलग हैं।

अब इसी बात को लीजिए : मिस एनी कहती हैं कि उनकी राय में स्कूल का काम बच्चों को चीज़ें याद करवाना और फिर उनका दोहराव करवाना नहीं है। वह कहती हैं कि बातें सुनकर और याद कर दोहराने का काम तो तोते करते हैं, इंसान थोड़े ही करते हैं। वह कहती हैं कि उनकी यह इच्छा है कि हमारा दिमाग़ तेज़ हो और मन बड़ा हो।

जब उन्होंने यह बात कही तब मैं उनसे यह पूछना चाहती थी कि हमारा मन बड़ा हो भी जाएगा तो इससे हमें परीक्षा में पास होने, कॉलेज में जाने,

नौकरी पाने और एक ऐसा बड़ा सा घर ख़रीदने में कैसे मदद मिलेगी जिसमें सर पर मज़बूत छत हो और हो सके तो एक बगीचा भी हो? आख़िर इसी सबके लिए तो मैं स्कूल जाती हूँ। लेकिन मैंने ऐसा कुछ नहीं पूछा।

आप तो जानती ही हैं मिसेज नायडू कि बड़े लोग कैसे होते हैं। उन्हें सवाल पसंद नहीं आते।

यह स्कूल का पहला ही सप्ताह था और मिस एनी ने हमें एक काम सौंप दिया।

> *(मिस कहती हैं कि हम छठी कक्षा में आ गए हैं, अब हमें गंभीर हो जाना चाहिए। सारी टीचर हर साल यही बात कहती हैं। लेकिन उनमें से किसी ने भी हमें स्कूल के पहले ही सप्ताह में करने के लिए काम नहीं सौंपा था, यानी मिस एनी जो कहती हैं शायद वैसा ही मानती भी हैं।)*

यह काम है, किसी ऐसे व्यक्ति को पत्र लिखना, जिसे हम अच्छे से जानना चाहते हों। वह कहती हैं कि हम किसी भी व्यक्ति को पत्र लिखने के लिए चुन सकते हैं, बस हमें यह पता होना चाहिए कि हम उन्हें पत्र क्यों लिखना चाहते हैं।

मिसेज नायडू, अब तक शायद आप इस निष्कर्ष पर पहुँच गई होंगी कि मैंने पत्र लिखने के लिए आपको चुना है।

> *(यह पहली बार है जब मैं "निष्कर्ष" शब्द लिख रही हूँ। यह एक ऐसा शब्द है जिसका मतलब है "कुछ संकेत और कुछ सुबूतों के आधार पर नतीजे पर पहुँचना"। मैंने यह शब्द जासूसी कहानियाँ पढ़ते हुए सीखा है, हालाँकि हमारी अंग्रेज़ी की मिस कहती हैं कि वे बेकार और रद्दी किताबें होती हैं। ~~मेरे ख़याल से~~ इससे मेरा यह निष्कर्ष सही साबित हो जाता है कि 'वह ग़लत कहती हैं'।)*

मिसेज नायडू, मैं समझ सकती हूँ कि आपको यह सब बहुत उलझा हुआ लग रहा होगा। आख़िर आपके और मेरे बीच एक जैसा कुछ ख़ास तो है नहीं। जैसे इस बात को ही लीजिए कि मैं ज़िन्दा हूँ और आप...अब क्या कहा जाए कि आप ज़िन्दा नहीं हैं।

(माफ़ कीजिए अगर आपको यह अभद्र लगा हो, लेकिन मैंने इससे पहले किसी ~~मर चुके, मुर्दा, दिवंगत~~ ऐतिहासिक व्यक्ति को पत्र नहीं लिखा है, इसलिए मुझे सच में नहीं पता कि इसे कैसे कहा जाए कि ~~आप मर गयी हैं~~।)

हमारे बीच दूसरा फ़र्क़ यह है कि जब आप बारह साल की थीं–यानी कि जितनी उम्र की मैं अब हूँ—तब आपने एक कविता लिखी जो हज़ार लाइनों की थी। और वह भी अंग्रेज़ी में।

मुझे नहीं लगता कि मैं इतनी पंक्तियाँ किसी भी भाषा में लिख सकती हूँ। अंग्रेज़ी में तो हरगिज़ नहीं।

इतना ही नहीं, आपने बारह साल की उम्र में मैट्रिक की परीक्षा में मद्रास विश्वविद्यालय टॉप किया था।

मैं भी अपनी पाँचवीं कक्षा की परीक्षा में प्रथम आई थी, लेकिन मुझे नहीं लगता कि मैं किसी भी कॉलेज की परीक्षा में टॉप कर सकती हूँ, चाहे मैं उसके लिए ख़ूब-ख़ूब ही मेहनत क्यों न करूँ।

आपने भारत की आज़ादी की लड़ाई लड़ी और उसमें जीत भी हासिल की।

मैं कभी किसी चीज़ के लिए नहीं लड़ी। अगर मैं कभी लड़ती भी तो मुझे नहीं लगता कि मैं जीत सकती थी। ख़ासतौर से अगर मुझे अंग्रेज़ों के ख़िलाफ़ लड़ना होता, जिनके पास बहुत सारे जासूस और गुप्तचर हैं, जो मुझे नहीं लगता कि भारत में हमारे पास होंगे।

आप एक बड़े से घर में रहती थीं, जिसमें बहुत सारे कमरे थे और घर के काम करने के लिए कई सारे नौकर-चाकर थे।

मेरे घर में सिर्फ़ एक कमरा है और मेरी अम्मा एक नौकरानी हैं जो दूसरों के घरों में काम करने जाती हैं।

आपके बहुत सारे भाई-बहन थे और फिर आपके बहुत सारे बच्चे भी थे।

मेरे कोई भाई और बहन नहीं हैं।

(मेरे बच्चे भी नहीं हैं, लेकिन यह तो आपने पहले ही ~~समझ~~ निष्कर्ष निकाल लिया होगा, क्योंकि मैं तो सिर्फ़ बारह साल की हूँ।)

तो अब मैं आपको बताती हूँ कि मैंने आपको पत्र लिखना क्यों तय किया : मैं आपके जीवन के बारे में एक किताब पढ़ रही हूँ। विमला मैडम ने यह

किताब मुझे दी—या उन्होंने यह किताब अम्मा को मेरे लिए दी। मैंने अभी तक इसको पूरा तो नहीं पढ़ा है—यह अंग्रेज़ी में है और इसकी अंग्रेज़ी जो जासूसी किताबें मैं पढ़ती हूँ उनसे कहीं ज़्यादा कठिन है, इसलिए इसे पढ़ने में मुझे ज़्यादा समय लग रहा है। अब तक तो मैंने सिर्फ़ आपके बचपन वाला हिस्सा ही पढ़ा है और उसे पढ़ते हुए मैं आपको पसंद करने लगी हूँ।

मिसेज नायडू, ऐसा लगता है कि जब आप मेरी उम्र की थीं या उससे भी कम उम्र की थीं तब ही से अपने माता-पिता या शिक्षकों और दूसरे सब बड़ों की बातों से बगावत कर देती थीं। बड़े लोग कुछ समझते तो हैं नहीं, बस जो उनके मन में आता है वही करते जाते हैं। जैसे कि आपके माता-पिता चाहते थे कि आप बांग्ला की बजाय अंग्रेज़ी में बात करें, लेकिन आप उनकी इस बात से सहमत नहीं थीं और आपने ख़ुद को पूरे एक दिन के लिए कमरे में बन्द कर लिया। यहाँ तक कि आप दोपहर का खाना खाने के लिए भी कमरे से नीचे नहीं आईं। मुझे पता नहीं यह सच है या यूँही कहानी है, लेकिन अगर मेरे घर में एक से ज़्यादा कमरे होते तो मैं जाने कितनी बार ख़ुद को ऐसे ही कमरे में बन्द कर लिया करती।

शायद इसलिए ही मुझे लगता है कि आप ऐसी इंसान हैं जो मेरे जैसे बच्चे को समझ सकती हैं। जैसे शायद आपसे अगर मैं सवाल पूछूँ, जासूसी कहानियाँ पढ़ती रहूँ और विमला मैडम के घर जाना न पड़े इसलिए स्कूल से लौटने में देर कर दूँ तो आप बुरा नहीं मानेंगी।

और इस तरह मेरा पहला काम पूरा हो गया है। यह काम था जिस व्यक्ति को पत्र लिख रही हूँ, उसे अपना परिचय देना।

एकदम सच कहूँ तो, मेरा दिमाग़ और मेरा मन तो अब भी बिल्कुल वैसा ही है, जैसा पत्र लिखना शुरू करने से पहले था।

शुभकामनाएँ
सरोजिनी

पुनश्च : इससे याद आया कि एक और बात हम दोनों में समान है—हम दोनों का नाम एक ही है।

14 जून, 2013

डियर मिसेज नायडू,

हमें अगला काम ऐसे व्यक्ति के बारे में लिखने के लिए दिया गया है जो हमारे लिए बहुत ख़ास है।

मेरे लिए यह बहुत आसान है। मेरी अम्मा मेरे लिए सबसे ख़ास हैं।

मिसेज नायडू, हो सकता है कि मेरी बहुत बातें आपके जैसी न हों लेकिन मेरी अम्मा की बहुत-सी बातें पक्का आपके जैसी होंगी। मेरी अम्मा बहुत जुझारू हैं और उन्हें शब्दों से बहुत प्यार है। उन्होंने आपकी तरह कविताएँ भले ही न लिखीं हों जो किताबों में छपें, अंग्रेज़ों को भारत से वापस भेजने जैसी गंभीर लड़ाई भी नहीं लड़ी हों, लेकिन जब किसी को मदद की ज़रूरत होती है या किसी के साथ अच्छा व्यवहार नहीं किया जाता है तो अम्मा ज़रूर बीच में बोल पड़ती हैं और हमेशा सही शब्द खोज लाती हैं।

जैसे उदाहरण के लिए, जब हमारे इलाक़े में नल का पानी आना बन्द हो गया तो अम्मा ने अपनी बात कहने के लिए सही शब्द ढूँढ़ लिए ताकि हमारे इलाक़े में हर दिन पानी का टैंकर आ सके। उन्होंने बैंक को यह बात समझाने के लिए भी सही शब्द ढूँढ़ लिए कि उन्हें और तस्मियाह मासी को बैंक में अपना खाता खुलवाने के लिए पति के साइन की ज़रूरत नहीं है। उन्होंने रोशन का स्कूल में दाख़िला कराने के लिए भी सही शब्द खोज लिए जबकि उसकी अम्मा हेमा मासी के पास उसका जन्म प्रमाण पत्र नहीं था। और फिर उन्होंने रोशन का जन्म प्रमाण पत्र बनवाने के लिए भी सही शब्द खोज लिए ताकि उसे आगे कभी इस कारण परेशानी का सामना न करना पड़े।

कभी-कभी तो अम्मा बिना शब्दों के ही चीज़ों को ठीक कर देती हैं। जैसे

हम जब बस में जा रहे होते हैं और कोई आदमी कोई ऐसी बात कह देता है जो उसे नहीं कहनी चाहिए या किसी ऐसी जगह हाथ रख देता है जहाँ उसे नहीं रखाना चाहिए तो अम्मा सिर्फ़ उसे पैनी निगाह से देखती हैं। ऐसा लगता है जैसे उनकी आँख से लेजर बीम निकल रही हो।

(मैंने लेजर बीम के बारे में एक कॉमिक में पढ़ा था जिसमें एक बहुत होशियार लेकिन बुरा आदमी दुनिया को अपने कब्जे में करना चाहता है। लेजर बीम रोशनी की लंबी-सी छड़ जैसी होती है, जिसका किनारा धारदार होता है। मैं जानती हूँ कि ~~जब आप जिन्दा थीं~~ तब तो आपने उन्हें देखा भी नहीं होगा, इसलिए मैं जिस चीज़ की बात कर रही हूँ, आप शायद कल्पना से भी उनका चित्र न बना सकें। लेकिन मेरा यक़ीन कीजिए आप इस लेजर बीम की धार के पास भी नहीं आना चाहेंगी। तब तो बिल्कुल भी नहीं जब वह मेरी अम्मा की आँख से निकल रही हो।)

जब अम्मा आपकी ओर देखने लगें तो इस बात से कोई फ़र्क़ नहीं पड़ता कि आप कितनी ताक़तवर हैं या आपमें कितना आत्मविश्वास है। आप जो भी काम कर रही हैं उसे करना बन्द कर देंगी। यहाँ तक कि कई बार तो आप माफ़ी भी माँग लेंगी।

अम्मा जानती हैं कि किसी भी लड़ाई के दौरान क्या कहना चाहिए। लेकिन वह यह भी जानती हैं कि लड़ाई के बाद क्या कहना चाहिए। जैसे एक बार मैं और आमिर बाहर खेल रहे थे, और कुछ लड़के वहाँ आ गए और आमिर को तरह-तरह के नामों से बुलाकर चिढ़ाने लगे। वे यह भी कहने लगे कि उसे मेरे साथ नहीं खेलना चाहिए। वे कहने लगे कि हिन्दू लड़कियों के साथ खेलना चाहने वाले मुसलमान लड़कों को भारत छोड़कर चले जाना चाहिए।

(असल में उन्होंने सिर्फ़ यह नहीं कहा था कि 'भारत छोड़कर चले जाओ।' बल्कि उन्होंने उससे कहीं ज़्यादा बुरी बातें कही थीं।)

(लेकिन मिसेज नायडू, मैं वह सब यहाँ नहीं लिखना चाहती। एक तो मैं आपको दुःख नहीं पहुँचाना चाहती और दूसरे मैं ख़ुद उन बातों को दोबारा याद करना नहीं चाहती।)

आमिर और मैं घर के अन्दर आ गए और हम दोनों ही रो रहे थे। अम्मा उस वक़्त सांभर में डालने के लिए इमली निचोड़ रही थीं। जब उन्होंने हम दोनों को गले लगाया तो उनके हाथ चिपचिपे और गीले थे।

उन्होंने आमिर से कहा, "मैं और सरोजिनी दोनों तुमसे बहुत प्यार करते हैं और हमेशा करते रहेंगे। हम जहाँ भी रहेंगे तुम भी वहीं रहोगे।" आमिर ने अपना मुँह पोंछ लिया और वह मुस्कराया भी। मुझे पता नहीं अम्मा कैसे जान गईं कि उस समय यही कहना सही होगा, लेकिन उन्होंने बिल्कुल सही कहा था। उस रात मुझे और आमिर को बाक़ी पूरे समय के लिए बहुत अच्छा और सुरक्षित महसूस होता रहा। हालाँकि पता है मिसेज नायडू, वे लड़के बाद में भी सारी रात बाहर ऐसी हरकतें करते रहे जो आपको बिल्कुल पसंद नहीं आएँगी।

इलसिए मैं कहती हूँ, अम्मा हमेशा जानती हैं कि कब कौन-सी बात कहनी चाहिए।

हालाँकि हमेशा नहीं!

एक बार की बात है जब उन्हें सही शब्द नहीं मिले थे। और उस बात ने हम दोनों की ज़िन्दगी हमेशा के लिये बदल दी, बल्कि मेरी ज़िन्दगी तो तब तक शुरू भी नहीं हुई थी।

अम्मा का बचपन खेतों में बीता था। जब वह उन दिनों के बारे में बताती हैं तो ऐसा लगता है कि वह सब कितना जादुई और परिपूर्ण था, जैसे आपकी कोई कविता हो।

(मिसेज नायडू, मैं आपकी कविताओं को पूरी तरह समझ तो नहीं पाती हूँ, लेकिन जब मैं उन्हें ऊँची आवाज़ में पढ़ती हूँ तो मुझे अच्छा लगता है। आपको क्या लगता है कि कोई बात समझ न आए फिर भी अच्छी लगती हो, ऐसा हो सकता है? क्या यह ठीक है?)

मैं चाहती हूँ कि मैं भी खेत पर जाऊँ। अम्मा कहती हैं कि वहाँ इतने मेढक और झींगुर टर्राते और चीं-चीं करते रहते हैं कि पूरी रात सो नहीं पाऊँगी। वह कहती हैं कि बारिश के बाद आसमान इतना नीला और धरती इतनी हरी हो जाती है कि आँखों को चुभने लगती है। वह बताती हैं कि स्कूल के बाद वह और उनकी बहन आँवले के पेड़ों पर चढ़ जाती थीं और उनकी डालियों को

तब तक हिलाती रहती थीं जब तक कि ख़ूब सारे आँवले ज़मीन पर झड़ नहीं जाते या उनके बड़े भाई-बहन उन्हें पकड़ नहीं लेते, जिनका यह मानना था कि पेड़ों पर चढ़ना लड़कियों का काम नहीं है।

मैं वहाँ जाना चाहती हूँ। मैं चाहती हूँ कि मेढकों और झींगुरों की आवाज़ सुनूँ, पेड़ों की शाखाओं को महसूस करूँ, अपने पैरों में उनका खुरदुरापन महसूस करूँ और हो सके तो कुछ आँवले चखूँ।

लेकिन अम्मा अब वहाँ नहीं जा सकतीं। वह मुझे वहाँ लेकर नहीं जा सकतीं क्योंकि अम्मा ने अप्पा से शादी कर ली थी।

मिसेज नायडू, यह एक और बात है जो आपकी और मेरी अम्मा की एक जैसी है : आप दोनों ने प्रेम विवाह किया। आप दोनों जब किशोर थीं तब ही अपने पति से मिलीं। आप दोनों ऐसे आदमी से शादी करना चाहती थीं जो आपकी जाति के नहीं थे।

हालाँकि आपकी कहानी अम्मा से अलग है। मैंने पढ़ा कि आप जब पंद्रह साल की थीं तब शादी करने से रोकने के लिए आपके अप्पा ने आपको पढ़ने के लिए इंग्लैंड भेज दिया था।

(बुरा मत मानिएगा मिसेज नायडू, अगर मेरी अम्मा मुझे किसी लड़के से दूर रखने के लिए यू.के. भेज सकें तो मैं आमिर के साथ ही प्यार का नाटक कर लूँगी, ताकि मैं वहाँ जा सकूँ।)

हालाँकि बाद में आपके अप्पा आपकी शादी के लिए राजी हो गए। मेरे ख़याल से उन्हें होना ही पड़ता, आख़िर उन्होंने ही तो वह क़ानून बनाने में सहयोग किया था जिसके हिसाब से कोई चाहे तो दूसरी जाति के व्यक्ति से शादी कर सकता है। अगर वह भारत में बाक़ी सबको ऐसा करने की इजाज़त देने के पक्ष में थे तो फिर उन्हें आपको भी इसकी इजाज़त देनी ही पड़ती। लेकिन मुझे यह भी लगता है कि वे मान गए क्योंकि वे आपसे प्यार करते थे और आपको ख़ुश देखना चाहते होंगे।

(वैसे तो मैं अभी तक वही हिस्सा पढ़ रही हूँ जिसमें आप इंग्लैंड में पढ़ाई कर रही हैं, लेकिन आख़िर आगे हुआ क्या यह जानने के लिए मैंने कुछ पन्ने छोड़कर आगे का हिस्सा पहले ही पढ़ लिया।)

मुझे लगता है मिसेज नायडू कि आपने अपनी शादी के लिए संघर्ष किया और आप उसमें भी जीत गईं। आपने सही शब्द चुने होंगे और फिर आप और आपके पति हमेशा ख़ुशी-ख़ुशी साथ रहे।

अम्मा ने भी अपनी शादी के लिए संघर्ष किया। लेकिन उन्हें शायद सही शब्द नहीं मिले होंगे। उन्हें इस लड़ाई में जीत नहीं मिली। वह और अप्पा हमेशा ख़ुशी-ख़ुशी साथ भी नहीं रह सके।

अम्मा ने अप्पा से शादी की और फिर अम्मा की बहन, उनकी अम्मा और अप्पा, उनके रिश्ते के बहन-भाई, और चाचा-मामा, मौसी, बुआ वग़ैरह सब जान-पहचान के लोगों ने उनसे बात करना बन्द कर दिया। इसलिए अम्मा और अप्पा ने गाँव छोड़ने का फैसला कर लिया, क्योंकि मेढक और झींगुर सबकी आवाज़ मिलकर भी उस सन्नाटे को तोड़ने के लिए काफ़ी नहीं थी।

इसलिए अम्मा और अप्पा बंगलोर आ गए। फिर जब मैं दो साल की थी तब अप्पा चले गए। मुझे पूरा विश्वास है कि अप्पा अब भी ज़िन्दा हैं क्योंकि अम्मा अब भी अपने सुहाग चिह्न पहनती हैं। कभी-कभी मुझे लगता है कि अप्पा ने अपना अलग परिवार बसा लिया होगा, जिसमें शायद उनके बहुत सारे बेटे होंगे।

अम्मा कभी उनके बारे में बात नहीं करतीं। मैं भी उनके बारे में नहीं पूछती। एक तरह से मैंने एक बार पूछा था अम्मा से कि अगर वे चाहतीं तो अपने खेतों में भी रह सकती थीं, जहाँ ख़ूब सारे आँवले होते और मेढक होते और उनकी बहन भी होतीं। उन्होंने कहा, "अगर मैं रुक जाती तो मुझे तुम नहीं मिलतीं।"

मिसेज नायडू, आप देख सकती हैं कि यह दर असल मेरे सवाल का जवाब नहीं है।

शुभकामनाएँ
सरोजिनी

18 जून, 2013

डियर मिसेज नायडू,

मेरा अगला काम यह बताना है कि मैं कहाँ की रहने वाली हूँ। मेरे ख़याल से मुझे आपको अपने अड़ोस-पड़ोस के बारे में बताना चाहिए।

मिसेज नायडू, मैं जानती हूँ कि आप हैदराबाद में पली-बढ़ी हैं, जो आंध्र प्रदेश का सबसे बड़ा शहर है और राजधानी भी है। मैं बंगलोर में रहती हूँ, जिसे बंगलुरु के नाम से भी जानते हैं, यह कर्नाटक का सबसे बड़ा शहर है और राजधानी भी है। मैं जानती हूँ कि आप अपने शहर से प्यार करती थीं, फिर चाहे वहाँ बहुत शोर-शराबा, भीड़-भड़क्का और प्रदूषण क्यों न हो और कई बार वह थोड़ा पिछड़ा हुआ भी क्यों न लगे। यही कारण है कि मुझे ऐसा लगता है कि आप इस बात को समझ सकती हैं कि किसी भी जगह में बहुत सारी समस्याएँ हो सकती हैं, घर फिर भी घर होता है।

जैसे आप अपने घर को प्यार करती हैं, मैं अपने को।

यह आपको अजीब लग सकता है क्योंकि बहुत सारे लोग मेरे घर को देखकर अपनी नाक ढंक लेते हैं, सर हिलाने लगते हैं या पल भर के लिए नाराज भी ही जाते हैं।

बल्कि ज़्यादातर लोग तो नहीं, क्योंकि ज़्यादातर लोगों को तो मेरा घर दिखाई ही नहीं देता, फिर चाहे वे मेरे घर के बाजू में ही क्यों न खड़े हों।

मेरा घर नारियल के झुरमुट के बीच में है जो एक नए बने अस्पताल और बहुत सारे विदेशी सामानों की दुकानों वाले शॉपिंग मॉल के बीच में दुबका हुआ है। अम्मा कहती हैं कि अगर इतने सारे पेड़ यहाँ न होते तो बहुत पहले ही किसी ने इस बस्ती पर बुलडोजर चला दिया होता और यहाँ एक दूसरा शॉपिंग

मॉल बन गया होता। जब मैंने कहा कि एक पुराने शॉपिंग मॉल के बिल्कुल पास में दूसरा शॉपिंग मॉल बनाने का तो कोई तुक नहीं है, इस पर अम्मा ने कहा बंगलोर में कितने भी शॉपिंग मॉल बन जाएँ, वे पर्याप्त नहीं होंगे।

(मैं जानती हूँ मिसेज नायडू, कि मुझे इनमें से कोई भी बात समझ नहीं आई।)

ज़्यादातर मुझे अपना घर और अपना पास-पड़ोस अच्छा लगता है। लेकिन बहुत बार मैं ऐसा भी चाहती हूँ कि मैं यहाँ से भागकर आपके घर जैसे किसी घर में रहने लगूँ, ऐसा घर जो बहुत आरामदायक हो, बहुत बड़ा हो और बहुत आलीशान हो जिसे आपने स्वर्णिम दहलीज का नाम दिया था, जो आपके पहले कविता-संग्रह का भी नाम है।

कुछ बातें ऐसी भी हैं जिनके कारण मुझे अपना पास-पड़ोस पसंद नहीं आता। एक बात तो यही है कि हम में से ज़्यादातर के पास सर पर पक्की छत ही नहीं नहीं है। हम अपने घरों के ऊपर नीले प्लास्टिक की चादर, टिन या जो भी सामान मिल जाए उसे बिछाकर छत बनाते हैं। जैसे हेमा मासी ने अपने घर की छत एक होर्डिंग से बनाई हुई है जिसके ऊपर एक गोरे और गोल-मटोल चेहरे वाली महिला राजनेता का चित्र है। हेमा मासी कहती हैं कि इस राजनेता ने चुनाव लड़ने के समय वादा किया था कि सबके सर पर छत होगी, इसलिए उसके होर्डिंग को छत बनाकर वह उसे अपना वादा निभाने में मदद ही कर रही हैं। ख़ैर, जब बारिश होती है और ख़ूब बारिश होती है तो हमारे घरों के सारे सामान सील जाते हैं और हमारे घरों के बीच के रास्तों में कीचड़ हो जाता है। इन दिनों में लोग घरों के बाहर जो कूड़ा फेंकते हैं उससे आम दिनों की तुलना में ज़्यादा दुर्गंध उठने लगती है।

इतना ही नहीं जब सारी चीज़ों में सीलन और नमी होती है तब हमारे घरों में पीने के लिए पानी नहीं होता। मतलब, हमारे पास एक नल तो है, लेकिन उसमें पानी कभी-कभार ही आता है और गर्मियों में जब हमें प्यास सबसे ज़्यादा लगती है तब तो इसमें मुश्किल से ही कभी पानी आता है। इसका मतलब यह है कि जिस वक़्त हमें अपने काम पर जाने या स्कूल के लिए तैयार होना चाहिए उस समय हमें टैंकर तक चलकर जाना होता है और ड्रम में भरकर पानी को घर तक लेकर आना होता है। अगर टैंकर देर से आया या हम पानी भरने से चूक गए तब तो हमें पूरे दिन मैला-कुचैला और प्यासा ही

रहना पड़ता है।

हमारे मोहल्ले में बहुत सारे कुत्ते भी हैं, जो कुछ लोगों को बिल्कुल पसंद नहीं।

(मैं जानती हूँ मिसेज नायडू, आप उन लोगों में से नहीं, आपके घर में तो इतने सारे पालतू कुत्ते और बिल्लियाँ थीं कि मैं उन सबके नाम भी याद नहीं रख पाती हूँ। और मैं अब भी आपके जीवन के शुरुआती दिनों के बारे में ही पढ़ रही हूँ!)

मुझे लगता है कि लोगों को हमारे इलाक़े के कुत्ते ख़तरनाक लगते हैं। सच पूछा जाए तो लोगों को हमारे इलाक़े के लोग भी ख़तरनाक लगते हैं। मुझे तो लगता है कि उन्हें हमारे इलाक़े के बच्चे भी ख़तरनाक लगते हैं, जैसे कि हमसे उन्हें कोई छूत का रोग लग जाएगा या ऐसा ही कुछ।

अगर मैं अमीर हो जाऊँगी तो शायद मैं भी यहाँ से चली जाऊँगी, जैसे आमिर चला गया या थोड़ा पैसा आ जाने पर और लोग भी चले गए।

लेकिन कभी-कभी मैं ऐसा भी सोचती हूँ कि मैं शायद यहीं रहूँ और यहाँ की सारी समस्याओं को ठीक कर दूँ। मैं रास्तों पर सीमेंट बिछा दूँ, ताकि लोगों को पक्की सड़क मिल सके। मैं पानी के पाइप लगवा दूँ ताकि हमें घरों में हर समय पानी मिल सके। मैं एक ऐसा जेनरेटर भी लगाना चाहती हूँ जिसे हम सब काम में ले सकें और ताकि बारिश में सबके घर गर्म रहें। मैं घरों से कूड़ा ले जाने वालों से कहूँगी कि वे यहाँ से आकर कूड़ा ले जाएँ और मैं इस बात का भी बन्दोबस्त करूँगी कि सबके घरों पर पक्की छत हो।

(मैं शायद एक कुत्ता भी पालूँ, आख़िर वे इतने भी बुरे नहीं होते। हो सकता है मैं उसे खोजी कुत्ते की तरह प्रशिक्षण भी दिलाऊँ जैसे जासूसी कहानियों में खोजी कुत्ते होते हैं, उनकी तरह।)

जैसा कि मैंने कहा मिसेज नायडू, ज्यादतर मैं जहाँ रहती हूँ इस जगह से प्यार करती हूँ। जैसे जब हमारे घर में रसोई गैस ख़त्म हो जाती है तो मैरी मासी हमें बाक़ी महीने के लिए गैस का सिलेन्डर दे देती हैं। या जब अमीना मासी का घर बाढ़ में डूब जाता है तो अम्मा गरमा-गरम भाजी बनाकर उन्हें और उनके बच्चों को आँच तापने के लिए हमारे घर बुला लेती हैं। जब हेमा मासी

के पति कुछ दिनों के लिए ग़ायब हो जाते हैं और सबको पता है कि कुछ दिनों में वे सूजी हुई आँखों और साँस में दुर्गंध के साथ लौट आएँगे तब कमला मासी अपनी कोयल जैसी सुरीली आवाज़ में भजन गाना शुरू कर देती हैं ताकि सब लोगों का ध्यान उनकी ओर से हटा रहे।

जब ख़ूब सारा पानी आता है और मोहल्ले में सब लोग अपने कपड़े धोकर गलियों के बीच की जगह में सुखा देते हैं तब हमारा मोहल्ला ऐसा लगता है जैसे उष्ण कटिबंधीय पंछी उड़े हों और अपने पंखों को यहाँ बिखेर गए हों। ऐसे समय साबुन, कपड़ों और धूप के साथ अच्छी ख़ुशबू फ़ैल जाती है और उसके साथ ही थोड़ी-सी उम्मीद और ताज़गी की महक भी आने लगती है।

और हालाँकि मैं नहीं चाहती कि हमें उस बड़े पीले से टैंकर से पानी भर कर लाना पड़े, लेकिन कई बार वह भी मज़ेदार होता है।

ख़ासतौर से जब आपके पक्के दोस्त आपकी मददकर रहे हों और आपके बीच इस बात का मुक़ाबला हो रहा हो कि कौन सबसे जल्दी और सबसे ज़्यादा पानी ले पाता है।

और जब उसकी और आपकी अम्मा आप दोनों को इस तरह भगदड़ मचाते देख हँस-हँसकर इस कदर दोहरी हो रही हों कि उनके पेट में दर्द ही होने लग जाए। और जब आप जीत जाओ तब आपके पक्के दोस्त का बड़ा भाई उसकी पीठ पर धौल जमाते हुए कहे, "क्यों, कैसा लग रहा है लड़की से हार कर?"

और तब आपका पक्का दोस्त मुस्कराकर कहे, "यह कोई लड़की थोड़े ही है, यह तो सरोजिनी है।"

तब आप सब घर के भीतर जाकर तस्मियाह मासी के हाथों बनी गरमा-गरम चाय को तीन घूंट में गड़पकर जाएँ क्योंकि फिर आपको फटाफट कपड़े बदलकर पैदल स्कूल जाना है, जहाँ आप सारा दिन साथ बिताने वाले हों।

ऐसे घर को आप प्यार न करें, यह कैसे हो सकता है?

शुभकामनाएँ
सरोजिनी

22 जून, 2013

डियर मिसेज नायडू,

एक अच्छी ख़बर है। मिस ने मुझे इन पत्रों के लिए अंक दिए हैं। उनका कहना है कि मैं यह काम अच्छी तरह कर रही हूँ और मैं यह पत्र 'बहुत मन से लिख रही हूँ।'

शायद इसका मतलब यह है कि मेरा दिल बड़ा हो रहा है।

(मिस की बात का मज़ाक नहीं बना रही, बल्कि मैं सच में चाहती हूँ कि मेरे दिमाग़ का भी विकास हो जाए।)

मैं अपनी तारीफ़ करने के लिए आपको अपने अंकों के बारे में नहीं बता रही हूँ। बल्कि मिसेज नायडू, मैं तो इस काम में मेरी मदद करने के लिए आपको शुक्रिया कहना चाहती हूँ। मेरे ख़याल से 'दिल से लिखने' का मतलब शायद बहुत ईमानदारी से कुछ लिखना होता होगा। ईमानदारी से तब लिखा जा सकता है जब मैं आपके जैसे श्रोता पाठक दोस्त को लिख रही हूँ।

आज हमें किसी ऐसी घटना के बारे में लिखना है जो इस बार की गर्मियों में हुई हो। आपको याद होगा मिसेज नायडू, मैंने अपने दोस्त आमिर का ज़िक्र आपसे किया था। वह हमारे एकदम पास वाले घर में रहता था। एकदम पास वाले ही नहीं बल्कि हमारे घरों के बीच में तो सिर्फ़ एक दीवार ही थी, छत तो दोनों घरों की एक ही थी। एक ऐसी छत जो पहले नीले प्लास्टिक की थी, लेकिन अब टिन की चादर से बनी है।

मैं और आमिर सब काम साथ करते हैं। मुझे लगता है कि हम दोनों एक-दूसरे के पूरक हैं। मैं गणित और अंग्रेज़ी में उसकी मदद करती हूँ और वह

सामाजिक आध्ययन और विज्ञान में मेरी मदद करता है। उसने मुझे गेंदबाजी सिखाई और मैं उसे बल्लेबाज़ी सिखाती हूँ। जब उसके भाई आपस में लड़ या चीख-चिल्ला रहे होते हैं तब वह हमारे घर आ जाता है और हम गाना गाते हैं और कहानियाँ सुनते हैं। जब अम्मा की तनख़्वाह से पूरे महीने का गुज़ारा नहीं हो पाता तो वह रोटी और सब्ज़ी लेकर आ जाता।

मुझे उसे कभी यह नहीं बताना पड़ता कि मुझे भूख लगी है और उसे कभी यह नहीं बताना पड़ा कि उसे डर लग रहा है।

मेरे और आमिर के बारे में यही सबसे अच्छी बात है कि हम दोनों को बस पता होता है।

कुछ लोगों को इस बात पर हैरानी होती है कि मेरे और आमिर के बीच इतनी सारी बातें एक जैसी कैसे हैं, जबकि दूर से देखें तो मैं और आमिर एक-दूसरे के बिल्कुल उलट नज़र आ सकते हैं।

मैं एक लड़की हूँ और वह लड़का है।

मैं हिन्दू हूँ और वह मुसलमान है।

मैं इकलौती संतान हूँ और उसके दो भाई हैं।

लेकिन यह सारी उलट बातें कोई महत्त्व नहीं रखती क्योंकि दिल से हम एक जैसे हैं।

(शायद इसका एक कारण यह हो सकता है कि हम दोनों के दिल एक ही समय एक ही जगह बड़े हो रहे थे। शायद मिस इस बात को जानती होंगी।)

मिसेज नायडू, माफ़ कीजिएगा मुझे अभी याद आया कि इस पत्र में मुझसे एक भारी ग़लती हो गई। मैं इस पत्र को लिखने में वर्तमान काल का उपयोग कर रही हूँ जबकि मुझे इसे भूतकाल में लिखना चाहिए था।

(मैंने भूतकाल के बारे में कक्षा में सीखा था, शायद इसी कारण भूल गई। जो बातें हम स्कूल में सीखते हैं वे वास्तविक जीवन में मुश्किल से ही कुछ काम की होती हैं।)

मैंने अब तक आपको यह बताया है कि मैं और आमिर पहले कैसे थे, लेकिन अब पहले जैसी बात नहीं है। अब बाद के बारे में बताने वाली हूँ।

पहले से बाद में चीज़ें बदलने लगीं जब आमिर के भाई फ़ारूक़ की एक

कॉल सेंटर में नौकरी लग गई। वे और ज़्यादा तब बदल गईं जब आमिर के भाई तारिक़ ने अपनी इंजीनियरिंग की पढ़ाई ख़त्म कर विदेशी नाम वाली एक कंपनी में काम करना शुरू कर दिया।

शुरू में बदलाव छोटे-छोटे थे और अच्छे थे। जैसे घर पर टिन की छत डल गई या शुक्रवार को स्कूल से घर लौटते हुए और मस्जिद जाने से पहले आमिर चॉकलेट ख़रीद सकता था।

फिर पिछली गर्मियों में बड़े बदलाव आए। आमिर और उसका परिवार पास के ही एक मोहल्ले में एक फ़्लैट में शिफ़्ट हो गए। वहाँ पक्की सड़कें हैं जो हर बारिश में बह नहीं जाती हैं। उनके घर में सीधे नल से पानी आता है और उनके घर में एक दरवाज़े वाला बेडरूम भी है।

यहाँ तक कि बड़े बदलाव भी शुरू में अच्छे थे। जब गर्मी बहुत होती तो हम आमिर के घर चले जाते और वहाँ हर समय चलते रहने वाले पंखे के नीचे फर्श पर लेट जाते। फिर फ़ारूक़ ने एक दोपहिया ख़रीदा और रविवार के दिन वह हम दोनों को गंगाराम लेकर जाता। वहाँ हम दोनों को एक-एक किताब ख़रीदने देता, फिर वह हमें लाल बाग ले जाता जहाँ बैठकर हम किताबों को पढ़ते और वहाँ झील के आसपास घूमते ठेले वालों से ख़रीदकर कुल्फी खाते।

और तब सबसे बड़ा बदलाव आया और वह अच्छा वाला नहीं था।

आमिर का स्कूल बदल गया।

उसने एक प्राइवेट स्कूल में जाना शुरू कर दिया। कोई ऐसा-वैसा प्राइवेट स्कूल नहीं बल्कि ग्रीनहिल पब्लिक स्कूल। यह वही स्कूल है जहाँ विमला मैडम के बच्चे जाते हैं और विमला मैडम तो अमीर हैं।

आपकी तरह।

आमिर की तरह।

लेकिन मेरी तरह नहीं।

यह तो आप जानती ही हैं मिसेज नायडू, कि अमीर और ग़रीब तो एक जैसे नहीं होते।

मेरे ख़याल से वे सबसे ज़्यादा एक-दूसरे से अलग होते हैं।

आपको लगता होगा कि इसमें इतनी हैरानी की क्या बात है, कहीं मैं पागल तो नहीं। मैं बस ऐसा सोचती थी कि मैं और आमिर हमेशा दोस्त रहेंगे। और

शायद हम अब भी दोस्त हैं, लेकिन अब पहले वाली बात नहीं है।

एक बात तो यही कि अब आमिर कभी-कभार ही हमारे मोहल्ले की तरफ़ आता है। हम दोनों की अम्मा कहती हैं कि आमिर का मोहल्ला ज़्यादा सुरक्षित है। आमिर और मैं अब पहले की तरह बाहर क्रिकेट नहीं खेलते, क्योंकि आमिर की गली में किसी भी बच्चे को हम दोनों ही नहीं जानते। एक दिन मैंने जब आमिर के घर का दरवाज़ा खटखटाया तो तस्मियाह मासी ने बताया कि आमिर अपने स्कूल का सामान ख़रीदने के लिए बाज़ार गया हुआ है। हर साल तो हम दोनों अपने स्कूल का समान साथ-साथ ख़रीदते थे।

हम दोनों अब अपना स्कूल का काम मिलकर नहीं करते–आमिर का काम अब मेरे काम से बहुत अलग होता है। और उसका सारा काम अंग्रेज़ी में होता है। इसके अलावा अब आमिर के सारे दोस्त नए हैं। मैं कई बार स्कूल से घर के रास्ते में उसे उनके साथ देखती हूँ। वह हमेशा मेरी तरफ़ हाथ हिलाता है और मैं भी उसकी तरफ़ हाथ हिलाती हूँ, लेकिन हम दोनों ही एक–दूसरे के पास नहीं जाते, जैसे हम पहले चले जाते थे।

जब मैं और आमिर एक ही स्कूल में जाते थे तब हम अपनी स्कूल की वर्दी को, जब तक वह पूरी तरह फट नहीं जाती, तब तक पहनते थे। क्या कभी आपने पूरी तरह फटी हुई स्कूल की वर्दी देखी है मिसेज नायडू। कपड़ा घिस-घिसकर इतना पतला हो जाता है कि अगर आप उसे उठाकर रोशनी की तरफ़ करेंगी तो उसके आर-पार देख सकती हैं। अब मैं और आमिर ऐसे की लगते हैं पूरी तरह खींचे हुए और जीर्ण-शीर्ण।

तो इन गर्मियों में यह हुआ। मेरा सबसे अच्छा दोस्त मुझसे खोया तो नहीं है लेकिन वह मेरे पास भी नहीं रह गया है।

शुभकामनाएँ
सरोजिनी

26 जून, 2013

डियर मिसेज नायडू,

मुझे बाद में यह अहसाह हुआ कि मेरा पिछला पत्र कितना स्वार्थी था। मैं पूरे समय सिर्फ़ अपने ही बारे में बात करती रही, मैंने आपसे यह तक नहीं पूछा कि : क्या आपकी भी कभी किसी से पक्की दोस्ती हुई है?

(हालाँकि यह मेरी बड़ों से प्रश्न न पूछने की नीति के ख़िलाफ़ है। लेकिन मुझे लगता है कि आप तो ~~मृत दिवंगत अब ज़िन्दा नहीं~~ ऐतिहासिक हैं, तो शायद तकनीकी रूप से आप दूसरे बड़े लोगों से अलग हैं। मेरे ख़याल से आप बुरा नहीं मानेंगी।)

मिसेज नायडू, मैं जानती हूँ कि आपके बहुत सारे दोस्त रहे हैं, गांधी बाबा, पंडित जी और भी बहुत सारे लोग जिनके बारे में शायद मुझे सामाजिक अध्ययन में पढ़ने को मिले। आप उन लोगों को पत्र भी लिखा करती थीं, जबकि आजकल लोग पत्र नहीं लिखते बल्कि फ़ोन कर बात कर लेते हैं या मैसेज भेज देते हैं।

लेकिन आपकी कभी किसी से पक्की दोस्ती हुई है मिसेज नायडू?

कोई ऐसा दोस्त जिसके आगे बाक़ी सारे दोस्त कम महत्त्वपूर्ण लगने लगें?

कोई ऐसा दोस्त जो आपके इतना क़रीब हो कि जो बस आपकी तरफ़ देखे और समझ जाए कि आपको अभी क्या महसूस हो रहा है?

कोई ऐसा दोस्त जिसके साथ आपको इतना अच्छा लगता हो कि आपको किसी दूसरे दोस्त की ज़रूरत ही न रहे?

अगर आपको मेरे पिछले पत्र की याद हो मिसेज नायडू, तो आपने पढ़ा होगा कि मेरा एक ऐसा दोस्त है था या शायद है, जिसके आगेबाक़ी सारे दोस्त कम महत्त्वपूर्ण लगने लगते हैं।

इसलिए जब मिस ने हमें अगला काम किसी ऐसे अवसर के बारे में लिखने का दिया जब मैंने कोई नया दोस्त बनाया हो तो पहले-पहल मुझे किसी का नाम सूझा ही नहीं।

लेकिन आज सुबह बात बदल गई।

मैं सुबह स्कूल जा रही थी और थोड़ा जल्दी में थी क्योंकि पानी के टैंकर के कारण पहले ही स्कूल जाने को मुझे काफ़ी देर हो चुकी थी। तभी मुझे याद आया कि मैं अपने पेंसिल का डिब्बा तो लेना भूल ही गई हूँ और मुझे वापस घर जाकर उसे लाना होगा... ख़ैर, तो आप समझ गई होंगी कि क्या स्थिति थी।

तो मैं जल्दी-जल्दी स्कूल की तरफ़ जा रही थी तभी मुझे एक आवाज़ सुनाई दी, "ओए!"

मिसेज नायडू, मैं जहाँ रहती हूँ वहाँ सब एक-दूसरे को जानते हैं। हम भले ही कभी एक-दूसरे की तरफ़ देखें भी नहीं और बात भी न करें, लेकिन हम एक-दूसरे को जानते हैं। आपको पता है इसका क्या मतलब हुआ?

इसका यह मतलब हुआ कि सब यह जानते हैं कि मेरा नाम सरोजिनी है और मेरे अप्पा हमारे साथ नहीं रहते हैं और मेरी अम्मा ने प्रेम विवाह किया था और वह अमीर लोगों के घरों में काम करने जाती हैं और हम एक ऐसे घर में रहते थे जिसकी एक दीवाए एक मुसलमान परिवार के घर से जुड़ी थी और हमारे घर पर टिन की छत पिछले साल ही डाली गई है।

मुझे यह ठीक ही लगता है क्योंकि मैं भी दूसरों के बारे में इतना ही सब जानती हूँ।

वे कौन हैं। उनके माता-पिता कौन हैं। उनके बारे में सब लोग क्या बात करते हैं।

इसलिए जब कोई "ओए!" कहकर चिल्लाता है तो मैं पलटकर नहीं देखती क्योंकि जिसे आप जानते हों उसे आप "ओए" कहकर नहीं बुलाते।

लेकिन तभी वह आवाज़ फिर से सुनाई दी।

"ओए!"

तब मैंने पलटकर देखा। यह जानने के लिए नहीं कि कौन बुला रहा है, बल्कि यह जानने के लिए कि कौन जवाब नहीं दे रहा।

मैंने पहले यह देखा कि कौन पुकार रहा है। यह एक लड़की थी जिसने बैंगनी और सुनहरे रंग के कपड़े पहने थे, बल्कि कहना चाहिए कि वे कभी बैंगनी और सुनहरे रहे होंगे, अब तो सलेटी से दिख रहे थे। उसके बालों में तेल लगा था और वे मटमैले से थे और उसकी त्वचा मिट्टी के रंग की थी, जैसे कि उस पर अभी-अभी बारिश होकर चुकी हो। उसने जब "ओए!" कहकर बुलाया तब अपने कूल्हे पर एक छोटे लड़के को गोदी में उठा रखा था। उसने तीसरी बार "ओए!" कहकर पुकारा और मुझे यह अहसास हुआ कि वह तो ठीक मेरी तरफ़ ही देख रही है।

"क्या तुम मुझे ओए! कहकर बुला रही हो?" मैंने पूछा।

"क्या तुझे यहाँ और कोई दिखाई देता है?" उसने अपनी आँखें घुमाते हुए मुझसे पलटकर कहा। (आप देखेंगी मिसेज नायडू कि यह तो मेरे सवाल का जवाब नहीं हुआ, बल्कि पलटकर सवाल करना हुआ।)

"हूँ" ...मैंने कहा, "नहीं...मेरे ख़याल से कोई तो और नहीं।"

"तू कौन-से स्कूल में जाती है?" उसने पूछा।

मैंने अपनी स्कूल की वर्दी की ओर देखा, जो सारे सरकारी स्कूलों के बच्चे पहनते हैं वैसी ही वर्दी है और फिर पलटकर उसकी तरफ़ देखा।

"कहाँ?" उसने अपने कूल्हे पर उठाए बच्चे को थोड़ा और ऊपर खिसकाते हुए फिर से पूछा।

"आंबेडकर राजकीय विद्यालय", मैंने बताया।

"क्या वहाँ पर आंगनवाड़ी भी है?" उसने पूछा।

"आँगन...क्या?" मैंने कहा।

"ऐसे छोटे बच्चों को रखने के लिए जगह?" उसने कहा।

"मुझे नहीं पता", मैंने कहा, "मैं छठी कक्षा में हूँ।"

"मैं भी", उसने कहा, जो मेरे लिए एक और आश्चर्य की बात थी क्योंकि उसकी लंबाई तो मुझसे आधी ही रही होगी और वह इतनी दुबली-पतली है कि उसे किसी कॉमिक के पन्नों के बीच में दबाया जा सकता है। मेरे ख़याल से वह समझ गई थी कि मैं क्या सोच रही हूँ क्योंकि तब उसने कहा, "कम से

कम मुझे छठी में होना चाहिए।"

"तुम स्कूल नहीं जाती?" मैंने पूछा।

"हाँ यही तो मैंने अभी बताया", उसने अपनी थकी हुई आँखों को मटकाते हुए कहा। हालाँकि वह बात तो कन्नड़ में ही कर रही थी, लेकिन बहुत अजीब लग रही थी। उसके मुँह में आवाज़ें कुछ ऐसे घुल मिल गई थीं जैसे बीसीबेले भात घुल जाता है और वह तो कन्नड़ के बीच में अंग्रेज़ी शब्दों का भी इस्तेमाल नहीं कर रही थी।

तभी मुझे याद आया कि मैंने उसे कहाँ देखा है।

"तुम तो गाँव से आए इन मज़दूरों के बच्चों में से हो जो अस्पताल के पीछे जहाँ निर्माण काम चल रहा है, उसी जगह मज़दूर बस्ती में रहती हो?" मैंने कहा।

"मैं और वे सारे बच्चे जो स्कूल नहीं जाते", उसने बताया।

"क्या कह रही हो तुम?" मैंने पूछा।

"देखो, दूसरों के बारे में तो मुझे नहीं पता लेकिन अगर मैं स्कूल जाती हूँ तो इसकी देखभाल करने वाला कोई नहीं", उसने लड़के की तरफ़ अपनी ठोड़ी से इशारा करते हुए कहा, "इसलिए मुझे घर पर ही रहना पड़ता है।"

"क्या तुम इसे अपने माँ-बाप के पास नहीं छोड़ सकतीं?" मैंने पूछा। मैंने बहुत सारे बच्चों को निर्माण कार्य के आसपास बजरी के ढेर पर खेलते या सीमेंट के आँगन पर घूमते देखा है, जहाँ उनके माँ-बाप अपने सिर पर भारी पत्थरों की बोरियाँ ढोते रहते हैं।

"क्या तुझे पता है वहाँ कितने बच्चे हादसों में मर जाते हैं?" उसने काँपते हुए कहा, "इतने कि वह मुझे पागल करने के लिए बहुत है। मैं नहीं चाहती कि यह भी मर जाए।"

और उसने दूसरी तरफ़ मुँह फेर लिया और थूका। सच में, मिसेज नायडू, मैं बातें नहीं बना रही, मैंने इससे पहले किसी बारह साल की लड़की को इस तरह थूकते हुए नहीं देखा था, ऐसे तो आदमी थूकते हैं। और वह बिल्कुल भी असहज या शर्मिंदा नहीं लग रही थी।

पता है मिसेज नायडू, जब उसने ऐसा किया तो मेरे मन में एक आवाज़ आई कि मुझे उसके साथ और बात नहीं करनी चाहिए और यहाँ से चले जाना चाहिए। मैं अपने मन की इस आवाज़ को भी दोष नहीं दे सकती (जो अम्मा

की तरह शंकालू लग रही थी, या हेमा मासी की तरह।) तो इस बातचीत से कुल मिलाकर क्या नतीजा निकला।

1. वह एक निर्माण कार्य वाली मज़दूर बस्ती में रहती है।
2. वह गाँव से आई है।
3. वह स्कूल नहीं जाती।
4. वह मर्दों की तरह थूकती है।

मैं जानती हूँ कि कोई जासूस इससे यह निष्कर्ष निकालेगा कि यह लड़की ग़रीब, पिछड़ी, आलसी और अभद्र है और मासियाँ यह कहेंगी कि मेरे जैसी अच्छी लड़कियों को उससे बात नहीं करनी चाहिए।

मिसेज नायडू, हो सकता है कि आप भी ऐसा ही सोचती हों। लेकिन उसमें कुछ बात ऐसी थी जो मुझे अच्छी लगी। मैं ठीक-ठीक तो नहीं बता सकती कि वह क्या बात थी लेकिन शायद वह भी आपकी और अम्मा की तरह जुझारू लगती है।

इसके अलावा कोई भी अच्छा जासूस यह जानता है कि कई बार सुराग को नज़रंदाज़ कर आपको अपने दिल की आवाज़ सुननी होती है।

तो मैंने भी वही किया।

मैंने कहा, "मैं अभी स्कूल जा रही हूँ। क्या तुम चलना चाहोगी?"

उसने इस तरह कंधे उचकाए जैसे उसे कोई फ़र्क़ नहीं पड़ता, लेकिन मैं बता सकती हूँ कि उसके लिए यह महत्त्वपूर्ण था। फिर वह मेरे साथ-साथ चलने लगी, लड़के को अब भी उसने अपने कूल्हे पर उठा रखा था।

कुछ दूर चलने के बाद हम स्कूल के सामने थे। मैं गेट के सामने रुक गई।

"क्या यही है?" उसने पूछा।

"हाँ", मैंने कहा।

मैं जानती हूँ उसका क्या आशय था।

हमारे स्कूल में कुछ अच्छी टीचर हैं, लेकिन मिसेज नायडू, हमारे स्कूल की इमारत अच्छी नहीं है। एक तो स्कूल के दरवाज़े में अजीब सा गड्ढा है। (कुछ लड़कों ने इस पर तेज़ी से अपना स्कूटर भिड़ाते हुए स्कूल का ताला तोड़ने की कोशिश की थी। शायद ये वही लड़के थे जो आमिर के साथ बदतमीजी कर रहे थे, लेकिन मुझे पक्का यक़ीन नहीं है।) दूसरे यहाँ

से अजीब-सी गंध आती है, क्योंकि स्कूल की दीवारों के पास प्लास्टिक की थैलियों, बीयर की खाली बोतलों और पुराने अख़बारों के ढेर लगे हैं। स्कूल के अहाते में छोटे-छोटे नुकीले पत्थर बिखरे हैं जो आपके जूतों में से भी आपके पैरों में चुभ सकते हैं और पैरों को काट सकते हैं। गर्मियों में यहाँ इतनी धूल उड़ती हैं कि जब हम बाहर बैठकर खाना खाते हैं या शटल कॉक से खेलते हैं तो हमारी छींक ही नहीं रुकती। यह अहाता हल्की-सी ढलान पर है और इस कारण बारिश के दिनों में पहाड़ की ढलान से उतरकर पानी, मिट्टी और भूरा कीचड़ कक्षा में आ जाता है।

"चलो, मैं तुम्हें मिस एनी से मिलवाती हूँ", मैंने कहा।

"किससे?" उसने पूछा।

"मेरी टीचर से", मैंने कहा। फिर मैंने कनखी से उसकी ओर देखते हुए कहा, "तुम सवाल बहुत करती हो।"

उसने कंधे उचकाए और लड़के को थोड़ा और ऊपर खींचते हुए कहा, "चलो, चलते हैं।"

हमेशा की तरह, जब हम कक्षा में पहुँचे तो मिस एनी पहले ही कक्षा में थीं।

हालाँकि मिस एनी के लिए यह सामान्य बात है, लेकिन हमारे स्कूल के लिए यह सामान्य बात नहीं है। बहुत सारी टीचर या तो स्कूल देर से आती हैं, या कई बार आती ही नहीं हैं। लेकिन मिस हमेशा समय से पहले वहाँ होती हैं, बोर्ड पर चित्र बना रही होती हैं या काग़ज़ जमा रही होती हैं या कई बार जब आया नहीं आती है तो वह स्कूल की सफाई कर रही होती हैं। वह देर तक स्कूल में रुकती भी हैं। मुझे तो लगता है कि शायद वह स्कूल में ही सो जाती हैं, लेकिन ऐसा मैं यक़ीन के साथ नहीं कह सकती।

इसके अलावा उनकी कक्षा अलग दिखाई देती है। अभी तो साल की शुरुआत ही है और उन्होंने हमसे बहुत सारा काम करवाकर कक्षा की दीवारों पर सजा दिया है। उन्होंने कक्षा में एक किताबों की अलमारी भी लगा रखी है, जिसमें वह अपने घर से लाकर किताबें रखती हैं। आज सुबह वह चटख लाल रंग के कवर वाली एक किताब पढ़ रही थीं, जिस पर कुछ अंग्रेज़ी के शब्द लिखे हैं जिनका अर्थ मुझे नहीं मालूम जैसे–"सोशल जस्टिस" और "पेडागोजी।" एक बार रोशन ने उनसे पूछा था कि ये किताबें किस बारे में हैं,

और उन्होंने बताया कि, "दुनिया को ज़्यादा न्यायपूर्ण और सुंदर बनाने के बारे में।" मुझे पता नहीं कि इस बात का क्या मतलब है लेकिन मिसेज नायडू, मैंने किसी और टीचर को अंग्रेज़ी में—या किसी और भाषा में भी, किताबें पढ़ते नहीं देखा।

"गुड मॉर्निंग, सरोजिनी", मिस ने किताब के बीच एक काग़ज़ रखकर उसे बन्द करते हुए मुझे कहा।

"गुड मॉर्निंग मिस", मैंने कहा, "यह...म्म..."

"दीप्ति", लड़की ने छोटे लड़के को अपने दूसरे कूल्हे की तरफ़ उठाते हुए कहा, "और यह मेरा भाई है, अभि। हम भी यहाँ स्कूल में आना चाहते हैं।"

"क्या सच में?" मिस ने कहा।

"लेकिन हमारे पास कोई काग़ज़ नहीं है", दीप्ति ने बताया, "या पैसे भी नहीं हैं।"

"यह एक सरकारी स्कूल है। तुम्हें यहाँ सिर्फ़ अपना दिल और दिमाग़ लेकर आना है। क्या वह तुम्हारे पास हैं?" मिस ने पूछा।

"हाँ, मिस", दीप्ति ने सीधे खड़े होते हुए कहा, "हाँ, मेरे पास है। मेरा मतलब, हम दोनों के पास है।"

"तो फिर तुम्हारा यहाँ स्वागत है", मिस ने कहा, "कितने साल की हो तुम?"

"बारह", दीप्ति ने बताया।

"तुम्हें स्कूल गए कितना समय हो गया?"

"तीन महीने से कुछ ज़्यादा।"

"इससे पहले तुम कहाँ स्कूल जाती थीं?"

"पहले गुलबर्ग", दीप्ति ने बताया। (तो यह कारण था उसके लहजे का।) "और फिर बंगलोर।"

"बंगलोर में कहाँ?"

दीप्ति ने अपने पैर थोड़ा आगे-पीछे किए और बताने लगी, "पीन या, हब्बल, मराठहल्ली ..." उसकी आवाज़ से लग रहा था कि उसकी बात अब भी पूरी नहीं हुई है।

"यह तो बहुत सारे स्कूल हो गए", मिस ने कहा।

"मैं होशियार हूँ मिस", दीप्ति ने कहा, "गुलबर्ग में मैं फ़र्स्ट आई थी। मैं यहाँ भी फ़र्स्ट आ सकती हूँ, अगर मैं एक जगह ठहर सकूँ।"

"सरोजिनी", मिस ने मेरी तरफ़ मुड़ते हुए कहा, "अगर दीप्ति हमारे स्कूल में आती है तो उससे जो काम छूट गया है क्या वह सीखने में तुम उसकी मदद करोगी?"

"हाँ मिस", मैंने कहा।

"दीप्ति, क्या तुम सरोजिनी के साथ काम करोगी?"

दीप्ति ने कंधे उचका दिए। मुझे लगता है कि वह शायद थोड़ा शर्मिंदा महसूस कर रही थी, लेकिन उसने कहा, "ठीक है।"

"बढ़िया। अब यह बताओ कि तुम्हारा भाई कितने साल का है?"

"चार।"

"तुम मेरे साथ आओ", मिस ने कहा, "सरोजिनी, जैसे ही बच्चे आने लगें उन्हें कहना कि कल रात को करने के लिए दिए प्रश्नों के उत्तर जाँच लें।"

"जी, मिस", मैंने कहा।

जब वे जाने लगे तब दीप्ति ने मुड़कर आवाज़ लगाई, "ओए, सरोजिनी!"

मैं चौंक गई और ऊपर देखा।

"थैंक्स", उसने कहा और मुस्कराई।

और मैं भी अपने को रोक नहीं सकी। मैं भी उसकी ओर देखकर मुस्करा दी।

आपको पता है मिसेज नायडू? मुझे लगता है कि ठीक उस समय मेरा दिल थोड़ा सा बड़ा हो गया।

शुभकामनाएँ
सरोजिनी

1 जुलाई, 2013

डियर मिसेज नायडू,

आज मिस ने हमें किसी ऐसे समय के बारे में लिखने के लिए कहा है जब हमने कुछ नया आजमाया हो। उनका कहना है कि नई बातों को आजमाना हमारे दिल और दिमाग़ दोनों के लिए अच्छा होता है क्योंकि नया आजमाने के दौरान हमें ऐसी बातें सोचने या महसूस करने का मौक़ा मिलता है जिन्हें हमने पहले कभी सोचा या महसूस नहीं किया होता है।

यह भी क़िस्मत की ही बात है कि मैंने कल ही कुछ नया आजमाया था।

यह मेरे दिल और दिमाग़ के लिए तो अच्छी क़िस्मत की बात है ही, मुझे स्कूल से मिले काम के लिए भी अच्छी क़िस्मत की बात हो गई।

इसकी शुरुआत अम्मा के बनाए एक नए नियम के कारण हुई। आपको याद ही होगा मिसेज नायडू कि मैं अपने सबसे पक्के दोस्त के एकदम पड़ोस में रहती थी।

यदि आप मेरी बातों पर ध्यान दे रही होंगी, तो आप इस बयान के बारे में दो बातें जानती हैं; एक बात तो निश्चित तौर पर अलग है और दूसरी बात भी हो सकता है कि अब अलग हो जाए।

जो बात निश्चित तौर पर अलग है वह यह कि मेरा पक्का दोस्त अब मेरे पड़ोस में नहीं रहता। अब वह किसी और के पड़ोस में रहता है, और शायद उनके घर में भी नल का पानी आता है और छत पर पंखा लगा और शायद उसके भाई के पास भी कोई दोपहिया सवारी हो।

जो बात शायद अलग हो सकती है वह यह कि शायद अब मेरा कोई पक्का दोस्त ही न हो।

ख़ैर, तो मैं नए नियम के बारे में बता रही थी। नया नियम यह है कि मैं स्कूल के बाद सीधे अपने घर नहीं जा सकती क्योंकि घर खाली होता है और ऐसे में कोई मेरे अकेले होने का फायदा उठा सकता है।

(मुझे अभी तक यह समझ नहीं आया कि 'फायदा उठाने' का क्या मतलब है, लेकिन यह ज़रूर ही कोई बहुत बुरी बात है। मैं अक्सर यह बात मोहल्ले में अपनी मासियों के मुँह से सुनती हूँ जो अपनी बेटियों पर चिल्लाती रहती हैं।)

तो अब घर जाने की बजाय मैं रोजाना अम्मा से उस घर में मिला करूँगी जहाँ वह दिन के सबसे आख़िर में काम करती हैं।

मिसेज नायडू, यदि अम्मा आपके घर में काम करतीं तो मुझे बिल्कुल बुरा नहीं लगता। मैं यक़ीन के साथ कह सकती हूँ कि आप मुझे अपने घर बुलातीं, चाय बनाकर पिलातीं और कविताएँ भी पढ़कर सुनातीं। आप शायद मुझे वे क़िस्से भी सुनातीं कि अंग्रेज़ों की जेल में रहने या दुनिया घूमने का क्या मतलब है।

लेकिन अफसोस मिसेज नायडू, अम्मा दिन के आख़िर में आपके घर काम नहीं करतीं। वह विमला मैडम के घर काम करती हैं।

विमला मैडम के घर एक समस्या है।

वह समस्या है क्योंकि वहाँ विमला मैडम रहती हैं।

मेरी अम्मा विमला मैडम को पसंद करती हैं, लेकिन मुझे लगता है कि वह झुरझुरीवाली हैं।

(झुरझुरीवाली शब्द का मतलब है कि कुछ ऐसी चीज़ जिसके बारे में सोचकर आपके मन में कँपकँपी छूटने लगे। आपको ऐसा लग सकता है क्योंकि आपको डर लगता है, या आपको खीझ होती है। झुरझुरीवाला में दोनों तरह का अहसास एक साथ होता है। मैंने 'झुरझुरीवाला' यह शब्द एक कॉमिक से सीखा जो मैं आमिर से लेकर आई थी। यह ख़ासतौर से मज़ेदार थी क्योंकि उसमें एक भूत था, और बाद में पता चलता है कि यह भूत एक ऐसा व्यक्ति था जो एक हत्यारा भी था। मुझे माफ़ कीजिएगा मिसेज नायडू कि मैंने किताब का अन्त आपको पहले ही बता दिया लेकिन आप तो अब ज़िन्दा हैं नहीं किताबों की दुकान पर जाती नहीं हैं, मुझे लगा शायद आपको इस पर ऐतराज भी नहीं होगा।)

तो अब रोजाना स्कूल के बाद विमला मैडम के घर जाने के अलावा मैं कुछ और भी करने के लिए खोजती रहती हूँ, इसी कारण मैं कल कुछ नए की कोशिश कर पाई।

कल मिस एनी ने मुझसे पूछा कि क्या मैं बाल अधिकार क्लब की बैठक में शामिल होना चाहुँगी। मैं बाल अधिकार के बारे में तो कुछ नहीं जानती थी, लेकिन मैं यह जानती थी कि क्लब की बैठक एक घंटे तक चलती है, जिसका मतलब यह था कि जब तक यह बैठक ख़त्म होगी तब तक अम्मा भी अपना काम ख़त्म कर चुकी होंगी और मैं सीधे अपने बिना झुरझुरीवाले घर को जा सकूँगी।

मिस बिस्किट भी लेकर आई थीं—अच्छे वाले, जिनके बीच में चॉकलेट थी। दीप्ति भी रुकी थी, और मैंने उससे कुछ नहीं कहा था फिर भी जब उसने मुझे देखा तो वह दो बिस्किट उठाकर लाई, एक मुझे दिया और वहाँ मेरे पास ही ज़मीन पर आलथी-पालथी लगाकर बैठ गई। मिस ने बताया कि इस बैठक का उद्देश्य यह है कि हमारे जैसे बच्चे "अपने अधिकारों के बारे में जान सकें।" ख़ासतौर से एक बहुत महत्त्वपूर्ण चीज़ है जिसे बाल अधिकार संधि कहा जाता है। यह एक ऐसी बातों की सूची है जो आपको बताती है कि अगर आप 6 से 14 वर्ष की उम्र के बीच एक बच्चे हो—जो कि मैं हूँ, तो आपके पास क्या-क्या होना चाहिए। यह हिस्सा ख़ासतौर से मज़ेदार था क्योंकि अब तक मुझे किसी ने नहीं बताया था कि मुझे भी कुछ बातों की छूट है। बड़े लोग कहीं ज़्यादा समय यह बताने पर ख़र्च करते हैं कि बच्चों को किन बातों की इजाज़त नहीं है, बजाय इसके कि उन्हें क्या इजाज़त है।

इस सूची में पहली चीज़ थी शिक्षा। मिस ने शिक्षा का अधिकार क़ानून के बारे में बताना शुरू किया जिसका अंग्रेज़ी के शब्दों वाला इतना लंबा सा नाम है जितना लंबा मैंने कभी किसी जासूसी उपन्यास या कॉमिक में नहीं पढ़ा। मैंने उसे लिख लिया ताकि मैं बाद में फुर्सत से पढ़कर समझ सकूँ कि उसका मतलब क्या है। मेरे ख़याल से और बहुत से लोग भी इसके बारे में नहीं जानते क्योंकि ज़्यादातर लोग इस क़ानून का संक्षिप्त नाम आरटीई ही लेकर बात करते हैं।

मिस ने हमें बताया कि देश में सारे प्राइवेट स्कूलों के लिए यह ज़रूरी है कि वे 'आर्थिक रूप से कमज़ोर वर्गों' से आने वाले 14 वर्ष से कम उम्र के बच्चों के लिए सीटें आरक्षित रखें। मुझे ठीक-ठीक नहीं पता कि 'आर्थिक रूप से कमज़ोर

वर्ग' का क्या मतलब है, लेकिन मुझे पता है कि मैं भी उसमें आती हूँ क्योंकि अम्मा मेरी स्कूल के जितने भी फार्म भरती हैं उन सब पर यही लिखा होता है।

"तो मैं इसे सीधे शब्दों में समझना चाहती हूँ", मैंने कहा, "इसका मतलब क्या यह हुआ कि आर्थिक रूप से कमज़ोर वर्ग का कोई बच्चा किसी भी प्राइवेट स्कूल में जाना चाहे तो उन स्कूलों को उसे प्रवेश देना होगा?"

(आपको याद होगा कि मेरी नीति है बड़ों से सवाल नहीं पूछना है। आप समझ सकती हैं कि मैं इतना उत्साहित हो गई थी कि बहुत लंबे समय के बाद मैंने अपने इस नियम को ख़ुद ही तोड़ दिया।)

"अम्म", मिस ने कहा, "हाँ। मुझे लगता है कि ऐसा ही होना चाहिए। बच्चे को कुछ फार्म जमा करने होंगे ताकि उसकी फ़ीस का ख़र्चा सरकार उठा सके।"

"रुकिए", मैंने कहा, "तो क्या इसका यह मतलब है कि आर्थिक रूप से कमज़ोर वर्ग के बच्चे निजी स्कूलों में मुफ़्त में पढ़ाई कर सकते हैं।"

"हाँ", उन्होंने कहा, "या—असल में मुझे पूरी जानकारी नहीं है। यह निःशुल्क है या बहुत हद तक उन्हें बहुत कम ख़र्च करना पड़ेगा।"

आप जानती हैं इसका क्या मतलब हुआ, मिसेज नायडू?

क्योंकि आप तो बहुत ही प्रतिभाशाली हैं, आप जानती होंगी। लेकिन यदि आपको न मालूम हो तो मुझे प्रमुख बातें एक बार फिर कह लेने दीजिए।

1. मैं आर्थिक रूप से कमज़ोर वर्ग से आती हूँ।
2. मैं 12 साल की हूँ जो 6 से 14 वर्ष के बीच की उम्र है।
3. ऐसे बच्चे जो 6 से 14 वर्ष के हैं और आर्थिक रूप से कमज़ोर वर्ग से हैं वे निजी स्कूल में पढ़ने जा सकते हैं।
4. मेरा पक्का दोस्त आमिर एक निजी स्कूल में पढ़ने जाता है।

इन सुबूतों के आधार पर, मिसेज नायडू, मैं यह निष्कर्ष निकाल सकती हूँ कि आमिर और मैं एक ही स्कूल में जा सकते हैं।

जिसका एक मतलब यह भी हो सकता है कि हम फिर से पक्के दोस्त बन सकते हैं।

मैं सच में बहुत ख़ुश हूँ कि मैंने कुछ नया आजमाने की कोशिश की।

शुभकामनाएँ
सरोजिनी

4 जुलाई, 2013

डियर मिसेज नायडू,

यह मेरा पत्र लिखने के सिलसिले में आख़िरी काम है। आपको पत्र लिखकर अच्छा लगा। उम्मीद है आपको मेरे पत्रों की बहुत याद तो नहीं आएगी।

इस बार हमें अपने भविष्य के सपनों के बारे में लिखने का काम दिया गया है। मेरे ख़याल से इसका मतलब यह हुआ कि हम बड़े होकर क्या करना चाहते हैं, हमें उसके बारे में बताना है।

समान्यतः जब बड़े लोग मुझे भविष्य के बारे में पूछते हैं तो मैं कह देती हूँ कि मुझे गणित और विज्ञान विषय पसंद हैं और मैं बड़ी होकर इंजीनियर या डॉक्टर की पढ़ाई करना चाहती हूँ।

मैं सिर्फ़ ऐसा कह देती हूँ क्योंकि बड़े बच्चों से यही सुनना चाहते हैं।

(हालाँकि वे ऐसा कभी बताते नहीं हैं लेकिन यह तो सबको पता ही है।)

तो यह एक राज़ की बात है, जो मैंने अब तक आमिर के अलावा किसी को नहीं बताई है। राज़ की बात यह है कि मैं सच में बड़ी होकर क्या बनना चाहती हूँ। क्या आप सुनने के लिए तैयार हैं?

एक जासूस।

मैं जानती हूँ कि यह सुनने में अटपटा लग सकता है, क्योंकि एक तो दूसरी कोई लड़की जासूस है नहीं (कम से कम मैंने जो किताबें पढ़ीं हैं उनमें से तो किसी में भी नहीं) और कोई भारतीय जासूस भी नहीं है (कम से कम ऐसा तो कोई नहीं जिसे मैं जानती हूँ—किताबों में ऐसा लगता है कि वे ज़्यादातर ब्रिटिश

या अमरीकी होते हैं।) इसलिए मैं पहली होना चाहती हूँ।

मैं शरलॉक होम्स की तरह या वैसी कोई जासूस नहीं होना चाहती जो मसखरे-सी टोपी पहने रहते हैं और जिसका अजीब सा सहायक हो। मैं एक भद्र महिला जासूस होना चाहती हूँ जो साड़ी पहनती हो—संभवतः गुलाबी या लाल साड़ी क्योंकि अम्मा कहती हैं कि मेरे जैसी साँवली लड़की पर ये रंग ही ज़्यादा खिलते हैं। ऐसी महिला जो देखने में एकदम संकोची और विनम्र लगे। सब लोग यह मानकर चलते हैं कि जासूस तो कोई आदमी होगा, इसलिए अगर आप एक महिला हैं तो ज़्यादा आसानी से अपनी पहचान को छुपाए रख सकती हैं, जिसका मतलब है कि आप चौंकाने के तत्व का इस्तेमाल कर सकती हैं। (जासूसी उपन्यासों में चौंकाने की बहुत ख़ास अहमियत होती है।) इसके अलावा मेरी अम्मा की लेजर वाली नज़र मैं किसी आदमी को इस्तेमाल करते हुए नहीं दिखा सकती, और जब मैं कातिलों और चोरों को रोकूँगी तो मुझे ज़रूर ही उस तरह की निगाह का इस्तेमाल करना होगा।

मिसेज नायडू, मैं आपको यह सब इसलिए बता रही हूँ क्योंकि मुझे लगता है आप इस बात को जानती हैं कि उन कामों को करना कैसा लगता है जिनके बारे में लोग सोचते हैं कि यह आपको नहीं करना चाहिए। जैसे आपने अकेले दुनियाभर में घूमकर लोगों को यह बताया कि महिलाओं को मतदान करना चाहिए और स्कूल जाना चाहिए, जबकि कुछ लोगों को आपका यह करना पसंद नहीं आया। ऐसा लगता है जैसे कि उनको आपके पति और बच्चों को भारत में छोड़ अकेले यात्रा करना भी पसंद नहीं आया और वे आपकी कही बातों से भी सहमत नहीं थे।

(मुझे आपसे यह पूछना था मिसेज नायडू कि जब आप ब्रिटेन में थीं, तब क्या आपकी मुलाक़ात किसी जासूस से हुई थी? क्या उनमें से कोई भारतीय भी था?)

मुझे बड़े होकर क्या करना चाहिए इसके बारे में अम्मा के पास बहुत सारे विचार हैं। बल्कि कहना चाहिए कि उनका एक ही ख़याल है: अम्मा यह चाहती हैं कि मुझे बड़ी होकर वकील बनना चाहिए।

क्या आप सोच सकती हैं कि वह ऐसा क्यों चाहती हैं?

वही एक वजह जिसके कारण वह मुझसे बहुत कुछ चाहती हैं : विमला मैडम के कारण।

विमला मैडम वकील हैं, लेकिन उनके बारे में सिर्फ़ यही एक बात नहीं है। यदि आप मेरी बात ध्यान से पढ़ रही होंगी तो आपको याद होगा कि वह झुरझुरीवाली भी हैं। वकील की तरह नहीं। झुरीझुरीवाली।

उनका फ़्लैट अँधेरे वाला है और उस पर टीक के दरवाज़े लगे हैं, भारी-भारी अलमारियाँ, मेज और कुर्सियाँ हैं, जिन्हें देखकर आप अपने भीतर भार से दबा हुआ महसूस करते हैं। इसके अलावा उनके घर में बहुत सारी मूर्तियाँ और कलाकृतियाँ हैं, जिन्हें देखकर ऐसा लगता है कि वे बहुत क़ीमती हैं और यदि आपने उनके आस-पास साँस भी ले ली तो वे असंख्य छोटे-छोटे टुकड़ों में बिखर जाएँगी। और जब वह आपसे बात कर रही हों, जो कि वास्तव में कभी नहीं करती हैं—तब ऐसा नहीं लगता कि वह बात कर रही हैं बल्कि ऐसा लगता है जैसे कि गुर्रा रही हों, शायद ऐसा हो जाता है जब सारा जीवन आपको इस तरह बात करनी पड़ती हो कि जज आपकी बात को सुन ले। इसके अलावा वह और एक अजीब बात करती हैं कि जब आप उनसे बात कर रहे हों तो वह अपने चश्मे को अपनी नुकीली नाक पर बिल्कुल आगे के सिरे पर टिका लेती हैं और एक भौंह को ऊपर उठाकर आपकी ओर देखती हैं, तब ऐसा लगता है कि आप जो भी कह रहे हैं वह ग़लत है, फिर चाहे आप सिर्फ़ उनसे नमस्ते ही क्यों न कर रहे हों।

जाहिर है अम्मा मुझसे भी वही चाहती हैं कि मैं एक गुर्रानेवाली, भौंह उठाने वाली, नुकीली नाक वाली वकील बन जाऊँ।

अम्मा कहती हैं कि मैं इतनी किताबें पढ़ती हूँ, इसलिए वकालत मेरे लिए सबसे सही काम होगा। वह कहती हैं कि विमला मैडम भी सारा दिन पढ़ती रहती हैं, इसलिए ही उनका घर इतनी सारी किताबों से भरा है। आपको लगता होगा कि एक घर में बहुत सारी किताबों का भरा होना तो अच्छी बात है, लेकिन विमला मैडम के घर में वैसी किताबें नहीं हैं जैसी कि मैं पढ़ती हूँ या आप लिखती हैं—वे किताबें मोटी-मोटी, भारी, धूल से सनी और उबाऊ होती हैं। अम्मा यह भी कहती हैं कि वकील बहुत पैसा कमाते हैं क्योंकि विमला मैडम का अपना तीन बेडरूम वाला फ़्लैट है, जिसमें एक स्टडी भी है और

बहुत सारा ऐसा फर्नीचर है जो उठाने में बहुत भारी है और आसानी से टूट जाने वाली कलाकृतियाँ भी हैं। अम्मा को ऐसा भी लगता है कि वकील का बहुत सम्मान होता है क्योंकि विमला मैडम की तस्वीर अक्सर अख़बारों में आती रहती है।

बुरा मत मानिएगा मिसेज नायडू, मुझे यक़ीन है कि आपकी तस्वीरें भी अख़बारों में छपती रहती होंगी लेकिन ऐसा थोड़े ही है कि आप अख़बारों में मुख पृष्ठ पर छपेंगे तो आपका सम्मान ही होगा। मेरा मतलब है कि अपराधियों के फोटो भी अख़बार के पहले पन्ने पर छपते रहते हैं, नहीं क्या? लेकिन जब मैंने अम्मा से यह बात कही तो वह कहने लगीं, बिल्कुल इस तरह तर्क करने की क्षमता के कारण भी उन्हें लगता ही कि मैं एक अच्छी वकील बन सकती हूँ।

फिर सारे वकील शायद बुरे भी नहीं होते। गांधी बाबा भी वकील थे, है न मिसेज नायडू? और मेरे ख़याल से पंडित जी भी वकील थे? और डॉक्टर आंबेडकर भी। और आप इन सबकी दोस्त थीं, है न?

लेकिन किसी वकील का दोस्त होना और ख़ुद एक वकील होना, यह तो दोनों एकदम अलग-अलग बातें हैं।

शुभकामनाएँ
सरोजिनी

5 जुलाई, 2013

डियर मिसेज नायडू,

मैं जानती हूँ कि स्कूल का काम अब पूरा हो गया है, और आपके पास पत्र-व्यवहार के लिए और महत्त्वपूर्ण लोग होंगे (भले ही वे आपकी तरह ~~मृत~~ दिवंगत ऐतिहासिक लोग ही हों)। लेकिन आज एक बात हुई मिसेज नायडू, और मैं इसके बारे में बात करना चाहती हूँ। मैं किसी और से बात नहीं कर सकती—कम से कम ऐसे किसी व्यक्ति से नहीं जिसे मैं जानती हूँ। शायद आपके अलावा किसी से नहीं।

याद है मैंने आपको बाल अधिकार क्लब की बैठक के बारे में बताया था? और अब एक ऐसा क़ानून भी है जो यह कहता है कि बच्चे प्राइवेट स्कूल में भी नि:शुल्क पढ़ने के लिए जा सकते हैं।

पता है, मिसेज नायडू, जब मैंने इसके बारे में सुना तो मुझे लगा यह सच होगा।

या असल में मैं चाहती थी कि यह सच हो।

बाल अधिकार क्लब की बैठक के ~~बाद ठीक जो मैंने वहाँ सुना~~ जो मुझे लगा कि मैंने वहाँ सुना है, वही सब अम्मा को भी बताया।

मैंने उन्हें बताया कि मैं भी प्राइवेट स्कूल में जा सकती हूँ और वे बिना फ़ीस लिए स्कूल में मेरा नाम लिख लेंगे।

कि वे हमसे कोई फ़ीस नहीं लेंगे लेकिन मैं बहुत कुछ सीख सकती हूँ और परीक्षा में अच्छे अंक ला सकती हूँ और फिर मुझे अच्छी नौकरी मिल सकती है और हम भी एक ऐसे फ़्लैट में रहने के लिए जा सकते हैं जिसमें दिन भर नल में पानी आता हो, सर पर पक्की छत हो और शायद एक बगीचा भी हो।

और अगर मैं और आमिर एक ही स्कूल में पढ़ेंगे तो शायद हम फिर से

दोस्त भी बन सकते हैं।

शायद फिर से पक्के दोस्त भी बन जाएँ।

(मिसेज नायडू, संभवत: अब तक आपने ~~यह अनुमान लगा लिया~~ निष्कर्ष निकाल लिया होगा कि यह आख़िरी बात मैंने अम्मा से नहीं कही। उन्हें मैंने सिर्फ़ सीखने, परीक्षा, नौकरी और नए घर के बारे में ही बताया था।)

पहले तो अम्मा को मेरी बात पर विश्वास ही नहीं हुआ, क्योंकि इसके बारे में कोई जानकारी अम्मा विमला मैडम के घर पर जो कन्नड़ अख़बार पढ़ती हैं, उनमें नहीं थी।

लेकिन फिर वह एक पल के लिए सोच में पड़ गईं और बोलीं हम एक बार कोशिश ज़रूर करेंगे क्योंकि अगर हमने कोशिश ही नहीं की तो निश्चय ही मुझे दाख़िला नहीं मिल सकता। इसलिए उन्होंने कहा कि हम वहाँ जाएँगे।

मिसेज नायडू, जब आप किसी बहुत महत्त्वपूर्ण जगह जैसे प्राइवेट स्कूल वग़ैरह में जाओ तो आपको बहुत सारा फार्म साथ लेकर जाना पड़ता है। इसलिए वहाँ जाने के लिए रवाना होने से पहले अम्मा ने मेरे जन्म प्रमाण पत्र, ग़रीबी रेखा से नीचे का बीपीएल कार्ड, उनका मतदाता पहचान पत्र, उनका आय प्रमाण पत्र, मेरे इंजेक्शन का कार्ड, मेरी रिपोर्ट कार्ड–लगभग ऐसे सारे काग़ज़ अपने साथ रख लिए, जिन पर हम दोनों में से किसी का भी नाम लिखा हो।

अम्मा ने अपनी सबसे अच्छी कॉटन सिल्क की साड़ी पहनी जिस पर सुनहरी जरी का काम है। यह साड़ी उनको जहाँ वह काम करती हैं ऐसे एक घर से मिली थी क्योंकि यह किनारे से थोड़ी-सी ख़राब होने लगी थी। मैंने अपनी स्कूल की वर्दी को अच्छी तरह से इस्तरी किया, अपने साफ़ तेल लगे बालों को अच्छे से चोटी में गूँथा ताकि कोई बाल बाहर बिखरा न रहे, अतिरिक्त समय लगाकर अपने जूते चमकाए।

और फिर जाने का समय आया।

आप सोच रही होंगी कि हम कहाँ जा रहे थे।

सच बताया जाए तो बंगलोर में बहुत सारे प्राइवेट स्कूल हैं लेकिन मेरे और अम्मा के लिए हमेशा से सिर्फ़ एक ही स्कूल रहा है : ग्रीनहिल पब्लिक स्कूल। ग्रीनहिल इतना मशहूर स्कूल नहीं है जितना बाल्डविन बिशप, या

बिशप कॉटन या सेंट जोसफ़ जैसे बंगलोर के कुछ दूसरे स्कूल हैं। लेकिन विमला मैडम अपने बच्चों को वहाँ भेजती थीं और विमला मैडम के पास दुनिया की सारी सबसे अच्छी चीज़ें हैं इसलिए अम्मा का यह निष्कर्ष है कि ग्रीनहिल ही सबसे अच्छा स्कूल है।

अम्मा ने मुझसे नहीं पूछा कि मुझे यह स्कूल पसंद है या नहीं, लेकिन मुझे भी कुछ बुरा नहीं लग रहा था। जब मैं यूकेजी में थी तब तक विमला मैडम के बच्चे घर पर ही रहते थे, और उनके ग्रीनहिल स्कूल के सामान घर में बिखरे पड़े रहते थे। मुझे उनकी विज्ञान की किताबों में चिड़ियों, जानवरों, पौधों के रंगीन चित्र और सामाजिक अध्ययन की किताबों में दुनिया भर की जगहों की तस्वीरें पलटकर देखना अच्छा लगता था। ऐसा लगता था कि वे दुनिया के सबसे मज़ेदार विषय पढ़ते हैं। जैसे खगोल शास्त्र, क़लमकारी चित्रकारी, एनी बेसेंट, ग़ज़ल।

इसके अलावा विमला मैडम के बच्चों को ऐसी-ऐसी चीज़ों के लिए इनाम मिलते थे जिनके बारे में मैं सोच भी नहीं सकती थी कि इन कामों के लिए भी इनाम मिलता है, जैसे सबसे अच्छी कविता लिखने का पुरस्कार, 500 मीटर की दौड़ में सबसे तेज़ दौड़ने का ईनाम, टेलेंट शो में हिस्सा लेने का ईनाम। मुझे हमेशा लगता था कि पुरस्कार तो परीक्षा और ज़्यादा अंक लाने के लिए मिलते हैं। मैं सोच भी नहीं सकती थी कि तेज़, रचनात्मक होने या सिर्फ़ किसी चीज़ में शामिल होने के भी ईनाम होते हैं।

यूकेजी में मैं बहुत शिद्दत से स्कूल जाने का इंतज़ार कर रही थी, क्योंकि मुझे लगता था कि मेरा स्कूल भी ग्रीनहिल के जैसा ही होगा।

(यदि आपने ध्यान दिया होगा मिसेज नायडू, तो आप जानती होंगी कि आंबेडकर स्कूल में कुछ भी ग्रीनहिल जैसा नहीं है। बल्कि वह तो ग्रीनहिल से एकदम उल्टा है।)

मुझे लगता है कि शायद यही कारण रहा होगा कि मिस इस बात की कोशिश कर रही थीं कि—स्कूल ऐसा हो कि तुम लोगों के दिल और दिमाग़ को ख़ुश रखे।

लेकिन अगर ग्रीनहिल आंबेडकर स्कूल जैसा होता तो भी कोई फ़र्क़ नहीं पड़ता। ग्रीनहिल वह स्कूल है जहाँ आमिर जाता है और इसलिए मैं भी वहाँ जाना चाहती हूँ।

जब हम ग्रीनहिल के बड़े दरवाज़े से स्कूल के अन्दर घुसे तो इतने सारे रंग, रोशनी और आवाज़ों के कारण साँस लेना मुश्किल लगने लगा। वहाँ दीवारों पर अंग्रेज़ी में लिखे पोस्टर लगे थे जिन पर तरह-तरह की गतिविधियों के बारे में बताया गया था। वहाँ जगह-जगह बच्चों के बनाए प्रोजेक्ट और उनके खेलों और दूसरी गतिविधियों में हिस्सेदारी के चित्रों के सजाए बॉक्स लगे हुए थे। यहाँ साफ़ टाइल, पेंसिल की छीलन, और साफ़ काग़ज़ की गंध आ रही थी।

हमें पता नहीं था कि हम किससे बात कर सकते हैं इसलिए हम सीधे मुख्य ऑफ़िस में चले गए, जहाँ दीवारें काँच की बनी थीं और हर तरफ़ शीशे लगे हुए थे मानो हम किसी जौहरी की दुकान के भीतर हों।

जब हम अन्दर गए तो सेक्रेटरी ने हमारी तरफ़ इस तरह देखा जैसे हम किसी ग़लत जगह पर आ गए हों।

जब मैंने उसे देखा तभी मुझे समझ जाना चाहिए था कि यहाँ आने का विचार बहुत अच्छा नहीं था। उसकी हर बात भड़कीली और सख़्त थी : उसके नाक में पहना हीरे का लौंग, उसकी ज़री की किनारी वाली साड़ी और उसके सफ़ेद बाल। मुझे अम्मा से कहना चाहिए था कि मुझे वापस घर ले चले।

लेकिन मैंने ऐसा नहीं किया।

सेक्रेटरी ने अंग्रेज़ी में पूछा, "तुम कौन हो?"

जब मैंने और अम्मा ने असमंजस में एक-दूसरे को देखा, क्योंकि हमें समझ नहीं आ रहा था कि उसे क्या जवाब दें, तब उस महिला ने कन्नड़ में अपना सवाल दोहराया, "नीवु यारू?"

"हम मिसेज विमला राव के दोस्त हैं", मैंने अंग्रेज़ी में बुदबुदाया ताकि उसे पता चल जाए कि हम उसकी बात समझ गए हैं।

अम्मा एक पल के लिए चौंकीं लेकिन फिर उनका चेहरा भावहीन हो गया और वह कन्नड़ में बोलीं, "हाँ यह ठीक कह रही हैं।"

सेक्रेटरी ने कहा, "तो तुम लोग विमला राव के दोस्त हो?" वह भी कन्नड़ बोल रही थी लेकिन आपको आराम से पता चल जाएगा कि उसे इसकी आदत नहीं है और वह शायद सिर्फ़ अपने रसोइये या स्कूल की आया जैसे लोगों को आदेश देने के लिए ही इसका इस्तेमाल करती होंगी। "मशहूर वकील विमला राव?"

"जी मैडम", मैंने अपनी आँखों को हैरत और मासूमियत से फैलाते हुए कहा, "वह मेरे लिए माँ की तरह हैं।"

यह थोड़ा सा ज़्यादा हो सकता है।

आप भी इस बात को पसंद नहीं करेंगी, मिसेज नायडू। लेकिन (इसमें बुरा मानने की कोई बात नहीं है), आपको शायद इस बात के लिए कोई कोशिश नहीं करनी पड़ी होगी कि लोग आपसे अच्छी तरह बात करें। मेरा मतलब है कि आपको अगर किसी ऊँचे ओहदे वाले व्यक्ति से बात करनी हो तो आप यह कह सकती हैं कि आप गांधी जी की दोस्त हैं और कौन गांधी जी की दोस्त से बात नहीं करना चाहेगा?

असल में आपको कभी ऐसा भी कहने की ज़रूरत नहीं पड़ी होगी। आपको सिर्फ़ यही कहना पड़ा होगा कि मैं सरोजिनी हूँ, कवि, स्वतन्त्रता सेनानी और कांग्रेस पार्टी की पूर्व अध्यक्ष।

लेकिन अम्मा और मैं तो न कवि हैं न कहीं के अध्यक्ष, हम तो सिर्फ़ जुझारू लोग हैं।

कम से कम अम्मा जुझारू हैं, मैंने अपने बारे में अभी तय नहीं किया है कि मैं क्या हूँ।

अम्मा ने कहा, "प्लीज़ मैडम क्या हम प्रधानाध्यापिका से मिल सकते हैं?"

सेक्रेटरी ने पूछा, "आख़िर ऐसा कौन सा बड़ा काम आ पड़ा है, जिसके लिए आपको मैडम से मिलने की ज़रूरत है?"

मैंने अपने वकीलों वाले लहजे में कहा, "हम यहाँ 25% आरक्षण के बारे में पता करने आए हैं?"

उस महिला की भौंहें और ज़्यादा तन गईं और होंठ भिंच गए।

"मैं आर्थिक रूप से पिछड़े वर्ग से आती हूँ—देखिए", मैंने अम्मा के हाथ से काग़ज़ लेकर सेक्रेटरी को दिखाते हुए कहा, "यह हमारा बीपीएल कार्ड है। और यह हमारी आय का प्रमाण पत्र।"

मैं अब भी वकीलों के लहजे में बात करने की कोशिश कर रही थी, लेकिन किसी वकील की आवाज़ शायद उस तरह नहीं काँपती, जैसे मेरी आवाज़ काँप रही थी।

उस महिला ने अपना हाथ उठाया और मुस्कराई। यह ऐसी मुस्कान नहीं

थी जो आपको बेहतर महसूस कराती है।

यह चट्टान जैसी ठंडी मुस्कान थी जो यह बताती है कि आप अपने बिछाए जाल में ख़ुद ही गिर चुके हो।

"तुम कौन-सी कक्षा में हो", उसने कहा, "पाँचवीं?"

"छठी", मैंने कहा।

"सुनो", जैसे उसने अभी-अभी कोई विजय हासिल कर ली हो, अपने हाथ बाँधते हुए और कुर्सी पर पीठ टिकाते हुए कहा, "मैं तुम्हें साफ़-साफ़ बता दूँ और मुझे यक़ीन है तुम अच्छी तरह समझ जाओगी।"

मैंने महसूस किया कि अम्मा सकपका गई हैं। मैंने मेज के नीचे उनके हाथ को हाथ में लेकर दबाया और मुझे उम्मीद थी कि इससे उनकी आँखों की लेजर में शॉर्ट सर्किट हो जाएगा।

सेक्रेटरी ने कहा, "यहाँ कर्नाटक में आरटीई वाली सीटें सिर्फ़ नर्सरी पूर्व के बच्चों के लिए ही आरक्षित हैं।"

मैंने अम्मा की ओर और अम्मा ने मेरी ओर देखा। एनी मिस ने तो ऐसी कोई बात नहीं बताई थी, इसलिए मुझे इस बात पर पूरा यक़ीन नहीं हुआ कि वह सही कह रही है। लेकिन मेरे पास उस बात का भी कोई सुबूत नहीं था कि उसकी बात ग़लत है, इसलिए मैंने कुछ नहीं कहा।

सेक्रेटरी इस बात को शायद समझ गई, क्योंकि उसने मेरा चेहरा देखा और उसकी मुस्कान में और चमक आ गई, "कभी-कभी ऊपर की कक्षाओं में हमारे पास कुछ सीटें खाली होती हैं। लेकिन मुझे अफसोस है, तुम शायद उसके लिए योग्य नहीं हो।"

"मैडम मेरी बेटी की शिक्षा मेरे लिए सबसे महत्त्वपूर्ण है", अम्मा ने कहा, "आप मुझे बताइये मैं इसके लिए क्या कर सकती हूँ, मैं वही करूँगी।"

सेक्रेटरी ने हँसते हुए कहा, "तुम तो जानती ही हो कि यहाँ ग्रीनहिल में दाख़िले के लिए कितने लोग लाइन में रहते हैं। यहाँ प्रवेश के लिए त्याग करना पड़ता है ....।"

उसने एक काग़ज़ उठाया और उस पर कुछ लिखकर मोड़ा और अम्मा की ओर बढ़ा दिया और इससे पहले कि मैं देख सकूँ कि उसमें क्या है, अम्मा ने उसे झटपट उठा लिया।

"मैडम हम जानते हैं कि फ़ीस बहुत ज़्यादा है, इसलिए ही हम आरक्षण के बारे में बात करने आय हैं", मैंने कहा। इस बीच अम्मा ने मुड़ा हुआ काग़ज़ खोल लिया था।

"मैंने ऐसे बहुत आय प्रमाण पत्र देखे हैं", मुझ पर ध्यान न देते हुए सेक्रेटरी ने कहा, "ज्यादातर में परिवार की आय बस कुछ हज़ार रुपए ही बताई हुई होती है, लेकिन उनमें से मुश्किल से ही कोई सही होता है।"

"क्या?" मैंने पूछा।

उसे क्या लगता है कि हम अपनी इच्छा से अम्मा की आय को इतना कम कर के दिखा रहे हैं?

कोई ग़रीब क्यों दिखना चाहेगा जबकि सब जानते हैं कि अमीर होना कितना अच्छा होता है?

इस काग़ज़ पर ऐसा क्या लिखा हुआ है जिसे अम्मा अब अपने पर्स में रख रही हैं?

"मैडम", मेरी अम्मा ने अब डेस्क पर झुकते हुए कहा, "क्या आपके बच्चे हैं?" मैंने सेक्रेटरी के चेहरे की मुस्कान को मुरझाते हुए देखा। इस बीच अम्मा ने अपना हाथ बढ़ाकर उनके हाथ पर रखा और कहा, "मुझे यक़ीन है, ज़रूर आपके बच्चे होंगे और आप उनके लिए अच्छे से अच्छा चाहती होंगी। मुझे इस बात का भी यक़ीन है कि आप चाहती होंगी कि आपके बच्चे ईमानदारी की कद्र करना सीखें।"

सेक्रेटरी ने अपने नर्म और गोरे हाथ के ऊपर अम्मा का सांवला खुरदुरा हाथ देखा।

"अभी तो ग्रीनहिल में आपकी बेटी को प्रवेश नहीं मिल सकेगा", उसने अम्मा के हाथ के नीचे से अपना हाथ खींचते हुए कहा। उसने अपनी दराज खोली और उसमें से कुछ निकाला जिसकी गंध डेटॉल के जैसी थी और हमें दिखाकर उसमें से कुछ निकालकर अपने हाथों पर मला।

अम्मा ने उसी निगाह से देखा जिस निगाह से हमारी पानी की समस्या पर ध्यान न देने पर उन्होंने कॉर्पोरेशन वालों को देखा या उस आदमी को देखती हैं जो शराब पीकर घर आता है और सबकी नींद ख़राब कर देता है, या उन लड़कों को देखा था जिन्होंने आमिर को पीटा था।

यह वैसी निगाह थी जिससे देखने के बाद वह हमेशा एकदम सही शब्द ढूँढ़ लेती हैं और किसी भी लड़ाई को जीत लेती हैं।

मैंने इंतज़ार किया मिसेज नायडू क्योंकि मुझे यक़ीन था कि वह सही शब्द खोज लेंगी। उन्हें हमेशा सही शब्द मिल जाते हैं। याद है न, मैंने बताया था आपको?

लेकिन इस बार उन्हें सही शब्द नहीं मिल सके। उन्होंने अपनी निगाह का लेजर इस्तेमाल नहीं किया। वह बस खड़ी हुईं और बोलीं, "आपने हमें समय दिया इसके लिए धन्यवाद।"

"ज़रूर", सेक्रेटरी ने कहा।

वह भड़कीली मुस्कान।

अम्मा ने मेरा हाथ पकड़ा और हम वहाँ से निकल गए।

या दरअसल, अम्मा ने मेरा हाथ पकड़ा और मुझे उस स्कूल, उस गली से खींचते हुए बाहर ले आईं और आगे भी चलती ही रहीं।

"अम्मा क्या हुआ? आपने कुछ कहा क्यों नहीं? उसको क्यों लगता है कि हमने आय प्रमाण पत्र ग़लत बनाया होगा? हम चलकर क्यों जा रहे हैं, देखो बस तो यहीं खड़ी है?"

आपको पता चल ही गया होगा कि बड़ों से सवाल नहीं पूछने के अपने नियम को इतनी बार तोड़कर मैं ख़ुद से कितनी निराश हुई हूँ।

अम्मा ने शायद सिर्फ़ मेरा आख़िरी सवाल सुना क्योंकि उन्होंने उसका ही जवाब दिया, "क्योंकि मुझे थोड़ी ताज़ा हवा की ज़रूरत है।"

बंगलोर में हवा तो कभी ताज़ा होती ही नहीं है—ख़ासतौर से मुख्य सड़क पर तो बिल्कुल नहीं। यहाँ की दुनिया हरी और नीली नहीं है, न यहाँ पेड़ फलों से लदे होते हैं और न झींगुर और मेढकों की आवाज़ कभी ट्रेफिक की आवाज़ से ऊँची होती है। लेकिन आज एक चीज़ की आवाज़ ट्रेफिक की आवाज़ से ऊँची थी।

चिचीयाते टायरों और चिल्ल-पों करते हॉर्न की आवाज़ों के बीच, रंभाती गायों और शोर मचाती मोटर साइकलों के बीच मुझे अम्मा की भारी और ग़ुस्से से फुफकारती साँस की आवाज़ सुनाई दे रही थी।

मिसेज नायडू, आप जानती हैं उस वक़्त कैसा महसूस होता है जब आपकी माँ, जिसके पास हमेशा कहने के लिए कोई बात हो उसकी चुप्पी

उसके शब्दों से ज़्यादा ऊँची सुनाई पड़ती हो? आप जानती हैं उस वक़्त कैसा महसूस होता है, जब आपको मालूम हो कि इसके पीछे कारण आप हैं?

जब तक हम घर पहुँचे लगभग रात हो चुकी थी। मैंने आँगन में झाड़ू लगाया और अम्मा ने खाना बनाया। उन्हें अपना ग़ुस्सा प्याज पर उतार लेने का समय देने के बाद, जिन्हें वह काट नहीं रही थीं बल्कि उनका कचूमर निकाल रही थीं, मैंने कहा, "अम्मा सॉरी, मुझसे ग़लती हो गई।"

मुझे लगा था कि उस वक़्त में यही सही शब्द होंगे।

लेकिन अम्मा मेरी तरफ़ मुड़ीं और बोलीं, "किस बात के लिए? यह तो होना ही था न?"

"मुझे माफ़ करना क्योंकि मैं ही आपको वहाँ लेकर गई और आपको उस औरत से बात करनी पड़ी", मैंने कहा, "सॉरी मैंने अपना स्कूल छोड़ने के बारे में सोचा। मेरा स्कूल अच्छा है, मुझे इसे छोड़ने के बारे में नहीं सोचना था।"

मेरी अम्मा ने गहरी साँस ली, और मुझे लगा कि वह डांटने वाली हैं। लेकिन, उन्होंने बहुत धीमी आवाज़ में कहा, ऐसी आवाज़ जो पानी के उबलने से पहले ठहरे हुए पानी की तरह ठहरी हुई हो—सतह पर ठहरी हुई लेकिन जिसके ऊपर भाप उठ रही हो क्योंकि जल्दी ही उसमें बुलबुले आकर वह उफान पर आ जाएगी।

"कुछ भी चाहने के लिए कभी माफ़ी मत माँगना", उन्होंने कहा, "बस उसे पाने का दूसरा तरीका खोजना।"

मिसेज नायडू, ऐसा लगता है जैसे आपने सबसे बढ़कर भारत के लिए आज़ादी पाने की इच्छा की। और यह चाहने के लिए आपका शुक्रिया, क्योंकि आपने जो चाहा उसे पा लिया और इसी कारण मैं आज़ाद हूँ।

लेकिन क्या आपने अपने लिए कुछ चाहने के कारण किसी ऐसे व्यक्ति को दुःख पहुँचाया है, जिसे आप बहुत प्यार करती हों?

अभी इस पल में कुछ भी चाहना अच्छा नहीं लग रहा।

शायद कुछ भी न चाहना अच्छा है।

शुभकामनाएँ
सरोजिनी

9 जुलाई, 2013

डियर मिसेज नायडू,

आपके बारे में इस किताब को पढ़ने से पहले मुझे इस बात का अनुमान भी नहीं था कि आपने कितनी यात्राएँ की हुई हैं। आप तो ऐसे-ऐसे शहर घूम चुकी हैं जिनका मुझे ठीक से नाम तक लेना नहीं आता—सिनसिनाटी, अडेन, दार अस सलाम, नैरोबी, शिकागो। और ऐसा लगता है जैसे इन सारे शहरों में भाषणों, रात्री भोज और राजनीतिक बैठकों के दौरान आप बहुत सारे लोगों से मिलीं और इनमें से कुछ लोग आपके दोस्त भी बन गए।

जब आप घर लौटकर आईं तब आपने कभी सोचा कि पता नहीं अब इन दोस्तों से दोबारा मिलना भी होगा या नहीं?

क्या आपने कभी उन दोस्तों के बारे में सोचा जिन्हें पीछे छोड़कर आप कहीं और चली गई हों?

हालाँकि मैं जहाँ रहती हूँ यह तो कोई दूर-दराज का देश भी नहीं, यह तो ऐसी जगह है जिसे छोड़कर लोग जाते ही रहते हैं। जैसे मेरी दोस्त मधुमिता, जिसने मुझे दूसरी कक्षा में गिल्ली-डंडा खेलना सिखाया था। वह चली गई क्योंकि उसके अप्पा ने शराब पीना शुरू कर दिया था और इसलिए उनसे पीछा छुड़ाने के लिए उसकी अम्मा उसे लेकर गाँव लौट गईं।

या मेरी पड़ोसी यशोदा मासी, जब सुबह अम्मा को जल्दी काम पर जाना होता तो वे मेरी चोटी गूँथ दिया करती थीं और मुझे स्कूल तक छोड़ आती थीं। वे भी चली गईं क्योंकि उनकी शादी हो गई और अब वह दूसरे मोहल्ले में अपने पति के साथ रहती हैं।

या जैसे मेरे अप्पा, तो तभी ग़ायब हो गए थे जब मैं एक छोटी लड़की थी।

मुझे पता नहीं कि वह क्यों चले गए। वह तो बस चले गए।

आमिर और उसका परिवार उनकी तरह नहीं था।

आमिर और उसका परिवार तो यहीं रहने वाला था।

लेकिन वह भी चले गए।

मैंने कल आमिर को देखा लेकिन वह तो सबसे मुश्किल समय था। पानी का टैंकर आया था और मैं प्लास्टिक के ड्रम भरकर पानी घर ला रही थी।

(अम्मा ने दो और घरों में काम करना शुरू का दिया है, और इसलिए अब कभी-कभी नहीं मुझे ही रोजाना पानी भरना होता है। अगर बात पानी भरने की हो तो वह कभी-कभार ही अच्छा लगता है, हमेशा नहीं।)

मैं हेमा मासी के पास खड़ी रही जो ज़्यादातर दूसरी मासियों से बात करती हैं, लेकिन आज उन्हें मुझसे ही बात करनी थी।

"वह लड़की कौन थी उस दिन, जिससे तू बात कर रही थी?" हेमा मासी ने पूछा, "वह गंदी-सी लड़की जिसके पैरों में जूते तक नहीं थे?" वह इतनी ज़ोर से बोलीं कि उनके पीछे खड़ी निमीषा मासी मुँह दबाकर हँसने लगीं।

"दीप्ति गंदी नहीं है मासी", मैंने कहा, "वह जहाँ इमारत बन रही है वहीं मज़दूर बस्ती में रोज नहाती है।"

"वह मज़दूर बस्ती में रहती है?" हेमा मासी ने अपने दाँत से टिच-टिच कर सर हिलाते हुए कहा, "उससे दोस्ती मत कर बेटा। तू इतनी अच्छी लड़की है। तू तो जानती है यह इमारतों के पास रहने वाले लोग कैसे होते हैं। यह लोग सब पिछड़ी हुई जगहों से अपनी पिछड़ी हुए सोच लेकर आते हैं। देखना तेरी दीप्ति की साल भर में शादी हो जाएगी और वह तीन-तीन बच्चे पैदा करेगी।"

मुझे बहुत ग़ुस्सा आया, मिसेज नायडू। हालाँकि मैंने दीप्ति से बहुत थोड़ी-सी ही बात की थी लेकिन मुझे नहीं लगता कि वह ऐसी है। लेकिन मैं बहुत ग़ुस्सा नहीं हो पाई, क्योंकि जब मैं पहली बार दीप्ति से मिली थी तब मेरे मन में भी ऐसी ही बातें आई थीं। अब जब मैं उसको रोजाना कक्षा में देखती हूँ तो मैं यह कह सकती हूँ कि वह होशियार है, वह अभद्र या बदतमीज़ नहीं है। वह बस ऐसी है जिसे अम्मा 'थोड़ी रूखी और थोड़ी चालू' कह सकती हैं। इसलिए हेमा मासी को यह कहने की बजाय कि वह ग़लत कह रही हैं, जो कि

मुझे करना चाहिए था मैंने सिर्फ़ इतना कहा, "मैं जाती हूँ मासी नहीं तो मुझे स्कूल के लिए देर हो जाएगी।"

"हम्म...", हेमा मासी भुनभुनाईं। मैं जैसे ही वहाँ से रवाना हुई वह निमीषा मासी से कहने लगीं, "कितनी बुरी बात है, पहले यह उस मुसलमान लड़के के साथ खेलती रहती थी और अब यह। लेकिन बेचारी बिना बाप की बच्ची से आख़िर और उम्मीद ही क्या कर सकते हैं?"

जब मैंने यह सुना तो मेरे लिया अपने आप पर काबू रखना मुश्किल हो गया था, कुछ तो इसलिए कि मेरी आँखें धुंधला गई थीं और पेट में मरोड़ उठने लगी थी और कुछ इसलिए कि ड्रम बहुत भारी थे। रात को हुई बारिश के कारण सड़क भी गीली थी।

ठीक तभी, आमिर अपनी नई चमकदार साइकल पर अपनी नई शानदार स्कूल की वर्दी में वहाँ आया।

जैसा कि मैंने कहा यह सबसे ग़लत समय था।

उसने अपनी साइकल खड़ी करते हुए कहा, "हे सरु।"

"हाय आमिर", मैंने भी ड्रम नीचे रखकर कहा।

(जबकि सब जानते हैं कि आपको ऐसा नहीं करना चाहिए क्योंकि फिर आपको कीचड़ में अपने पैर धंसा कर, घुटनों को मोड़कर और पीठ को झुकाकर उन भारी ड्रमों को वापस उठाना होगा।)

"मैं इन्हें ले जाने में तेरी मदद करूँ?" उसने पूछा।

"नहीं रहने दे", मैंने कहा जबकि उसकी कमीज़ की उठी हुई कॉलर और पेंट की क्रीज़ को देखते हुए मेरे मन में यह बात आ रही थी कि उसके घर से ग्रीनहिल जाने का सबसे छोटा रास्ता हमारे मोहल्ले से होकर तो नहीं जाता।

"लेकिन तुझे देर नहीं हो जाएगी?" उसने पूछा।

मैंने कंधे उचका दिए। विषय बदलने की गरज से मैंने पूछा, "तेरा स्कूल कैसा है?"

"ठीक है", उसने कहा, "हमारे स्कूल में बड़ा सा क्रिकेट का मैदान है और सारा सामान भी है, इसके अलावा आर्ट क्लास भी होती है। मैं पेंटिंग सीख रहा हूँ।"

"यह तो अच्छा है", मैंने कहा, लेकिन मैंने ऐसा कहा क्योंकि मुझे समझ नहीं आ रहा था कि और क्या कहा जा सकता है।

"और हमारा...आंबेडकर स्कूल कैसा है?"

"हमारे स्कूल में एक नई टीचर आई हैं। उन्होंने बाल अधिकार क्लब शुरू किया है", मैंने बताया।

"क्या विमला मैडम के घर न जाना पड़े इसलिए तू वहाँ जाती है?"

"हाँ, सच में", मैंने हँसते हुए कहा। वह भी हँसा।

"सुन, यहा तेरे लिए है", उसने एक भारी सा प्लास्टिक का बैग मुझे देते हुआ कहा।

मैंने देखा। फिर मैंने आमिर को देखा।

"यह एक पिट्ठू बस्ता है और इसमें स्कूल का सब सामान है", उसने कहा।

"उसमें वे लकीरों वाली लाल पेंसिलें भी हैं—जो तुझे बहुत अच्छी लगती हैं। चार्ट पेपर और बाक़ी सब सामान भी है।"

"इस पर तेरे भाई की कंपनी का नाम क्यों है?" मैंने इसके आगे बने निशान को देखते हुए पूछा।

"वे सरकारी स्कूल के बच्चों के लिए दान कर रहे थे", आमिर ने कहा, "तू भी सरकारी स्कूल में जाती है तो मुझे लगा कि शायद ..."

मिसेज नायडू, मुझे तो शुक्रगुजार होना चाहिए था। मेरे और अम्मा के पास कभी इतना पैसा नहीं होता कि मेरी जरूरतों का सारा सामान हम एक साथ ख़रीद सकें। मैं ज़्यादातर जितना सामान ख़रीद पाती हूँ, उतना ही ख़रीदती हूँ और बाक़ी स्कूल से ले लेती हूँ। हालाँकि मैं जानती हूँ कि 'यह अतिरिक्त सामान' टीचर ख़ुद अपने पैसे से ख़रीदकर स्कूल में रखती हैं। आमिर जानता है कि हमारे लिए यह मुश्किल होता है और वह सिर्फ़ मदद करना चाहता था।

लेकिन क्या आप जानती हैं कि कितना बुरा लगता है, जब आपका सबसे पक्का दोस्त आपको यह याद दिलाए कि आप अब भी सरकारी स्कूल में जाती हैं और वह नहीं?

आप जानती हैं उस वक़्त कितना ख़राब लगता है, जब वह अपनी नई चमकदार साइकल पर, नई शानदार स्कूल की वर्दी में आपको दान किया जा

रहा कोई समान देने के लिए आता है और उस समय आप अपनी गंदली-सी जगह में, पुरानी-सी नाइटी पहने, नंगे पैर कीचड़ में खड़े हों?

मुझे कैसा भी महसूस हो रहा हो, मुझे अब भी पानी के ड्रम घर ले जाने थे और अपनी स्कूल की वर्दी पहनकर चोटी बाँधकर अपने सरकारी स्कूल जाना था, जहाँ कोई खेल का सामान या क्रिकेट का मैदान या कला के लिए कमरा नहीं है। मैंने बस्ते का कवर हटाया और नए पिट्ठू बैग को पीठ पर टांग लिया और अपने हाथों को थोड़ा नीचे खींचा, घुटनों को मोड़ा और पानी के ड्रम को उठाकर अपने कूल्हे पर टिका लिया। ऐसा करने में मेरा पूरा शरीर दुख गया।

शायद वह देख सकता था कि मुझे इसमें कितनी तकलीफ़ हो रही थी, क्योंकि उसने कहा, "सरु, इसे मुझे क्यों नहीं पहुँचाने देती?"

और फिर उसने कहा, "यह बिल्कुल पहले के दिनों की तरह होगा।"

तो यह हुआ मिसेज नायडू। यह साइकल या बस्ते या किसी और चीज़ की वजह से नहीं था।

बल्कि यह आमिर ही था जो हमारी दोस्ती के बीच एक लकीर खींचकर इसको दो फाँकों में बाँट रहा था।

एक तरफ़ हमारी पुरानी दोस्ती थी, जब हम बराबर थे—इतने बराबर कि हमारे घर की छत भी एक ही थी। और फिर यह नई दोस्ती, जो काफ़ी समय से दोस्ती जैसी तो नहीं दिखती।

इसलिए मैंने कहा, "मुझे मदद की ज़रूरत नहीं है।"

और फिर मैंने कहा", तुझसे तो हरगिज़ नहीं।"

मिसेज नायडू, आप जानती हैं वह जो किताबों में अक्सर लिखा हुआ होता है, 'उसका मुँह ऐसे उतर गया, जैसे किसी ने अभी-अभी उसे एक थप्पड़ मारा हो।'

हालाँकि यह कोई ऐसी बात नहीं, जिसके बार में मैं बात भी करना चाहूँ लेकिन मैंने थप्पड़ खाने के बाद आमिर की शक्ल देखी है।

मैं जानती हूँ उसका चेहरा कैसा हो जाता है।

और मिसेज नायडू, जब मैंने वह सब आमिर से कहा, वे बातें जो मुझे नहीं कहनी चाहिए थी? उसके चेहरे के हाव-भाव उससे भी बहुत ज़्यादा ख़राब थे।

मिसेज नायडू,मैं शायद माफ़ी माँग लेती, अपने शब्द वापस ले लेती

लेकिन उस वक़्त मैं बहुत ज़्यादा ग़ुस्से में थी। मैं हर बात पर नाराज़ थी।

रोजाना पानी लाने पर।

अपनी घिसी हुई पतली स्कूल की वर्दी पर।

एक ऐसे ग़रीब परिवार में पैदा होने पर जो ग्रीनहिल स्कूल के लिए जितना ग़रीब होना चाहिए उतना ग़रीब भी नहीं है, लेकिन इतना ग़रीब है कि अपने सबसे पक्के दोस्त से अलग हो जाए।

इसलिए माफ़ी माँगने की बजाय मैं मुँह फेरकर वहाँ से चल दी।

ताकि मुझे यह भी नहीं देखना पड़े कि मैंने उसे कितना दुःख पहुँचाया।

ताकि वह यह न देख सके कि उसने मुझे कितना दुःख पहुँचाया है।

ताकि हम दोनों को एक-दूसरे के सामने यह न मानना पड़े कि जब आमिर यहाँ से गया तो वह पीछे सिर्फ़ एक टिन की छत ही नहीं छोड़कर गया।

शुभकामनाएँ
सरोजिनी

11 जुलाई, 2013

डियर मिसेज नायडू,

आपको याद है, मैंने कहा था कि अब मुझे और किसी चीज़ की चाहत नहीं है। लेकिन आप कितनी भी कोशिश करें मिसेज नायडू, चाहत लौट-लौटकर आती रहती है।

जब मैं आंबेडकर स्कूल के पथरीले चौक में चलती हूँ तो मेरा मन करता है कि मैं ग्रीनहिल के चमकीले टाइल वाले गलियारों में चल सकूँ। जब मैं अपनी स्कूल में फर्श पर बैठी होती हूँ तब मैं चाहती हूँ कि मैं ग्रीनहिल में कतार में लगी मेज और कुर्सियों पर बैठ सकूँ, जिनमें कॉपी और पेंसिल रखने के लिए दराज भी बनी हुई होती है। जब हमारी टीचर हमें बार-बार वही कहानियों की किताब पढ़ने के लिए देती हैं जो मैं कक्षा तीन से कितनी ही बार पढ़ चुकी हूँ तो मैं चाहती हूँ कि मैं ग्रीनहिल की किताबों से भरी लाइब्रेरी की अलमारी में से कोई किताब चुनकर ले सकूँ।

इस सबके अलावा आज जब मैं स्कूल से रवाना होने वाली थी तो मिस एनी ने मुझे रोककर कहा, "चलो सरोजिनी, आज बाल अधिकार क्लब की बैठक है।"

मैं कोई बहाना बनाने वाली थी, लेकिन तभी मुझे याद आया कि अगर मैं नहीं जाऊँगी तो मुझे विमला मैडम के घर जाना पड़ेगा।

इसलिए मैं कंधे उचकाकर मिस के पीछे चल पड़ी।जुलाई की हल्की ठंडी हवा से उस घुटन भरी कक्षा की ओर जहाँ बिजली गुल होने के कारण दिन भर पंखे नहीं चले थे और हवा भी रुकी हुई थी।

मुझे पक्का यक़ीन है ग्रीनहिल में ज़रूर एक जेनरेटर भी होगा।

मिस ने कहा, "सबका स्वागत है।" मैंने नज़र घूमाकर देखा। सबसे उनका आशय हम पाँच लोगों से था, यानी पिछली बार से दो लोग ज़्यादा, और मेरे ख़याल से इसे एक तरह से तरक्की माना जा सकता है।

"मिस बिस्किट?" रोशन ने कमरे के पीछे वाले कोने से पूछा।

"आज नहीं हैं रोशन", मिस ने कहा।

रोशन और उसके दोनों दोस्त चले गए और अब वहाँ सिर्फ़ मैं और दीप्ति रह गए। यानी अब हम पिछली बार से एक कम हो गए थे। मुझे मिस के लिए बुरा लग रहा था, लेकिन तभी मुझे याद आया कि उन्होंने मेरे साथ क्या किया है। हालाँकि उनका ऐसा इरादा नहीं था, फिर भी। मिस ने अपना झोला खोलते हुए कहा, "सरोजिनी, तुमने हमारी पिछली मीटिंग में कुछ अच्छे सवाल पूछे थे।"

(मिसेज नायडू, मुझे ऐसी कोई उम्मीद नहीं थी क्योंकि आप तो जानती ही हैं कि बड़ों का सवालों के बारे में कैसा नज़रिया होता है। लेकिन शायद मिस ऐसा सोचती हैं कि सवाल करना हमारे दिल के लिए अच्छा होता है।)

"मैं क़ानून की कुछ प्रतियाँ अपने साथ लाई हूँ", मिस ने कहा, "मैंने सोचा कि हम मिलकर इन्हें पढ़ सकते हैं।"

"ओह", मैंने कहा। शायद मुझे उनका शुक्रगुजार वग़ैरह होना चाहिए।

"यह कन्नड़ भाषा में क़ानून की प्रति है", उन्होंने चिकने काग़ज़ पर एक गोरी लड़की की फोटो वाली पुस्तिका हमारी ओर बढ़ाई। लड़की ने भूरे बालों वाली चोटियाँ कंधों पर आगे की तरफ़ लटका रखी थीं। "बच्चों याद रखो, यह क़ानून तुम्हारे लिये बनाया गया है। दरअसल, मुझे कहना चाहिए कि हमारे लिए बनाया गया है। इस क़ानून का इस्तेमाल करके हम शिक्षक और बच्चे मिल-जुलकर सबको शिक्षा का अधिकार दिला सकते हैं।"

मिस की बातें थोड़ी अजीब लग रही थीं, मानो उन्होंने अपनी सुंदर न्याय की किताब से कुछ बातों को रट तो लिया है लेकिन ठीक से याद नहीं रख पा रही हैं। फिर भी, एक तरह से मेरे मन में कुछ उम्मीद जगी क्योंकि उन्हें जिन बातों की जानकारी नहीं थी उन्होंने उनके बारे में पता लगाने की तकलीफ़ उठाई। मेरा ग़ुस्सा थोड़ा ठंडा होने लगा था।

"तो चलो सरोजिनी, आरक्षण वाले हिस्से से ही शुरू करते हैं क्योंकि

तुम्हारे सवाल उसी के बारे में थे", उन्होंने कहा।

"इस दस्तावेज़ के अनुसार आप सिर्फ़ शुरुआती कक्षाओं में ही निजी स्कूल में दाख़िला ले सकते हैं, यानी कक्षा केजी, नर्सरी या कक्षा 1 में।" काश कि यह बात उन्होंने एक सप्ताह पहले बताई होती।

"मेरी चचेरी बहन पुणे में रहती है, उसको तो अभी थोड़े दिन पहले छठी कक्षा में दाख़िला मिला है", दीप्ति ने कहा।

"ऐसा नहीं हो सकता", मिस ने कहा, "यह दस्तावेज़ साफ़ कहता है कि सिर्फ़ शुरुआती कक्षाओं में ही प्रवेश मिल सकता है।"

दीप्ति ने कंधे उचका दिए, और मिस आगे बताती रहीं।

"कुछ स्कूलों को इस नियम से छूट दी गई है क्योंकि उन स्कूलों में पहले ही ज़्यादातर बच्चे वंचित वर्गों से आते हैं। जैसे, अगर कोई अनाथ बच्चों के लिए स्कूल है तो यह पहले ही आर्थिक रूप से ज़रूरतमंद बच्चों को पढ़ा रहा है, तो वहाँ और बच्चों को आरक्षण देने की अनिवार्यता नहीं है।"

"लेकिन बहुत सारे स्कूल हमें दाख़िला नहीं देने के लिए इस छूट का ग़लत इस्तेमाल करते हैं", दीप्ति ने कहा, "मैंने अपने भाई का सेंट औगस्टिना में दाख़िला कराने की कोशिश की थी। उन्होंने कहा कि उनका स्कूल ईसाई स्कूल है, इसलिए उन पर यह नियम लागू नहीं होता। लेकिन मैंने तो वहाँ ज़्यादातर हिन्दू बच्चों को देखा है। मतलब हो सकता है उन्होंने मुझे टालने के लिया ऐसा कहा हो, क्योंकि मैं अपने अम्मा और अप्पा को बिना लिए ही चली गई थी। फिर भी मुझे यह ग़लत लगता है।"

मिसेज नायडू, क्या आपको यह सुनकर आश्चर्य हो रहा है?

नहीं दीप्ति के भाई को स्कूल में दाख़िला नहीं देने के बारे में नहीं—बल्कि घिसकर सलेटी हो चुके बैंगनी कपड़ों, धूल साने पाँव और पतले-पतले हाथों वाली दीप्ति बंगलोर के सबसे अमीर स्कूल में अपने भाई के दाख़िले का पता करने के लिए घुस गई।

मैंने जो किया वह पागलपन था मिसेज नायडू, लेकिन दीप्ति ने जो किया वह तो उससे भी बड़ी पागलपंती हुई न।

"वे तुम्हारे भाई या किसी भी बच्चे को उसका अधिकार देने से क्यों रोकना चाहेंगे?" मिस ने पूछा। लेकिन फिर वे जिस तरह झेंपते हुए हँसीं उसे देखकर

मैं बता सकती हूँ कि उन्हें ख़ुद भी अपनी बात का पूरा भरोसा नहीं था।

"क्योंकि उनको लगता है कि हम बुरा असर डालते हैं", दीप्ति ने कहा।

"क्यों?" मैंने पूछा। हालाँकि मैं ख़ुद भी शायद ऐसा सोचती थी।

"क्योंकि हम ग़रीब हैं", दीप्ति ने कंधे झटकते हुए कहा, "वे सोचते हैं कि हम गंदे रहते हैं और हमारा व्यवहार अच्छा नहीं है।"

इस पर मुझे दीप्ति की थूकने वाली बात याद आनी चाहिए थी, लेकिन ऐसा नहीं हुआ। आपको पता है मिसेज नायडू, इसके बजाय मेरे मन में उस वक़्त क्या बात आई?

मुझे याद आया कि कैसे ग्रीनहिल की सेक्रेटरी ने अम्मा के हाथ के नीचे से अपना हाथ निकालते हुए वह ख़ुशबू वाली चीज़ अपने हाथ पर लगाई थी।

मैं सोचने लगी ऐसी जगह पर स्कूल जाना कैसा लगेगा। एक ऐसी जगह जहाँ सब लोगों को लगता हो कि वे आपसे बेहतर हैं, और क्योंकि आपकी अम्मा उनसे कम पैसा कमाती हैं इसलिए वहाँ आने वाले बच्चों के अम्मा-अप्पा को यह लगता रहे कि आपको तमीज़ नहीं है या आप बीमारियाँ फैलाते हो।

"मुझे दुःख है कि तुम्हें ऐसा महसूस हुआ दीप्ति", मिस ने कहा,"लेकिन इस देश की सरकार यह क़ानून तुम्हारे जैसे बच्चों की मदद के लिए लाई है। इस देश की सरकार तुम्हारी काबिलियत पर भरोसा करती है और तुम्हारी सफलता चाहती है।"

"अगर वे सच में हमारी सफलता चाहते हैं तो वे क्यों उन्हीं स्कूलों को बेहतर नहीं बना देते जहाँ हमें दाख़िला मिल सकता है और हम निःशुल्क पढ़ सकते हैं", दीप्ति ने कहा।

इस बात ने मुझे सच में सोच में डाल दिया, मिसेज नायडू। मैं तो सारी ज़िन्दगी यह सोचती रही कि सरकारी स्कूल बेकार होते हैं। मतलब, जहाँ आप पैसा ख़र्च करके जाते हैं, वह जगह निश्चय ही मुफ़्त की जगहों से बेहतर होती है, नहीं?

लेकिन जब मैंने दीप्ति की बात पर सोचा तो मुझे लगा कि शायद मैं ग़लत सोच रही थी।

मिसेज नायडू, क्योंकि मैं आपके बारे में सोच रही थी, मुझे यह याद आया कि कैसे आपने महिलाओं को शिक्षा के अधिकार के लिए इतना संघर्ष

किया था।

मुझे याद आया कि आपने एक बार कहा था कि, "जो हाथ पालने को झुला सकते हैं वही शक्ति सारे संसार को चलाती है।"

मुझे नहीं लगता कि यह कहते समय आपके मन में ग्रीनहिल में जाने वाली लड़कियाँ रही होंगी। मुझे लगा कि शायद आपके मन में मेरे और दीप्ति के जैसी लड़कियाँ रही होंगी जो महंगे चमकदार स्कूलों में नहीं जा सकतीं।

तो शिक्षा के अधिकार का एक क़ानून प्राइवेट स्कूलों के बारे में इतनी बातें क्यों करता है? वह उन स्कूलों की बात क्यों नहीं करता जिनमें हम जाते हैं?

उस चिकने काग़ज़ वाली पुस्तिका को पलटते हुए मिस ने कहा, "असल में, यह क़ानून ज़्यादातर तो हमारे सरकारी स्कूलों के बारे में ही बात करता है।"

"क्या कहता है यह?" दीप्ति ने पूछा।

"मुझे पता नहीं", मिस थोड़ा परेशान दिखीं। लेकिन अचानक उनके चेहरे पर चमक आ गई। "मेरे पास एक बहुत अच्छा उपाय है। क्यों न हम इसे मिलकर पढ़ें! हमेशा टीचर ही तुम्हें सारी बात बताए, यह कहाँ ज़रूरी है। यह हम सबके लिए मिलकर सीखने का मौक़ा भी तो हो सकता है।"

अगर यह बात और कोई टीचर कहती तो मैं सोचती ज़रूर वह अपने काम से जी चुराने के लिए ऐसा कह रही है। लेकिन मिसेज नायडू, मुझे लगा कि मिस सच में ऐसा मानती हैं कि हम सबके लिए मिलकर इस क़ानून को पढ़ना एक अच्छा अनुभव होगा।

मिसेज नायडू, बाल अधिकार क्लब की इकलौती अच्छी बात यह थी कि यह इतनी देर तक चला कि मुझे पक्का पता था कि अम्मा अब तक तो घर पहुँच ही गई होंगी और इस तरह एक और दिन मैं विमला मैडम के घर जाने से बच गई।

शुभकामनाएँ
सरोजिनी

12 जुलाई, 2013

डियर मिसेज नायडू,

आपको इतना परेशान करने के लिए माफ़ी चाहती हूँ, मिसेज नायडू। मेरा मतलब है कि एक तो स्कूल का काम भी अब पूरा हो चुका है, दूसरे आपके पास मेरे पत्र पढ़ने से बेहतर काम भी होंगे। लेकिन मैं आपके बारे में किताब पढ़ रही हूँ और मैं उस हिस्से पर पहुँची हूँ जहाँ आप एक प्रदर्शन में थीं और पुलिस आ गई। सब लोग भाग खड़े हुए, एक आपको छोड़कर। बल्कि आप तो बहुत देर से इंतज़ार कर रही थीं और आपने किसी से एक झूलने वाली कुर्सी बरामदे में मँगवा ली थी। आप इस कुर्सी पर बैठकर झूल रही थीं और आप झूलती रहीं, झूलती रहीं और झूलती रहीं जब तक कि ब्रिटिश पुलिस ने आपको जेल में ही नहीं डाल दिया।

आप इतना साहस कहाँ से लाती हैं? मिसेज नायडू, मुझे नहीं लगता कि आपको मुझे बताने में कोई झिझक होगी, आख़िर आप बताएँ तो शायद मुझमें भी कुछ साहस आ जाए।

आज सुबह स्कूल जाते समय मैं इमारत बनाने वालों की मज़दूर बस्ती के पास रुक गई। दीप्ति दूसरे बच्चों से पेंसिल और रबड़ माँगती रहती है, इसलिए मुझे लगा कि शायद उसे एक पिट्ठू बस्ते और कुछ और सामान की ज़रूरत होगी और मिसेज नायडू, मेरे पास तो इस साल थोड़ा अतिरिक्त सामान है।

मैंने जब दीप्ति को यह सामान दिया तो उसने मुझे "शुक्रिया" कहा जो शायद मुझे भी उस व्यक्ति को कहना था, जिसने यह मुझे दिया था।

(मैंने इसकी बजाय क्या किया यह सबको पता है, इसलिए उसे यहाँ दोहराने की ज़रूरत नहीं है।)

"तेरा भाई कैसा है?" मैंने पूछा।

"अभि? ख़ुश लगता है", उसने कहा, "वह एक कविता बार-बार गाता रहता है। यह किसी हाथी के बारे में है। वह हाथी कि आवाज़ भी निकालता है। जब वह चिड़चिड़ा न रहा हो तो प्यारा लगता है।"

"तो...तू उसको सेंट औगस्टिना में प्रवेश दिलाने ले गई थी?" मैंने पूछा।

दीप्ति ने अपनी आँखें ऐसे घुमाई जिससे मुझे लगा कि वह हाँ ही कह रही है।

"मैं भी ग्रीनहिल पब्लिक में नामांकन कराने गई थी", मैंने कहा, "मतलब, मुझे नर्सरी वाले नियम के बारे में पता नहीं था, तो मैं ख़ुद ही अपना नाम वहाँ लिखाना चाहती थी।"

"सच्च में?" दीप्ति ने कहा। मिसेज नायडू, मुझे पक्का तो नहीं पता लेकिन मुझे लगा कि शायद वह मेरी इस बात से प्रभावित हुई थी।

"हाँ", मैंने कहा, "और उन्होंने मुझे बहुत छोटा महसूस कराया।"

"हाँ यह तो होना ही था", उसने ऐसे कहा जैसे दुनिया में यह सबसे स्वाभाविक बात हो, "मुझे तो उस जगह के सामने सड़क पर खड़े होने पर ही छोटा महासूस होता है। मैं यक़ीन भी नहीं कर सकती कि तू उसके अन्दर तक चली गईं। कमाल है!"

दिखाने के लिए तो मैंने कंधे उचका दिए लेकिन मन ही मन मैंने लाखों गुना बड़ा महसूस किया।

"उन्होंने मुझे मनाकर दिया और मुझे नहीं पता था कि अब आगे मैं क्या करूँ", मैंने कहा, "उन्हें सारे नियम पता थे और मुझे नियम नहीं पता थे।"

"इसीलिए हमें नियम पता होने चाहिए", दीप्ति ने कहा, "मिस अच्छी हैं, लेकिन वे जानती नहीं है कि ये सारे काम होते कैसे हैं। हमें असल में किसी ऐसे व्यक्ति की मदद की ज़रूरत है जो हमें इन सारे क़ानूनों के बारे में समझा सके।"

मिसेज नायडू, जब आप उस झूले वाली कुर्सी पर बैठी थीं और आप जेल जाने का इंतज़ार कर रही थीं, और तब पुलिस आई और आपको पता था कि अब आपको क्या करना है क्या तब आपको एक ही समय में डर और हिम्मत दोनों एक साथ महसूस हुए थे? क्योंकि मुझे इस वक़्त ठीक ऐसा ही

महसूस हुआ।

डर इतना कि मेरे पेट में मरोड़ उठाने लग जाए, जैसे जब मुझे कोई ऐसा काम करना पड़े जो मैं नहीं करना चाहती हूँ तब होने लगता है। हिम्मत इतनी कि मेरा दिल ज़ोर से धड़क रहा था और मुझे लग रहा था कि अब कुछ बड़ा होने वाला है, और मैं उसके लिए तैयार हूँ।

मैंने एक गहरी साँस ली और कहा, "मैं एक ऐसे व्यक्ति को जानती हूँ।"

मिसेज नायडू, मैं सिर्फ़ एक वकील को जानती हूँ। मेरे ख़याल से आप समझ गई होंगी कि मैं किसकी बात कर रही हूँ।

मिसेज नायडू, मुझे शुभकामनाएँ दीजिए और अगर बहुत दिन तक मेरा कोई पत्र आपको न मिले तो अम्मा को कहिएगा कि विमला मैडम की लाइब्रेरी की दीवारों के पीछे ढूँढ़ें। ऐसे हत्यारे जो बहुत दुष्ट लेकिन होशियार होते हैं वे हमेशा ऐसी ही जगहों पर मारे गए लोगों को छुपाते हैं।

शुभकामनाएँ
सरोजिनी

15 जुलाई, 2013

डियर मिसेज नायडू,

रोजाना सुबह स्कूल जाने से पहले पानी के टैंकर का इंतज़ार करना कई कारणों से बहुत बुरा है। एक तो मुझे बहुत देर हो जाती है। दूसरे हर वक़्त मेरी कमर में दर्द रहता है और हमेशा मेरे कपड़े गंदे हो जाते हैं। मुझे ऐसे लोगों से भी मिलना पड़ता है, जिनसे मैं नहीं मिलना चाहती।

(यदि आप ध्यान दे रही होंगी मिसेज नायडू, तो आप समझ गई होंगी कि मैं किसके बारे में बात कर रही हूँ। मुझे ख़ुशी है कि आप इतनी प्रतिभाशाली हैं और आपने अनुमान लगा ही लिया होगा, क्योंकि मैं सच में आपको याद नहीं दिलाना चाहती।)

पानी के टैंकर के साथ एक अच्छी बात भी है। यहाँ लोग आपस में बातें करते हैं। अगर आप सही समय, सही जगह पर खड़े हैं तो आपको काम की बातें पता चल जाती हैं।

जैसे आज ही सुबह मैं टैंकर पर पानी लेने गई और मैंने वहाँ दीप्ति को खड़ा पाया।

मैं उसके पीछे खड़ी हो गई और हम दोनों अपने बर्तनों को भरने के लिए आगे बढ़ रही थीं।

"मुझे आज भी स्कूल के लिए देर हो जाएगी", मैंने कहा।

"मैं तो पता नहीं आज स्कूल जा भी सकूँगी या नहीं। अभी तो मुझे अभि को नहलाना भी है। यह सब करने तक सुबह तो बीत ही जाएगी!"

"लेकिन अंग्रेज़ी वाली टीचर तो हमेशा ही देर से आती हैं", मैंने ध्यान दिलाया, "उन्हें तो पता ही नहीं चलेगा कि तू कक्षा में नहीं है। बल्कि उन्हें तो

लगेगा कि तू जल्दी आ गई होगी।"

दीप्ति हँसी और बोली, "यह भी सही है। इसके अलावा वे अपने बाल में कंघी भी ठीक से नहीं करती हैं, है न! अगर कभी मैं ठीक से बाल बनाए बिना चली आऊँ और वे मुझे टोकें तो मैं उन्हें कह दूँगी कि वे मेरे बाल में चोटी बना दें और मैं उनकी बना दूँगी।"

मैं मन ही मन दीप्ति को मिस के बाल बनाते हुए देखने लगी और मुझे हँसी आ गई। पानी के टैंकर के पास किसी दोस्त के साथ खड़े होकर हँसी मज़ाक करना अच्छा लगता है। दीप्ति भले ही मेरे ड्रम उठाने में मदद नहीं कर सकती लेकिन मेरा मनोबल तो बढ़ाती है।

दीप्ति ने मुझे कोहनी लगाई और मुझे लगा कि शायद वह मुझसे आगे बढ़ना चाहती है। तब उसने अपना सर झुकाकर मुझे आँखों से इशारा किया और तब मुझे पता चला कि वह मुझे हेमा मासी की बात सुनने के लिए कह रही है जो किसी बात की शिकायत कर रही थीं।

"मैं अपने रोशन को वह कौन सा स्कूल है—जेरेयाओ... वहाँ लेकर गई थी", वे कह रही थीं।

"वह बड़ा सा स्कूल जो चर्च के पास है?" कमला मासी ने पूछा। "जेरोनीमो स्कूल?"

"हाँ वही", हेमा मासी ने कहा, "मैंने हैड मास्टरनी से कहा मुझे किसी ने बताया है कि आपके स्कूलों में आर्थिक रूप से कमज़ोर और पिछड़े वर्गों के लिए 25 प्रतिशत सीटों का आरक्षण है। आपको तो पता ही है कि मेरा रोशन थोड़ा बातूनी और आलसी भले ही हो लेकिन पढ़ाई में होशियार है।"

"अरे वाह! उन्होंने अपने बेटे की तारीफ़ की", दीप्ति ने मेरे कान में फुसफुसाया। मुझे हँसी आ गई क्योंकि दीप्ति को पानी के टैंकर पर आते हुए अभी थोड़े से दिन हुए हैं लेकिन वह सबकी आदतें पहचान गई है।

"पता है उस हैड मास्टरनी ने मुझे क्या कहा? क्या कोई उसकी बात पर विश्वास करेगा? कहने लगी इसके लिए बीस हज़ार रुपए लगेंगे।"

औरतें जैसे अपने माथे पर हाथ मारकर आँख निकालने जैसे कुछ इशारा करती हैं, हेमा मासी ने वैसे ही अपने माथे पर हाथ मारते हुए बाँहों को झटका। यह कुछ ऐसा है जैसे उनको अभी दिल का दौरा पड़ने वाला हो, उससे पहले

उनका शरीर लाल पड़ने लग जाता है, "सोचो, यह सरकारी योजना है और वह मुझसे बच्चे के दाख़िले के लिए पैसा माँग रही थी!"

"बीस हज़ार", मैरी मासी ने कहा, "वो तो कुछ भी नहीं, मैं जोसफ़ का एडमिशन कराने ले गई थी, और वे चाहते थे कि मैं पूरे तीस हज़ार फ़ीस चुकाऊँ। वह भी तब जब वह दाख़िले के लिए कोई परीक्षा पास कर ले। बीस हज़ार तो फिर भी कम है।"

"वे ऐसा कैसे कर सकते हैं", दीप्ति ने कहा, "क़ानून तो मुफ़्त में दाख़िले की बात करता है न!"

"क़ानून? कौनसा क़ानून?" मैरी मासी ने दांत चबाते हुए कहा, "हमारे जैसे लोगों के लिए कब से क़ानून बनने लग गए? हम तो जब भी अपने हक़ का कुछ भी माँगने जाते हैं, वहाँ कोई न कोई हमसे पैसा वसूलने के लिए बैठा होता है। यहाँ तक कि उस बीईओ से कोई फिजूल से फार्म पर साइन कराने के लिए भी मुझे पैसे देने पड़े थे।"

"बीईओ कौन हुआ?" दीप्ति ने पूछा।

(आपने देखा होगा मिसेज नायडू कि बड़ों से सवाल पूछने के बारे में दीप्ति की नीति मुझसे एकदम उलटी है।)

"ब्लॉक शिक्षा अधिकारी", अमीना मासी ने कहा, "इन लोगों के पास पहले कोई पैसा बनाने के तरीका नहीं था। सरकारी स्कूल से क्या ही पैसा कमाएँगे न! लेकिन जब से यह आरक्षण वाला काम आया है, इनकी भी चांदी हो गई है।"

साड़ी के पल्लू से हवा करते हुए हेमा मासी कहने लगीं, "मेरा तो ये बातें सुनकर ही ब्लड प्रेशर बढ़ने लगा है। मैं तो यह सब सुनकर मर ही जाऊँगी।"

मिसेज नायडू, चिंता न करें। हेमा मासी कुछ ज़्यादा ही नौटंकी करती हैं। चिंता की कोई बात नहीं, उन्हें कुछ नहीं होने वाला। लेकिन मुझे यह समझ आता है कि वह किस बात पर नाराज़ हैं। सच पूछें तो मेरा भी ब्लड प्रेशर बढ़ने लगा है।

अमीना मासी कहने लगीं, "मेरी मानो तो यह आरक्षण के चक्कर में पड़ना ही वक़्त की बरबादी है।"

निमीषा मासी ने हाँ में हाँ मिलते हुए कहा, "हाँ, एकदम बेमतलब। यह नया क़ानून कहता है कि हमारे बच्चों को मुफ़्त शिक्षा मिलनी चाहिए। तो फिर लोग हमसे पैसा क्यों वसूलना चाहते हैं? और हमारे पास पैसा आएगा कहाँ से, हम न तो पढ़े-लिखे हैं और न ही हमारे पास पक्की नौकरियाँ हैं?"

"भगवान जाने", कमला मासी ने आसमान की तरफ़ देखते हुए कहा। बाक़ी औरतों ने भी अपने माथे पर और दिल पर हाथ रखते हुए जय राम जैसा कुछ कहा, जबकि अमीना मासी अल्लाह का नाम ले रही थीं।

"क्या करें फिर? क़ानून में तो लिखा हुआ है", हेमा मासी ने कहा, "औरतों के ऊपर तो ज़िम्मेदारी ज़्यादा रहती ही है। बेटियों से ज़्यादा माँ पर और बेटों से ज़्यादा बेटियों पर।"

अब तक मेरे और दीप्ति के ड्रम भर गए थे, और हम दोनों एक साथ ही रवाना हो गईं।

"मुझे परवाह नहीं कि वहाँ क्या लिखा हुआ है", दीप्ति कहने लगी मानो वह गुर्रा रही हो, "मैं इसको फिर से लिखूँगी।"

मिसेज नायडू, मुझे लगता है कि दीप्ति बहुत कुछ आपके जैसी है—वह भी ख़ूब जुझारू है। और वह दूसरों को इस बात का मौक़ा नहीं देती कि उनको सुनकर वह ख़ुद पर शंका करें। वह एक तरह से लेखक भी है, वह आपकी तरह कविता नहीं लिखती बल्कि वह अपनी तकदीर लिखती है।

(मुझे पता नहीं कि मेरी तकदीर कौन लिख रहा है। मिसेज नायडू, लेकिन मुझे लगता है कि वह ज़रूर कोई बहुत ही उबाऊ व्यक्ति है क्योंकि मेरे जीवन में तो अब तक कुछ भी रोमांचक नहीं हुआ।)

"हम उस वकील से कब मिलने वाले हैं, मैडम?" दीप्ति ने पूछा।

"स्कूल के बाद किसी दिन", मैंने कहा, "क्या तू भी चलेगी?"

"मुझे मेरे भाई का ध्यान रखना होता है", उसने अपना सर हिलाते हुए कहा, "तुझे अकेले ही जाना पड़ेगा।"

"तुझे लगता है कि यह क़ानून हमारी कुछ मदद करेगा?"

"मुझे पता नहीं, लेकिन क़ानून होते तो इसीलिए हैं?"

मिसेज नायडू, मुझे लगता है उसकी बात में दम है। मुझे पता है आप

क़ानून में यक़ीन करती हैं तभी तो आप भारत की आज़ादी के बाद सरकार में शामिल हुईं और आप राज्यपाल बनीं। आपने सरकार और क़ानून का इस्तेमाल कर चीज़ों को बदला। शायद मैं और दीप्ति भी बदल सकते हैं।

हम चुपचाप अपने मोहल्ले की तरफ़ चले गए।

मिसेज नायडू, आप जानती हैं कई बार चुप्पी में कितना शोर होता है? ख़ासतौर से जब उसमें बहुत सारे सवाल और संशय छुपे होते हैं?

लेकिन यह वैसी चुप्पी नहीं थी।

यह वैसी चुप्पी थी जिसमें आप अपने मन में बहुत सारे सवाल एक-दूसरे से उस वक़्त पूछने के लिए बचा लेना चाहते हैं जब आप एक-दूसरे को और अच्छी तरह जानने लगेंगे, जब आपके बीच में चुप्पी के लिए कोई जगह नहीं रह जाएगी। बल्कि आपके पास मिलकर शोर मचाने के लिए और बहुत-सी बातें होंगी।

शुभकामनाएँ
सरोजिनी

17 जुलाई, 2013

डियर मिसेज नायडू,

मैंने यह कर दिखाया। मैंने विमला मैडम से बात कर ली और आपको पता है क्या? यह इतना भी बुरा नहीं था!

स्कूल के बाद, मन नहीं था फिर भी, मैं उनके घर गई। मैंने नहीं सोचा था कि मैं क़ानून के बारे में उनसे क्या बात करूँगी। मैं इसके बारे में सोच भी नहीं रही थी, हालाँकि मुझे सोचना चाहिए था। मैं तो इसके बजाय और तमाम तरह की बातें सोच रही थी। जैसे, कहीं आमिर मुझसे नाराज़ तो नहीं, या क्या मैं और दीप्ति और अच्छे दोस्त बन सकेंगे या क्या आरक्षण पर दाख़िला पाने का एकमात्र तरीका पैसे देना ही है, वग़ैरह। और तभी मेरे मन में यह बात आई कि अगर मैं और दीप्ति क़ानून को समझ लेते हैं और हम दोनों का ही आमिर के स्कूल में दाख़िला हो जाए तो शायद हम तीनों भी दोस्त बन सकते हैं।

ख़ैर, यही सब सोचते हुए मैं विमला मैडम के घर पहुँची। अम्मा ने दरवाज़ा खोला और बोलीं कि मैडम मेरा ही इंतज़ार कर रही हैं।

(मैंने अम्मा से पूछा कि क्या मैं विमला मैडम से स्कूल के एक प्रोजेक्ट के बारे में बात कर सकती हूँ। आप को तो याद ही होगा मिसेज नायडू कि बड़ों से किसी बात के लिए हाँ कहलवानी हो तो स्कूल का काम बता दो।)

(मैं जानती हूँ कि यह पूरी तरह ईमानदारी की बात तो नहीं है, लेकिन ज़्यादातर तो सच ही है, नहीं?)

अम्मा ने मुझे बताया कि मैं मैडम के कमरे का दरवाज़ा खटखटाकर जाऊँ, विनम्रता से बात करूँ और उनका बहुत ज़्यादा समय न लूँ। फिर उन्होंने

मेरी स्कर्ट ठीक की, बाल सँवारे और मेरे गाल से कुछ पोंछा, हालाँकि मुझे यक़ीन है कि गाल पर कुछ लगा नहीं था, तब उन्होंने मुझे पीछे स्टडी की तरफ़ भेज दिया।

एक बात बताऊँ मिसेज नायडू, अगर मुझे पहले डर लग रहा था तो अब मेरा डर और बढ़ गया था—हालाँकि मैं बहुत उत्सुक भी हो रही थी। मैं इतनी बार विमला मैडम के घर गई हूँ लेकिन कभी मैं उस स्टडी में नहीं गई थी। जब वह वहाँ होती हैं तो सब तरह की डरावनी आवाज़ें करती रहती हैं। मैंने उन्हें फ़ोन पर चिल्लाते और कुछ ज़ोर से पटकने की आवाज़ करते सुना है, मानो बड़ी-बड़ी किताबों को अलमारी से निकालकर नीचे पटक रही हों, किताबें जिनमें शायद बहुत सारे क़ानून लिखे होंगे या शायद बच्चों को पकाने की विधियाँ लिखी हों।

(मैं जानती हूँ मिसेज नायडू, मैं विमला मैडम को जिस तरह किसी जासूसी उपन्यास के क्रूर शातिर व्यक्ति की मानिंद प्रस्तुत करती हूँ, वह शायद आपको पसंद नहीं आता होगा। लेकिन आपको यह समझना चाहिए कि मैं और जितनी भी महिलाओं को जानती हूँ, वह उन सबसे अलग हैं। अब ऐसा मत कहिएगा कि आप भी उनकी तरह हैं। मिसेज नायडू, मैं आपके बारे में पढ़ रही हूँ, और आपने जितने भी काम किए हैं मुझे नहीं लगता उसमें कोई भी क्रूरता आपने की होगी, आप तो बहुत प्रतिभाशाली थीं।)

मुझे वहाँ जाने के लिए हिम्मत की ज़रूरत थी। आप जानती हैं मिसेज नायडू, मैंने इसके लिए क्या किया?

मैंने सोचा कैसे आमिर को अंग्रेज़ी में मदद की ज़रूरत होती है।

मैंने सोचा कैसे दीप्ति इतनी होशियार है, फिर भी उसको बार-बार स्कूल बदलने पड़ते हैं।

मैंने सोचा को कैसे उस सेक्रेटरी महिला ने मेरी अम्मा के साथ ऐसा व्यवहार किया मानो वह कीचड़ से भी ख़राब हों।

और तब मैंने आपके बारे में सोचा कि कैसे जब आपको पता था कि ब्रिटिश पुलिस आपको पकड़कर जेल में डाल देगी तब भी आपने अपने लिए झूलने वाली कुर्सी मँगवाई और आप उस पर बैठकर झूलती रहीं।

तब मैंने अपना मन मज़बूत किया, सारे डर, संशय और घबराहट को निगल लिया और उस भारी-भरकम दरवाज़े को खटखटाया।

"क्या सरोजिनी है?" आवाज़ आई।

"हाँ", लकड़ी, पैसे और क्रूरता की उन सारी परतों के पार से मैंने कहा।

"आ जाओ", उन्होंने कहा।

जब मैं अन्दर गई विमला मैडम अपनी डेस्क पर एक मोटी-सी किताब रखे उसे देख रही थीं। उन्होंने एक नए तरह का कुर्ता पहना हुआ था, जैसा 100 फीट रोड के पास वाली दुकानों पर मिलता है और एक ढीली-ढाली सलवार, और उन्होंने दुपट्टा भी नहीं लिया था। उनके घने सफ़ेद बालों की लटें उनके चेहरे पर बिखरी हुई थीं, जैसे जब परीक्षा में मैं अपने बालों में अँगुलियाँ चलाती रहती हूँ तब मेरे बाल चेहरे पर बिखर जाते हैं। उन्होंने मेरी तरफ़ देखा और पूछा, "तुम्हारी माँ ने कहा कि तुम्हें स्कूल के किसी प्रोजेक्ट में मेरी मदद चाहिए?"

"जी मैडम", अम्मा के साथ जो भाषण मैंने रटकर तैयार किया था उसे शुरू करते हुए मैंने कहा, "अपना समय देने के लिए बहुत शुक्रिया मैडम। मैं जानती हूँ आप बहुत व्यस्त रहती हैं मैडम और ...."

"इसमें माफ़ी माँगने की कोई ज़रूरत नहीं", उन्होंने बीच में हो टोकते हुए कहा।

यह मज़ेदार था मिसेज नायडू, क्योंकि ऐसा ही तो कुछ दिन पहले अम्मा ने मुझे कहा था।

"अच्छा माफ़ी चाहूँगी", मैंने कहा, "मेरा मतलब है माफ़ी नहीं। मतलब माफ़ कीजिए कि मैंने माफ़ी माँगी लेकिन ..."

"तुम्हें किस बारे में मदद चाहिए सरोजिनी?" उन्होंने गुर्राकर कहा।

(आप जानती हैं मैं किस बारे में बात कर रही हूँ।)

"मुझे एक क़ानून समझने में मदद चाहिए", मैंने कहा।

तब उन्होंने वह चीज़ की, जिसके बारे में मैं आपको पहले ही बता चुकी हूँ मिसेज नायडू, याद है आपको? उन्होंने अपने चश्में को नाक की नोक पर टिकाया और एक भौंह को तिरछाकर मेरी तरफ़ देखा।

"निःशुल्क और अनिवार्य शिक्षा का क़ानून, 2009", मैंने क़ानून के एक-एक मुश्किल शब्द को ध्यान से याद करते हुए दोहराया। मिस एनी ने जो चिकने काग़ज़ वाली पुस्तिका बाल अधिकार क्लब की बैठक में दी थी, उसमें से पढ़कर इसे मैंने सावधानी से याद किया था। मैंने अपने बस्ते से पुस्तिका को निकाल लिया। जब वह कुछ देर तक मेरी तरफ़ देखती रहीं तो मैंने पुस्तिका को उनकी मेज पर आगे सरकाते हुए कहा, "मुझे जानना है कि इसमें क्या कहा गया है? प्लीज़ मैडम अगर आपको ऐतराज न हो तो?"

उन्होंने अपनी भौंहों, चश्मे और बालों के पार से मुझे घूरा। फिर अपना गला साफ़ किया, बाहें मोड़ीं, अपने चश्मे को सर के ऊपर चढ़ाते हुए कुर्सी से पीठ टिका लीं। उनकी भौंहें अब भी ऊपर उठी हुई थीं। उन्होंने उस पुस्तिका को हाथ भी नहीं लगाया।

मैं सच कह रही हूँ मिसेज नायडू सर के ऊपर चश्मा तो नाक के ऊपर से भी ज़्यादा ख़तरनाक लग रहा था।

"जब नए वकील मेरे पास कोई क़ानून समझने के लिए आते हैं तो समान्यतः उनके पास कोई कारण होता है", उन्होंने कहा।

वह थोड़ा रुकीं, जैसे कि मैं कुछ कहूँगी, लेकिन मुझे कुछ समझ नहीं आ रहा था कि मैं क्या कहूँ।

वह कहने लगीं, "उन्हें लगता है कि कोई क़ानून उनकी मदद कर सकता है। जैसे जब वे किसी का केस लड़ रहे होते हैं, तो अपने मुवक्किल के पक्ष में जज को समझाने के लिए उन्हें कोई नया नज़रिया चाहिए होता है, तब वे मेरे पास आते हैं कि यह क़ानून क्या कर सकता है और यह कैसे उनकी मदद कर सकता है।"

उन्होंने फिर थोड़ा सा समय लिया, लेकिन मुझे अब भी समझ नहीं आ रहा था कि मैं क्या कहूँ। मैं कोई वकील तो थी नहीं। मैं तो बस बारह साल की सरकारी स्कूल में पढ़ने वाली लड़की हूँ, जो शायद एक वकील से बिल्कुल उलट होती है।

लेकिन यह सब तो वह जानती थीं न?

"मैं तुमसे यह जानना चाहती हूँ सरोजिनी कि तुम्हें क्या लगता है, यह क़ानून तुम्हारी कैसे मदद कर सकता है?"

ओह! तो यह उन्होंने पहले ही क्यों नहीं कहा?

"यह क़ानून कहता है कि प्राइवेट स्कूलों को मुझे दाख़िला देना होगा क्योंकि मैं आर्थिक रूप से कमज़ोर वर्ग से आती हूँ", मैंने कहा, "मुझे किसी ने ऐसा बताया था और अब मैं जानना चाहती हूँ कि क्या यह सच में ऐसा कहता है?"

"अब समझी", उन्होंने कहा, "और तुम्हारी यह जानने में रुचि क्यों है?"

"मैं सरकारी स्कूल में जाती हूँ", मैंने कहा। जब एक मिनट तक वे मुझे घूरती ही रहीं तो मैंने कहा, "लेकिन मैं एक अच्छे स्कूल में जाना चाहती हूँ।"

"और तुम क्यों अच्छे स्कूल में जाना चाहती हो?" उन्होंने पूछा।

कोई भी बड़ा किसी बच्चे से ऐसा प्रश्न कैसे पूछ सकता है?

कोई दुष्ट होशियार वयस्क या इसी क़िस्म का व्यक्ति।

"मैं दसवीं पास करना चाहती हूँ और फिर उच्च शिक्षा भी लेना चाहती हूँ", मैंने कहा।

"और ऐसा क्यों?" विमला मैडम ने फिर से पूछा।

"मैं एक अच्छी तनख़्वाह वाली नौकरी करना चाहती हूँ। मैं अम्मा को, अभी जो हमारा घर है, उससे बाहर निकालना चाहती हूँ", मैंने कहा, "मैं चाहती हूँ कि अम्मा को मुझ पर नाज हो और मैं चाहती हूँ कि वह आगे सारी उम्र लोगों के घरों में सफाई ही न करती रहें।"

मैंने शायद ही अपनी अब तक की ज़िन्दगी में "मैं चाहती हूँ" शब्द का इतनी बार इस्तेमाल किया हो!

(मिसेज नायडू, एक और बात है, जो "मैं चाहती थी" लेकिन वह मैंने ज़ोर से नहीं कही।)

जब मैंने अपनी बात ख़त्म की तब मैडम ने मेरी तरफ़ देखा। मुझे सच में समझ नहीं आ रहा था कि वह मदद करने वाली हैं या अपने दफ़्तर में रखे क्रूर शातिर यंत्रों से मुझे तलने वाली हैं।

आख़िर, उन्होंने कहा, "दो।"

मैं बड़ी-सी मेज के दूसरी तरफ़ खड़ी रही जब उन्होंने उस क़ानून को उठाया और चश्मे को वापस अपनी आँखों पर लगाया—जहाँ उसे होना चाहिए, मुझे तो समझ नहीं आता कि वह उसे इधर-उधर क्यों करती हैं। उन्होंने क़ानून

को एक झलक देखा और फिर मुझे देखकर कहा, "यह तो कन्नड़ में है।"

मैंने सहमति में गर्दन हिलाई।

"तुम कन्नड़ ठीक से पढ़ लेती हो?" उन्होंने पूछा।

"अंग्रेज़ी से ज़्यादा अच्छी तरह", मैंने कहा।

"तो फिर इधर आओ, और साथ में एक कुर्सी भी ले आओ", उन्होंने कहा।

मैंने कमरे के दूसरे कोने में रखी एक लोहे वाली फोल्डिंग कुर्सी उठाई और उनके पास ले जाकर उसे खोल लिया। उन्होंने उस पेंफ्लेट को मेरे और अपने बीच में रख लिया जैसे मैं और आमिर जब एक ही कॉमिक पढ़ना चाहते तब रख लिया करते थे। तब उन्होंने अनुच्छेद-12 वाला पन्ना खोला, जिसमें आर्थिक रूप से कमज़ोर वर्गों के लिए आरक्षण के बारे में बताया गया है।

और मिसेज नायडू, वहाँ से चीज़ें उतनी बुरी नहीं रहीं।

बल्कि वे बहुत बढ़िया हो गईं।

विमला मैडम मेरे साथ किसी टीचर की तरह बात नहीं कर रही थीं। वह ऐसा भी नहीं जता रही थीं कि वह मुझसे ज़्यादा होशियार हैं, जबकि मुझे लगता है कि वह हैं।

वह मुझसे इस तरह बात कर रही थीं, मानो हम दोनों ही बड़े हैं और चीज़ों को जानते हैं और साथ मिलकर समझ सकते हैं।

मुझे महसूस हुआ जैसे कि मैं बड़ी हो गई हूँ।

वकील की तरह।

मुझे यह समझ आया कि ब्लॉक शिक्षा अधिकारी की यह ज़िम्मेदारी है कि वह मुझे और अम्मा को प्राइवेट स्कूल में आरक्षण वाली सीट पर दाख़िला लेने में मदद करे। यह भी कि कर्नाटक में प्राइवेट स्कूल कक्षा एक या केजी जो भी स्कूल में शुरुआती कक्षा है उसमें तो बच्चों को दाख़िला देते हैं लेकिन अगर स्कूल में छोटी कक्षाओं में 25 प्रतिशत सीटें पूरी नहीं भर पाती हैं तो स्कूल बड़ी कक्षाओं में मेरे जैसे बच्चों को भी दाख़िला दे सकते हैं।

(दूसरे राज्यों में बच्चों को किसी भी कक्षा में दाख़िला दिया जाता है, इसलिए दीप्ति के चचेरे भाई को पुणे में मिल गया।) यह भी कि कैसे कर्नाटक के बहुत सारे स्कूल अपने-आप को अल्पसंख्यक स्कूल बुला रहे हैं ताकि उन्हें

मेरे जैसे बच्चों को दाख़िला न देना पड़े।

(इसमें से बहुत सारी बातें पेंफ्लेट में नहीं हैं, लेकिन विमला मैडम जानती हैं क्योंकि वह एक मानवाधिकार वकील हैं।)

(मिसेज नायडू, अम्मा को मत बताइएगा लेकिन मुझे लगता है कि बड़े होकर वकील बनने का विचार भी बुरा नहीं है।)

जब हमने पूरा पढ़ लिया तो मैं बहुत आशान्वित महसूस कर रही थी, क्योंकि अब मुझे नियम पता थे। लेकिन मुझे यह भी पता था कि यह बहुत मुश्किल होने वाला है। ख़ासतौर से मेरे और दीप्ति दोनों के लिए। मैं नहीं चाहती थी कि मैं उसके बिना प्रवेश ले लूँ या उसे प्रवेश मिल जाए और मुझे न मिल सके।

"सरोजिनी, तो क्या मैं तुमसे एक बात पूछूँ", विमला मैडम ने कहा, "हमने अनुच्छेद-12 पढ़ लिया है, क्या अब तुम बाक़ी का पूरा क़ानून क्या कहता है, यह भी जानना चाहोगी?"

"जैसा आप ठीक समझें, मैडम", मैंने कहा।

"तो चलो वापस उस कारण को देखते हैं जिसके लिए तुम आरटीई को जानना चाहती थीं। मुझे एक बार फिर से बताओ कि तुम मेरे पास क्यों आई थीं?"

"ताकि मैं प्राइवेट स्कूल में जा सकूँ।"

"ठीक बात है", उन्होंने कहा। उनकी भौंह फिर से ऊपर उठ गईं, और तब मुझे याद आया कि वह जब झुकी हुई थीं तब मैंने उस पर ज़्यादा ध्यान नहीं दिया, "लेकिन तुम प्राइवेट स्कूल में क्यों जाना चाहती हो, उसका कारण क्या था?"

"अच्छी शिक्षा पाने के लिए", मैंने कहा।

"बिल्कुल सही", विमला मैडम ने कहा, "प्राइवेट स्कूल में जाने के लिए नहीं, बल्कि अच्छी शिक्षा पाने के लिए।"

"लेकिन मैं अगर प्राइवेट स्कूल में नहीं जाऊँगी तो मुझे अच्छी शिक्षा कैसे मिलेगी?"

"क्यों, जिस स्कूल में तुम जाती हो वहाँ", उन्होंने कहा।

"लेकिन मैडम", मुझे लगा कहीं वह भूल न रही हों, मैंने कहा, "आपको पता है न मैं तो सरकारी स्कूल में जाती हूँ।"

"बिल्कुल सही", उन्होंने कहा। और वह इस बात पर काफ़ी ख़ुश नज़र आ रही थीं कि मुझे उन्हें यह बताने की इच्छा ही नहीं हुई की मुझे इस बात का कोई अंदाज़ा नहीं है कि वे क्या कह रही हैं।

मिसेज नायडू, आप प्लीज बुरा मत मानिएगा, मैं बहुत छोटी हूँ और मैंने तो अभी तक आपने जितना कुछ किया है वैसा कुछ भी नहीं किया और मेरे सीखने के लिए बहुत कुछ बाक़ी है। लेकिन जब मैंने विमला मैडम के साथ क़ानून को पढ़ना शुरू किया तो मुझे ऐसा लगने लगा जैसा मेरे ख्याल से आपको उस वक़्त लगा होगा जब आपको, गांधी जी, पंडित जी और आंबेडकर जी वग़ैरह को उस वक़्त लगा होगा जब आपको अंग्रेज़ों से आज़ादी पाने का सही तरीका मिल गया है और आपको यह अहसास हुआ होगा कि यह तरीका अच्छा और कारगर है।

यह एक तरह से अपने पास मौजूद ताक़त के बारे में पता लगने जैसा था, जबकि मैं सिर्फ़ बारह साल की एक लड़की हूँ। क्या आपको पता है कि हमारे टीचर हमारे साथ मारपीट नहीं कर सकते? मारपीट 'शारीरिक दंड' कहलाता है और भारत में यह ग़ैर-क़ानूनी है।

आपको पता है भारत में प्रत्येक स्कूल में कुछ सुविधाएँ होनी चाहिए? इस क़ानून के आख़िरी पन्नों में उन सारी सुविधाओं की सूची दी हुई है। इसमें सारी चीज़ों के बारे में बताया हुआ है जैसे कि लड़कियों और लड़कों के लिए शौचालय, पीने का पानी और खेल का मैदान भी। खेल का मैदान मिसेज नायडू, अभि को तो वहाँ बहुत मज़ा आएगा।

इतना ही नहीं, आपको पता है कि हरेक स्कूल में एक स्कूल प्रबंधन समिति भी होनी चाहिए, माता-पिता और शिक्षकों को इसका सदस्य होना चाहिए और इसका काम स्कूल की इमारत को सुधारने और ख़र्च के लिए बजट आदि की देखरेख करना है? विमला मैडम ने बताया कि बच्चे भी इसमें शामिल हो सकते हैं। एनी मिस को तो यह बहुत अच्छा लगेगा।

जब अम्मा ने दरवाज़ा बजाया तो मैं ज़्यादा हैरान हुई या वह, कह नहीं सकती। मैं तो इसलिए क्योंकि समय इतनी तेज़ी से बीत गया था कि पता ही

नहीं चला और अम्मा इसलिए कि मैं और मैडम इतना पास-पास लगभग एक-दूसरे के ऊपर ही झुके हुए थे और हम आपस में बात कर रहे थे और हँस भी रहे थे और मैं सच में बहुत उत्साहित थी।

"तो सरोजिनी, तुमसे बात करके बहुत अच्छा लगा", मैडम ने मुझसे हाथ मिलाते हुए कहा।

"अम्म, शुक्रिया मैडम", मैंने कहा। आज तक किसी ने मुझसे हाथ नहीं मिलाया था। कम से कम विमला मैडम जैसे तो किसी ने भी नहीं।

"तो अब, मैं तुम्हें एक काम देने वाली हूँ", उन्होंने पैम्फ्लेट को समेटकर वापस मेरे हाथ में देते हुए कहा।

"जी, ज़रूर", मैंने अपनी पीठ पर अपना बस्ता टाँगते हुए कहा।

"तुमने आज जो भी सीखा है यह तुम अपने सहपाठियों के साथ साझा करोगी और फिर तुम मुझे यह बताओगी कि वे क्या सोचते हैं।"

"ठीक है", मैंने सहमति में गर्दन हिलाते हुए कहा।

"ठीईईक है?" अम्मा ने ज़ोर से कहा।

"माफ़ कीजिए, मेरा मतलब जी मैडम", मैंने झेंपते हुए कहा, "ज़रूर मैडम। शुक्रिया मैडम।"

विमला मैडम ने मुझे, फिर अम्मा को और वापस मुझे देखा और ज़ोर से हँस पड़ीं।

लेकिन ऐसा करना बिल्कुल भी ख़राब नहीं लगा। बल्कि अच्छा लगा। जैसे कि हम दोनों के बीच कुछ बदल गया था। या शायद हम तीनों के बीच ही, क्योंकि अम्मा भी हल्के से मुस्करा दी थीं।

यह बदलाव वैसा नहीं था जैसे मेरे और आमिर के बीच चीज़ें बदल गई थीं। यह अच्छे के लिए आया बदलाव था।

शुभकामनाएँ
सरोजिनी

20 जुलाई, 2013

डियर मिसेज नायडू,

अभी थोड़े दिन पहले ही तो मैंने आपको पत्र लिखा था, लेकिन इस बीच बहुत-कुछ हो गया। मुझे लगता है आपका जीवन भी कुछ ऐसा ही रहा होगा– लंबे समय तक चीज़ें एक ही ढर्रे पर चलती रहीं और फिर अचानक सब कुछ बदल गया। जैसे शायद आप को लगा होगा कि आप अंग्रेज़ों के भारत छोड़कर जाने के लिए कोशिश करती रहीं और वे नहीं जा रहे थे और तब शायद आपने सोचा होगा कि आपको सारा जीवन ही अंग्रेज़ों से लड़ते हुए बिताना पड़ेगा। और तब एक दिन, आख़िर वे भारत छोड़कर चले गए, और यही तो आप चाहती थीं, लेकिन तब सब कुछ बदल गया।

(मिसेज नायडू, सच कहा जाए तो मैं जिस बदलाव की बात कर रही हूँ वह अंग्रेज़ों के भारत छोड़कर जाने जितना बड़ा तो नहीं है। इसलिए आप भी इसे लेकर बहुत उत्साहित न हो जाएँ।)

ख़ैर, तो आज शनिवार था और मेरा आधे दिन का ही स्कूल था। मैंने अपने घर के काम और स्कूल से मिला काम भी ख़त्म कर लिया था तो अम्मा ने मुझे मज़दूर बस्ती में दीप्ति से मिलने जाने के लिए हाँ कह दिया था। हम स्कूल में मिले थे लेकिन वहाँ मुझे उससे इतनी बात करने का मौक़ा नहीं मिला था कि मैं यह बता पाती कि प्राइवेट स्कूल की सीट मिलने के बारे में मैंने क्या-क्या सीखा है।

मिसेज नायडू, मैं इतना उत्साहित थी कि रास्ते में मैं विमला मैडम की तरह नक़ल करने की भी कोशिश कर रही थी, ख़ासतौर से वह जैसे भौंहें ऊपर उठाती हैं।

(एक दुष्ट होशियार के बिना कोई कहानी पूरी नहीं होती। किसी भी जासूस से पूछकर देख लीजिए।)

शायद यही कारण था कि मैं दीप्ति के पास जाने के लिए लंबा रास्ता लेना भूल गई, जिसके रास्ते में कबाड़ी की दुकान, फिर अस्पताल और उसके बाद में लग्ज़री अपार्टमेंट का चक्कर लगाकर निर्माण वाली जगह पर पहुँचना होता है। मेरे पैर मुझे उस रास्ते ले गए, जहाँ से मैं सालों से आती-जाती रही हूँ—नारियल के झुरमुट के बीच से, पुलिया के नीचे से मुख्य सड़क से होते हुए।

वही सड़क जिस पर कॉल सेंटर है।

वही जगह जहाँ फ़ारूक़ काम करता है।

वहाँ से मैं ठीक उस वक़्त निकली जब कर्मचारियों की चाय की छुट्टी होती है।

इसलिए मुझे पीछे से किसी के बुलाने की आवाज़ सुनाई दी, "सरोजिनी!"

हालाँकि जब तक मुझे यह समझ आता कि मैं कहाँ हूँ और वापस मुड़कर झुरमुट में छुप जाती, किसी ने मुझे देख लिया था।

मैंने धीरे से गर्दन घुमाई और कहा, "हेलो भैया।"

"कैसी है छोटी", फ़ारूक़ ने कहा, "उसके चेहरे पर बड़ी-सी मुस्कान खिली थी। एक हाथ में उन्होंने पेपर कप लिया हुआ था, जिससे भाप उठ रही थी। दूसरे हाथ में फ्लास्क था, मैं जानती हूँ जो तस्मियाह मासी के हाथों की बनी चाय से भरा होगा। मेरे मुँह में पानी आ गया।"

"तू लेगी", उन्होंने जैसे मेरा मन पढ़ते हुए कहा, "मिसेज नायडू, वह मेरा मन पढ़ सकते हैं, हम एक-दूसरे को इतने सालों से जानते जो हैं।"

"नहीं, रहने दीजिए भैया", मैंने झूठ बोला, "मैंने अभी हीखाना खाया है। शुक्रिया।"

"इतनी देर से?" कहते हुए उन्होंने फिर भी मेरे लिए एक कप में चाय उडेल दी।

"मुझे नहीं लगता मासी तुझे इतनी देर सोने देंगी, ले ले थोड़ी सी।"

मिसेज नायडू, क्या आपको अंदाज़ा भी है कि कोई चीज़ जो आपको बहुत-बहुत पसंद हो वह इतने लंबे समय के बाद मिले तो कैसा लगता है?

किसी चीज़ की आपको इतनी ज़्यादा तलब हो और आपको पता भी न

हो कि आपको उसकी कितनी याद आ रही थी?

उस चाय में इलायची, अदरक, दोस्ती और प्यार सबकी ख़ुशबू थी।

उसका स्वाद इतना अच्छा था कि मुझे आँखें बन्द कर लेनी पड़ीं, क्योंकि मुझे पता नहीं था कि मैं आँख बन्द न करती तो क्या हो जाता।

फ़ारूक़ ने यह देख लिया—क्योंकि वह सब कुछ देख लेता है—और वह हँस पड़ा।

तब मुझे लगा जैसे मुझसे कोई बचकानी बात हो गई है, और मैं भी हँस पड़ी, जिसका मतलब था कि मैं अब अपनी आँखें खोल सकती थी और कह सकती थी, "शुक्रिया भैया! मुझे इस चाय की बहुत याद आती थी, मासी को ज़रूर बताना।"

"ज़रूर", फ़ारूक़ ने कहा",हम भी तुझे बहुत याद करते हैं सरु।"

यदि आपने ध्यान दिया हो मिसेज नायडू, तो मैंने किसी को याद करने की कोई बात नहीं की थी, बल्कि सिर्फ़ चाय को याद किया था। लेकिन यह तो फ़ारूक़ था।

"तू बहुत दिन से घर नहीं आई छोटी", फ़ारूक़ ने कहा।

मैं कोई बहाना बनाने के लिए मुँह खोलती उसके पहले ही उसने कहा, "जाने दे, मुझे मत बता—क्या तूने गंगाराम की सारी जासूसी कहानियाँ पढ़ डालीं?"

मैं क्या कर सकती थी मिसेज नायडू, मेरे चेहरे पर फिर हँसी आ गई। यह भी मज़ेदार है कि जब मैं अपनी कक्षा के बच्चों को बड़े बहन-भाइयों के साथ देखती हूँ तो शुक्र मनाती हूँ कि मैं अकेली बच्ची हूँ, लेकिन जब फ़ारूक़ और तारिक को देखती हूँ तो इच्छा होती है कि काश मेरे भी बहन-भाई होते।

"नहीं", मैंने कहा, "मैं थोड़ा व्यस्त रहती हूँ, हमारी नई टीचर बहुत सख़्त मिजाज हैं।"

"सख़्त मिजाज?" फ़ारूक़ ने पूछा और जैसे वह अकड़ गया। "क्या वह तुम्हारे साथ मारपीट करती है?"

"नहीं", मैंने धीरे से कहा, क्योंकि मैंने इस तरह सोचा नहीं था। "नहीं मारती नहीं हैं।"

"फिर सख़्त मिजाज से क्या मतलब है?"

"सख़्त मिजाज मतलब वह बहुत सारा काम देती हैं। ज़्यादातर वह हमें

कहानियाँ और किताबें देती हैं और फिर हमसे उसके बारे में अपनी राय बताने के लिए कहती हैं। वह हमें कहती रहती हैं कि वह चाहती हैं कि हमारे दिल और दिमाग़ का विकास हो। मुझे पता नहीं इसका क्या मतलब है, सिवाय इसके कि इसका मतलब है बहुत सारा काम करना, क्योंकि वह हमें गीता मिस जितना देती थीं उससे दोगुना ज़्यादा काम देती हैं।"

"वाह", फ़ारूक़ ने जैसे अपने आप से ही कहा, "यह तो अच्छा है।"

वह जैसे शून्य में कहीं ताकने लगा और तभी मुझे वह प्रश्न पूछने का मौक़ा मिल गया जो बहुत देर से हम दोनों के बीच टंगा हुआ था। आमिर के बारे में सवाल कि वह कैसा है और क्या वह अब भी मेरा दोस्त है?

लेकिन मिसेज नायडू, आप तो जानती ही हैं कि बड़े सवालों को लेकर कैसे होते हैं।

फ़ारूक़ उस तरह तो बड़ा नहीं है। लेकिन अब उसकी नौकरी लग गई है और उसके पास फ्लास्क है, वह बच्चा भी नहीं रह गया है।

इसलिए मैंने कहा, "अम्म।"

मेरे ख़याल से इससे उसे याद आया कि मैं भी यहाँ खड़ी हूँ और उसने झुककर मेरी तरफ़ देखा और कहा, "सुनो तुम अब भी घर आ सकती हो। आमिर को भी दोस्त मिलेगा।"

"मुझे लगा उसके तो नए स्कूल में बहुत सारे दोस्त बन गए होंगे", मैंने ज़ोर से कहा। जो बात मैंने नहीं कही वह थी, मुझे लगता है कि वह अब मेरे साथ दोस्ती रखना नहीं चाहता।

"असल में", फ़ारूक़ ने कहा, "मुझे नहीं लगता कि उसका कोई दोस्त है।"

मैंने कहा, "मैंने उसे स्कूल से लौटते समय बहुत सारे लड़कों के साथ देखा है।"

"अब वह उनके साथ नहीं आता", फ़ारूक़ ने कहा, "वह बस पहले सप्ताह ही उनके साथ गया होगा। लंबे समय से मैंने उसे किसी के साथ नहीं देखा।"

तब मुझे चिंता होने लगी।

क्योंकि मुझे याद आने लगा कि कैसे आंबेडकर स्कूल में बच्चे छोटा होने के कारण और मेरी तरह लड़कियों से दोस्ती रखने के कारण आमिर का मज़ाक बनाते थे। कैसे हमारे मोहल्ले के बड़े लड़के उसके साथ घर में उर्दू

बोलने के कारण नाराज़ हो जाते थे और कैसे उसके भाई और मैं उसके बदले में सबसे उलझते रहते थे क्योंकि वह लड़ाई में कभी अच्छा नहीं था।

(लेकिन क्या प्राइवेट स्कूल के बच्चे भी लड़ते हैं? क्या ऐसा नहीं है कि सिर्फ़ सरकारी स्कूलों के बच्चे ही झगड़ा करते हैं?)

फिर मुझे यह भी याद आया कि जब से मेरी और आमिर की दोस्ती हुई तो लड़ाइयाँ होनी बन्द हो गईं। जब भी हम साथ होते तो दूसरे बच्चे हमें साथ क्रिकेट खेलते हुए देखते, आमिर को छक्के लगाते हुए देखते, कन्नड़ बोलते और दीपावली पर घर की सजावट में मदद करते देखते। जो सबसे ख़ास बात मुझे याद है कि जब मैं और आमिर साथ होते तब वे आमिर को ही ज़्यादा पसंद नहीं करते थे, बल्कि मुझे भी ज़्यादा पसंद करते थे। वे अप्पा के साथ नहीं रहने के लिए मेरा मज़ाक नहीं बनाते थे या लड़कियों की तरह व्यवहार नहीं करने, या दूसरों से ज़्यादा भूख लगने के लिए मुझे चिढ़ाते नहीं थे। साथ में हम दोनों एक-दूसरे की सुरक्षा करते थे। तो अब उसकी सुरक्षा कौन करता है?

"आपका क्या मतलब है कि उसके दोस्त नहीं हैं?" मैंने पूछा।

"वह किसी के बारे में बात नहीं करता और कोई घर भी नहीं आता", फ़ारूक़ ने कहा, "उसके टीचर भी हमसे ठीक से बात नहीं करते, इसलिए मुझे कुछ पता नहीं।"

इसमें तो आश्चर्य की कोई बात नहीं, आपको याद ही होगा उस स्कूल में किसी ने मुझसे और अम्मा से भी ठीक से बात नहीं की थी।

"इसके अलावा उसके नंबर भी अच्छे नहीं आते", फ़ारूक़ ने बताया, "उसको अभी आंशिक स्कॉलरशिप मिली हुई है, लेकिन यह पैसा मिलता रहे इसके लिय उसके अच्छे नंबर आने चाहिए।"

यह आश्चर्य की बात थी। पिछले साल कक्षा में फ़र्स्ट आने के लिए आमिर ही सबसे तगड़ी चुनौती था। ज़्यादातर अगर मैं फ़र्स्ट आती तो वह सेकंड आता या मैं सेकंड आती तो वह फ़र्स्ट आता। ऐसा इसलिए था कि वह किसी भी बात से परेशान होता तो पढ़ने बैठ जाता था, और उसका दिमाग़ बाक़ी सारी परेशानियों से हट जाता था। अगर उसके नंबर अच्छे नहीं आ रहे तो इसका मतलब है कि कुछ ज़्यादा ही गड़बड़ हो रहा है।

"देख सरोजिनी, अगर उसके लाखों नए दोस्त भी बन जाएँ तो तेरी जगह कोई नहीं ले सकता", फ़ारूक़ ने कहा।

फ़ारूक़ से यह सुनना बहुत अच्छा और बुरा एक साथ लग रहा था। एक तरह से मैं यह सुनना ही चाहती थी क्योंकि मैं अब भी आमिर की दोस्त रहना चाहती थी। लेकिन मैं यह सुनना नहीं भी चाहती थी क्योंकि इसका मतलब हुआ कि मैंने आमिर के साथ जो किया वह मैंने जितना सोचा था उससे कहीं ज़्यादा ख़राब व्यवहार था।

फ़ारूक़ के एक दोस्त ने आकर उसके कंधे पर हाथ रखा और बताया कि छुट्टी का वक़्त ख़त्म हो गया है। वह अन्दर चला गया उसके बाद भी मैं बहुत देर तक वहीं खड़ी रही। इसके बाद मैं घर लौट आई। ऐसी हालत में मैं दीप्ति से नहीं मिल सकती थी। आख़िर मुझे बहुत सारी बातों के बारे में सोचना था।

मैंने सवालों की एक सूची बनाई, जैसे किसी अच्छे जासूस को जब आगे की रणनीति के बारे में सोचना हो तब बनाता है। ये सवाल थे :

1. क्या मैं और आमिर अब भी दोस्त हैं?
2. अगर हम अब दोस्त नहीं हैं तो क्या हम फिर से दोस्त बन सकें इसके लिए मुझे कोशिश करनी चाहिए क्योंकि मुझे लगता है कि मैंने दोस्ती तोड़ी। हालाँकि मुझे इसका पक्का यक़ीन नहीं है?
3. अगर आमिर को यह स्कूल पसंद नहीं आ रहा है तो क्या वह हमारे स्कूल में वापस आ सकता है?
4. अगर आमिर आंबेडकर स्कूल में वापस आ सकता है तब भी क्या मुझे ग्रीनहिल में अपने लिए सीट की कोशिश करते रहना चाहिए?
5. अगर मुझे ग्रीनहिल में सीट मिल जाती है तो हम दोनों को अच्छा लगेगा या बुरा?

आप देख सकती हैं मिसेज नायडू कि मैं बहुत दुविधा में हूँ। मैंने तय किया है कि मैं पूरी दोपहर इन सवालों के बारे में सोचते हुए ही बिताऊँगी और जब मुझे समझ आ जाएगा कि मैं क्या चाहती हूँ, तभी दीप्ति के घर जाऊँगी।

शुभकामनाएँ
सरोजिनी

21 जुलाई, 2013

डियर मिसेज नायडू,

याद है कल मैंने आपको बताया था कि मैं कितनी उलझन में पड़ गई थी? और आज मैं यह तय करने वाली थी कि मेरी आगे की रणनीति क्या होगी? और उसके बाद मुझे दीप्ति से मिलने जाना था? तो मैंने तय कर लिया है मिसेज नायडू, और यह बहुत महत्त्वपूर्ण है।

मैंने तय कर लिया है कि अब जुझारू बनने का समय आ गया है।

अम्मा की तरह।

दीप्ति की तरह।

आपकी तरह।

जब मैं दीप्ति के यहाँ मज़दूर बस्ती में गई तो मैंने सोचा था कि आज तो रविवार है, वहाँ शांति होगी, लेकिन मैं ग़लत थी। पहले तो मुझे पता ही नहीं चला कि दीप्ति वहाँ है भी या नहीं, क्योंकि वहाँ बहुत भीड़-भाड़ थी। एक बड़ी-सी ड्रिल मशीन के पास कुछ आदमी इकट्ठा थे और सिर्फ़ एक आवाज़ सुनाई दे रही थी रट-टट्ट-टट्ट-टट्ट-टट्ट-टट्ट। इसके अलावा वहाँ सब तरफ़ धूल थी जो कुछ तो इस मशीन से उड़ रही थी और कुछ सर पर पत्थर और गिट्टी के तसले उठाकर यहाँ-से-वहाँ जाती औरतों के पैरों से। मुझे नहीं पता कि उनमें दीप्ति के अम्मा-अप्पा भी हो सकते हैं, क्योंकि मैं उसकी अम्मा से अब तक नहीं मिली थी और उसके अप्पा के बारे में भी तरह-तरह की अफवाहें सुनी थीं—और जिस तरह की बातें सुनी थीं उनके बाद मेरी उनसे मिलने की इच्छा भी नहीं थी।

आख़िर मैंने उससे मिलने का इरादा छोड़ दिया और यह सोचा कि मैं कल

स्कूल जाते हुए ही उससे मिल लूँगी। क्योंकि आज मौसम अच्छा था इसलिए मैंने घर जाने के लिए लंबा वाला रास्ता लिया, जिस रास्ते में एक सुंदर सा मोहल्ला भी पड़ता है, जहाँ कई बेडरूम वाले घर हैं, जिनमें फूलों वाले बगीचे भी हैं। जब मैं वहाँ से जा रही थी मिसेज नायडू, तो पता है मैंने क्या सुना?

"ओए!"

आप तो जानती ही हैं कि ऐसे कौन बुलाता है, नहीं?

मुझे कुछ समझ नहीं आया। मैंने दाएँ देखा, फिर बाएँ देखा मैंने घर के आगे और गली के अन्त तक नज़र घुमाकर देखा।

तब दीप्ति की आवाज़ आई, "ऊपर देख।"

मिसेज नायडू, आपको यक़ीन नहीं होगा कि वह कहाँ पर थी।

वह एक बड़े से बंगले के आगे एक पेड़ पर लगभग आधा ऊपर चढ़ी हुई थी। इस तिमंज़िले बंगले में कम से कम दस बेडरूम होंगे। इस पर एक लोहे का दरवाज़ा लगा था, जिस पर अंग्रेज़ी में लिखी नाम पट्टी लगी थी और जिसकी बाउंड्री ईंट की दीवारों से बनी हुई थी। दीप्ति अपने पैरों पर संतुलन साधे उस पेड़ से पाँच पंखुड़ियों वाले सफ़ेद फूल चुन रही थी, और उन्हें एक प्लास्टिक की थैली में इकट्ठा कर रही थी। ऐसा लग रहा था जैसे उसने सितारे इकट्ठा किए हुए हैं।

"दीप्ति", मैंने लगभग ज़ोर से लेकिन फुसफुसाते हुए कहा, "क्या यह चोरी नहीं है?"

दीप्ति अपनी आँखें घुमाईं, "यह पेड़ उनके मकान के अन्दर नहीं है, यह बाउंड्री से बाहर लगा है।" वह फुसफुसाकर भी नहीं बोल रही थी।

पड़ोसी सुन न लें इसलिए मैंने बहुत दबी जुबान में कहा, "मुझे नहीं लगता कि इससे कोई फ़र्क़ पड़ता है।"

"ठीक है", उसने कहा, "वैसे भी मेरा काम हो गया।"

उसने थैली को अपनी कलाई में लपेटा और नीचे आ गई। जिस तरह से वह पेड़ पर चल रही थी आप आसानी से बता सकते हैं कि वह पहले भी लाखों पेड़ों पर चढ़ी चुकी होगी।

"तुझे उनका क्या करेगी", मैंने पूछा।

दीप्ति ने कंधे उचकाते हुए कहा, "अम्मा कहती हैं कि ये पूजा के लिए

अच्छे होते हैं।"

"सच में", मैंने कहा, "तो मैं भी कुछ ले लूँ।"

"जाने भी दे", उसने कहा, "फूल चीज़ों को नहीं बदलते, लोग बदल सकते हैं।"

मैंने आधे सेकंड के लिए कुछ सोचा। दरअसल मैंने मन में एक छोटी-सी प्रार्थना की और यह माँगा कि ईश्वर हमें निराश न करें।

मैं सोच रही थी कि मैंने बहुत चुपचाप किया है, लेकिन दीप्ति ने अपनी आँखें घुमाईं जैसे कि वह ठीक-ठीक समझ गई हो कि मेरे दिमाग़ में (और दिल में) क्या चल रहा है। लेकिन बजाय कुछ ऐसा कहने के जो हमारे लिए दुर्भाग्य लेकर आए, उसने कहा, "लोगों की बात से याद आया, तू अपनी उन वकील से मिली?"

"हाँ", मैंने कहा, "इसीलिए तो मैं तुझे ढूँढ़ने आई थी।"

"तो फिर हमें कहीं बैठकर बात करनी पड़ेगी। मज़दूर बस्ती में हम बात नहीं कर सकते, वहाँ तो बहुत शोर है।"

"हाँ, मैंने देखा। तुम्हारे यहाँ लोगों को रविवार को भी छुट्टी नहीं मिलती?"

दीप्ति ने मुझे घूरकर देखा और कहा, "सरोजिनी, अभी तुझे बहुत कुछ सीखना बाक़ी है।"

मैंने कंधे उचका दिए और कहा, "मैं एक जगह जानती हूँ, जहाँ हम जाकर बात कर सकते हैं।"

उसने सहमति में सर हिलाया और मेरे क़दम से क़दम मिलाकर चलने लगी।

(क़दम से क़दम मिलाकर चलने का मतलब कुछ और होता है, यह मुझे जासूसी उपन्यासों से पता चला। दरअसल यह एक ऐसे उपन्यास में आता है जिसमें अपराध और प्यार दोनों हैं। जब आप किसी के क़दम से क़दम मिलाकर चलने लगते हैं तो इसका मतलब व्यक्ति के साथ-साथ चलने के अलावा उससे कुछ ज़्यादा भी होता है। इसका मतलब एक साथ एक गति से चलने के साथ ही सहजता और तसल्ली का महसूस होना भी है। रोमांस तो अजीब है, लेकिन किसी से क़दम से क़दम मिलाकर चलना नहीं।)

रास्ते में चलते हुए मैंने उसे बताया कि विमला मैडम के यहाँ क्या-क्या हुआ। कैसे बंगलोर के प्राइवेट स्कूलों में आरक्षण तो है लेकिन वे मेरे और दीप्ति जैसे बच्चों को वहाँ आने नहीं देना चाहते। मैंने उसे बताया कि कर्नाटक में क्यों हमें इन सीटों पर दाख़िले के लिए बड़ा मान लिया जाता है और हमें तभी दाख़िला मिल सकता है जब उनके पास कुछ अतिरिक्त सीटें हमारे लिए बची हुई हों। मैं उसे अन्य हिस्सों के बारे में बताने ही वाली थी कि दीप्ति ने शिकायत करना शुरू कर दिया, "तू मुझे कहाँ लेकर जा रही है?" हम नरियल के पेड़ों के झुरमुट के बीच से जा रहे थे और जिनके बीच में बहुत सारी झाड़ियाँ और कांटे भी उगे हुए थे।

"तू तो गाँव से आई है, तुझे तो इसकी आदत होनी चाहिए", मैंने कहा।

"मैंने जूते भी नहीं पहने हैं।"

"मुझे लगा तू मज़बूत है।"

"सो तो मैं हूँ", दीप्ति ने मुझे पैनी नज़रों से देखते हुए कहा।

"ओह!"

"तो तू ड्रामा बन्द कर सकती है", मैंने कहा, "हम पहुँच गए।"

यह ख़ास जगह है (ऐसा मैं और आमिर कहते हैं) जो नारियल के पेड़ों, फूलों वाली झड़ियों से घिरे एक घास का मैदान है और हमारे घर और सड़क के बीच में आता है। फूलों की ख़ुशबू इतनी अच्छी आती है कि अस्पताल के सीवेज और सड़क से पेट्रोल की दुर्गंध यहाँ तक नहीं आती। कभी-कभी यहाँ सुग्गा और मैना की आवाज़ें भी सुनाई देती हैं।

"वाह!" दीप्ति ने कहा, "यहाँ कितनी शांति है।"

मैं घास पर गिरे हुए एक पेड़ के तने पर बैठ गई जो किसी अमीर मोहल्ले के बीच लगी बेंच का सा अहसास कराती है।

"तूने यह जगह कैसे खोजी?" उसने मेरे बगल में बैठते हुए पूछा।

"मैंने नहीं, आमिर ने।"

"आमिर कौन?"

इससे पता चलता है कि यह कितनी अजीब बात है मिसेज नायडू। मुझसे आज तक किसी ने नहीं पूछा कि आमिर कौन है क्योंकि अक्सर वह मेरे साथ ही होता था।

"वह मेरा सबसे अच्छा दोस्त है", मैंने कहा।

"अगर वह तेरा इतना अच्छा दोस्त है तो तूने अब तक मुझे उससे क्यों नहीं मिलवाया?"

"क्योंकि मुझे पता नहीं कि अब भी वह मेरा दोस्त है कि नहीं", पहली बार मैंने अपने मुँह से यह बात किसी को कही थी। यह सोचकर ही ख़तरनाक लग रहा था लेकिन पिछले कुछ समय से मैं जितनी ख़तरनाक चीज़ें कर रही थी उन्हें देखते हुए यह भी बस ऐसी ही एक और बात थी, "वह अब दूसरे स्कूल में जाता है। असल में वह ग्रीनहिल में जाने लगा है।"

दीप्ति दूसरी तरफ़ देखने लगी और धीरे से बोली, "तो इसलिए तू भी वहाँ जाना चाहती है?"

मैंने हाँ में गर्दन हिलाते हुए कहा, "मुझे लगता था कि उसे वहाँ अच्छा लगता होगा, लेकिन अब मुझे पक्का पता नहीं है।"

"उसे बिल्कुल अच्छा नहीं लगता होगा", उसने मेरी तरफ़ आँखें सिकोड़ते हुए देखा और कहा।

(दीप्ति के देखने के तरीक़े को अब मैं समझने लगी हूँ। इस तरह देखने का मतलब है कि 'एक शहरी लड़की होते हुए, तू काफ़ी सुस्त है।')

(वह मुझे बहुत बार इसी तरह देखती है।)

"तू क्या कहना चाहती है?"

"उसकी ज़िन्दगी अलग होगी", उसने कहा, "लेकिन वह ख़ुद तो अलग नहीं है। वह अमीर बच्चे हमेशा ग़रीब बच्चों को अन्य समझते हैं। हम लोग उनके मकान बनाते हैं, उनके घर में झाड़ू-पोंछा करते हैं। उनको हम पर हुकुम चलाने या हम पर ध्यान न देने की आदत होती है, उन्हें हम लोगों को अपनी कक्षा में देखने की आदत नहीं है।"

ऐसा नहीं है कि मैं इस बात को पहले से नहीं जानती थी, मिसेज नायडू। मेरे और ग्रीनहिल में जाने वाले बच्चों के बीच की उस अदृश्य दीवार को अनदेखा करना तो असंभव है। जब मैं पैदल स्कूल जा रही होती हूँ तब मैं लगभग हर दिन अम्मा जिन घरों में काम करती हैं वहाँ के बच्चों को चमचमाती पीली बस में सवार होते हुए देखती हूँ। मैं जानती हूँ कि वे भी मुझे देखते हैं, लेकिन हम कभी एक-दूसरे की तरफ़ हाथ नहीं हिलाते।

"बच्चों की कौन परवाह करता है", मैंने कहा, "कम से कम वहाँ टीचर तो हमारे प्रति अच्छे होते हैं।"

"मज़ाक कर रही है? बड़े तो बच्चों से कहीं ज़्यादा बुरे होते हैं। जब मैं ऑगस्टिना में गई तो उन्होंने मेरे भाई को ज़मीन तक पर बिठाने नहीं दिया। जैसे एक चार साल का छोटा-सा बच्चा उनके आँगन को फोड़ देगा या कुछ कर देगा?"

"ग्रीनहिल में भी यही हाल था। जब अम्मा ने उसके हाथ पर हाथ रख दिया तो सेक्रेटरी ने अजीब-सी सफाई वाली चीज़ अपने हाथों पर लगाई। उसमें से अस्पताल जैसी गंध आ रही थी।"

"हम भी कोई बहुत अलग नहीं हैं", दीप्ति ने कहा, "मुझे पक्का यक़ीन है कि बहुत सारे लोगों ने तुझे मुझसे बात करने से भी मना किया होगा, क्योंकि हम मज़दूर बस्ती में रहते हैं।"

मुझे हेमा मासी की बात याद आई। "बहुत लोगों ने तो नहीं, लेकिन कुछ ने तो कहा था।"

"देखा", दीप्ति ने कहा, "हालाँकि एनी मिस ऐसी नहीं हैं। वह हम सब की परवाह करती हैं। इसलिए ही हमेशा ख़ुद में हमारे में भरोसे जैसी बातें कहती रहती हैं। ऐसा ही अभि की आंगनवाड़ी की टीचर भी करती हैं। मैंने देखा है जब राशन नहीं आया तो वह ख़ुद बच्चों के लिए अंडे ख़रीदकर ला रही थीं।"

"हमारी पहले वाली हेड मैडम भी ऐसी थीं। जब उन्होंने देखा कि मेरी फैंसी ड्रेस बहुत छोटी हो गई है तो उन्होंने मेरे लिए नई ख़रीदकर दी। उन्होंने मुझे कहा कि यह उनकी बेटी की है, लेकिन उस पर उस वक़्त भी दाम का लेबुल लगा हुआ था।"

"ग्रीनहिल में कोई ऐसा नहीं करेगा।"

"वे कर भी सकते हैं।"

दीप्ति ने कंधे उचकाए, लेकिन उसके चेहरे से लग रहा था वह ख़ुद भी ऐसा नहीं मानती।

"इसके अलावा, मुझे हमारे स्कूल के बच्चे भी अच्छे लगते हैं", उसने कहा", मुझे नहीं समझ आता कि हमें कहीं और जाने की क्या ज़रूरत है?"

इस बात से मेरे लिए भेद खुल गया।

(मिसेज नायडू, अगर आप न जानती हों तो मैं बता देती हूँ कि जासूस जब किसी मामले को सुलझाते हैं तब भेद खुलता है। भेद खुल जाने का मतलब है, जब सारे सुरागों को जोड़कर जासूस यह पता लगा लेता है कि अपराधी कौन है और उसे पकड़ने का सबसे सही तरीका क्या हो सकता है तो इसे भेद खुलना कहते हैं। दीप्ति और मैं अपराधियों को तो नहीं पकड़ रहे लेकिन हम एक केस सुलझा रहे हैं और यह केस है मेरे जीवन हमारे जीवन को कैसे बेहतर बनाएँ।)

मेरे लिए भेद खुलने का मतलब कुछ इस तरह है :

1. आमिर को वापस अपना दोस्त कैसे बनाया जाए।
2. दीप्ति और आमिर को दोस्त कैसे बनाया जाए, ताकि हम तीनों साथ रह सकें।
3. यह कैसे तय करें कि हम तीनों अच्छे स्कूल में जाएँ ताकि जब हम बड़े हों तो एक ही मोहल्ले में रह सकें, एक ऐसे अच्छे मोहल्ले में जहाँ सबके घर पर छत हो, पीने का पानी हो और आस-पास ऐसे लोग हों जो हमें गंदा या बीमारी फैलाने वाला न मानें।

"दीप्ति, तुझे बाक़ी के आरटीई के बारे में भी मुझे बताना है", मैंने कहा।

मिसेज नायडू, आपको याद है न बाक़ी के आरटीई में क्या-क्या है?

किसी अच्छी जासूसी कहानी में जासूस सारे सवालों के जवाब एक साथ नहीं देते। एनी मिस ने बताया कि अंग्रेज़ी में इसे पाठक को 'सस्पेंस' में छोड़ना कहते हैं। तो मैं भी आपको सस्पेंस में छोड़ने वाली हूँ।

(उम्मीद है आप इसे अन्यथा नहीं लेंगी, मिसेज नायडू।)

शुभकामनाएँ
सरोजिनी

22 जुलाई, 2013

डियर मिसेज नायडू,

तो मिसेज नायडू, क्या आपने सबूतों की जाँच की? क्या आप किसी निष्कर्ष पर पहुँचीं?

मेरे ख़याल से आप समझ गई होंगी, आख़िर आप बहुत होशियार हैं (लेकिन दुष्ट नहीं)। अगर आप नहीं समझ पाई हों तो मैं आपको बताती हूँ कि आज बाल अधिकार क्लब में क्या हुआ।

याद है कैसे पिछली बार की मीटिंग के शुरू में सिर्फ़ हम पाँच ही लोग थे? इस बार बस हम दो ही थे, मैं और दीप्ति। हमें देखकर मिस एनी ने कहा, "काश बाक़ी बच्चे भी अपने अधिकारों के बारे में तुम दोनों जितना सजग होते!"

दीप्ति ने नाक से कुछ आवाज़ की, मेरे ख्याल से उसे हँसी आ रही थी जिसे उसने मुँह दबाकर छुपाने की कोशिश की होगी। मिस को बुरा लगे इससे पहले मैंने उनका ध्यान बंटाने की कोशिश की।

"असल में हम आपसे उनके बारे में बात करना चाहते हैं", मैंने कहा, "मेरा मतलब है कि हमारे अधिकारों के बारे में। अगर आप ठीक समझें तो।"

दीप्ति ने अपनी आँखें घुमाईं, लेकिन मिस ने कहा, "ज़रूर सरोजिनी, तुम मुझसे किसी भी चीज़ के बारे में बात कर सकती हो।"

(बड़े लोग हमेशा ऐसा ही क्यों कहते हैं?)

दीप्ति ने फिर वैसी ही आवाज़ की, हालाँकि इस बार उसने ऐसा जताने की कोशिश की मानो उसे खांसी आ रही हो लेकिन मुझे नहीं लगता उससे

कोई फ़र्क़ पड़ा होगा। यह साफ़ पता चल रहा था कि वह बहुत ज़ोर से हँसना चाहती है। जैसे उसे कोई ज़ोर से हँसने की बीमारी हो गई हो, इसलिए मैंने ज़ोर से कहा, "हम आरटीई के बारे में बात करना चाहते हैं।"

"चिल्लाने की ज़रूरत नहीं है सरोजिनी", मिस ने कहा।

मैंने चिल्लाना बन्द कर दिया और उसने हँसना-खाँसना-मारना-आँख घुमाना बन्द कर दिया और हमने मिस को यह बताया कि हम क्या सोचते हैं। और जब मैंने उन्हें बताया कि हम जो कह रहे हैं उसके बारे में 'हमारे' इरादे कितने मज़बूत हैं, तो यह कुछ इस तरह था :

"मैं एक वकील से मिली, और उन्होंने मुझे बताया कि आरटीई में सिर्फ़ अनुच्छेद 12 ही नहीं इसके अलावा भी कई महत्त्वपूर्ण बातें हैं..."

"अनुच्छेद बारह आरक्षण के बारे में बात करता है। लेकिन और बहुत सारी बातें हैं जो सरकारी स्कूलों पर लागू होती हैं..."

"इसमें यह कहा गया है कि हमारे स्कूल में खेल का मैदान होना चाहिए और पीने के पानी की व्यवस्था होनी चाहिए।"

"इसके अलावा टीचर हम पर हाथ नहीं उठा सकते। इसे शारीरिक दंड कहा जाता है और इसकी छूट नहीं है।"

"और हमारे स्कूल में उन बच्चों के भी पढ़ने की व्यवस्था होनी चाहिए जो किसी कारण से पिछड़ गए हैं।"

"रुक जाओ", मिस ने कहा। वह मुस्करा रही थीं और उनकी आँखों में चमक थी, "एक-एक कर के बोलो।"

दीप्ति चुप हो गई ताकि मैं मिस को विमला मैडम से मिलने के वाकये को बता सकूँ। फिर जब मैं चुप हो गई तब दीप्ति ने बताया कि कैसे हमने समझा कि हम अपने सरकारी स्कूल को (या वास्तव में हमारे सरकारी स्कूल में जो लोग हैं) उन्हें प्राइवेट स्कूल के लोगों (या कम से कम, कुछ ख़ास प्राइवेट स्कूलों के लोगों) से ज़्यादा पसंद करते हैं। इसलिए क़ानून का इस्तेमाल किसी अन्य स्कूल में जाने के लिए करने की बजाय हम अपने आंबेडकर राजकीय स्कूल को बेहतर बनाने के लिए करना चाहेंगे।

"बेहतर बनाने से तुम्हारा क्या मतलब है?" मिस ने पूछा।

इसके साथ ही फिर हम दोनों एक साथ और कभी एक-दूसरे की बात के

बीच में बोलना शुरू कर दिया।

"टूटे हुए गेट को ठीक कराना–"

"खेल के लिए मैदान तैयार करना–"

"परिसर की दीवारों की मरम्मत कराना–"

"धीर-धीरे, आराम से", मिस ने कहा, "चलो एक सूची बना लेते हैं।"

इस तरह धीरे-धीरे और आराम से हमने जो सूची बनाई वह कुछ ऐसी बनी :

1. स्कूल के गेट को ठीक करना
2. परिसर की दीवार की मरम्मत कर उस पर रंगाई करना
3. खेल का मैदान तैयार करना
4. पीने के लिए पानी की व्यवस्था करना
5. किसी ऐसे व्यक्ति को काम पर लगाना जो दीप्ति जैसे बच्चों की मदद कर सके, जिनकी स्कूल की पढ़ाई किसी कारण से बीच में छूट गई हो
6. सभी विषयों के शिक्षकों का प्रशिक्षण (मिस ने यह जोड़ा—उनका कहना था कि ऐसा करने पर टीचर बच्चों पर हाथ उठाना बन्द कर देंगे)।

जब हमने सूची पूरी बना ली तो मिस की आँखें और भी ज़्यादा चमक रही थीं। उन्होंने पेंसिल को नीचे रखा और हम दोनों के हाथों को अपने हाथों में लेकर कहीं शून्य में देखने लगीं। मैंने और दीप्ति ने एक-दूसरे की तरफ़ देखा और दीप्ति ने वही ख़ास तरह से अपनी आँखें घुमाई, मानो कह रही हो, "आह! न्यायपूर्ण और सुंदर दुनिया का एक और पल।"

"लड़कियों", मिस ने धीमे और भर्राई हुई आवाज़ में कहा, "मुझे तुम पर भरोसा है। मुझे हम सब में भरोसा है। मुझे भरोसा है कि मिल-जुलकर हम यह सब कर सकते हैं। लेकिन यह आसानी से नहीं होने वाला। रास्ते में कई रुकवाटें आएँगी और बहुत लोग हमें हतोत्साहित करेंगे।"

तब मिस ने हमारे हाथ को मेज पर रखा और उनके ऊपर अपना हाथ रखकर बहुत गंभीरता के साथ अपनी आँखों को इस तरह फैलाकर हमारी तरफ़ देखा जैसे कन्नड़ सिरियल में एक अभिनेत्री करती है और ऐसा करते हुए वह

बहुत नक़ली लगती है।

"तो तुम मुश्किलों से जूझने के लिए तैयार हो?" उन्होंने पूछा।

पहले तो हमें समझ नहीं आया कि वह हमसे कोई जवाब चाहती हैं। लेकिन जब हमने कुछ नहीं कहा तो सास-बहू वाले एक सिरियल की तरह वह उसी तरह रुकी रहीं, जब तक हम कुछ कह न दें।

"हाँ मेरे ख़याल से", मैंने कहा।

"पक्का", दीप्ति ने कहा।

"अगर हमें सफलता न भी मिले तो सोचो हम मिलकर कितना कुछ सीखेंगे", मिस ने खिड़की से बाहर देख गहरी साँस भरते हुए कहा। वह अब भी हमारे हाथ पकड़े हुए थीं और मुझे ऐसा लगने लगा था जैसे हम टीवी में हों।

"तुम्हारे जैसे बच्चों के कारण ही मैं टीचर बनी", मिस ने कहा और ऐसा लग रहा था जैसे उनकी आवाज़ काँप रही है और भीगी हुई है।

"शुक्रिया मिस", दीप्ति ने कहा और इस बार उसने आँखें नहीं घुमाई जबकि मैं जानती हूँ वह ज़रूर ऐसा करना चाहती होगी।

(सच कहूँ तो मिसेज नायडू मैं भी ऐसा ही चाहती थी।)

"तो अब हमारा अगला क़दम क्या होगा", मैंने पूछा क्योंकि एक तो मैं वाकई जानना चाहती थी और दूसरे जासूस इसी तरह बात किया करते हैं।

हमने तय किया कि मैं फिर विमला मैडम के पास जाऊँगी ताकि हम अपनी लिस्ट की सारी चीज़ें जुटा सकें। (या "कहना चाहिए कि हम अपने संघर्ष की शुरुआत कर सकें", जैसा कि मिस ने कहा।)

यह अंग्रेज़ों को भारत से वापस भेजने या औरतों को मताधिकार दिलाने जैसी बात तो नहीं थी। लेकिन फिर भी यह मेरा पहला संघर्ष था, और मिसेज नायडू मैं पहली बार एक जुझारू व्यक्ति बन रही थी। उम्मीद है मैं सब ठीक से कर सकूँगी।

शुभकामनाएँ
सरोजिनी

26 जुलाई, 2013

डियर मिसेज नायडू,

बाल अधिकार क्लब की बैठक के बाद मैं बहुत उत्साहित थी।

मैं मिस और दीप्ति के साथ बनाई अपनी योजना को लेकर बहुत उत्साहित थी।

लेकिन मैंने ख़ुद अपने लिए जो गुपचुप योजना बनाई थी, उसे लेकर भी मैं बहुत उत्साहित थी।

(अगर आप अभी तक मेरी गुपचुप योजना समझ न पाई हों–वैसे मुझे लगता है कि आप तो इतिहास में सबसे मेधावी ~~महिलाओं~~ व्यक्तियों में से एक हैं, आप ज़रूर समझ गई होंगी—तो भी मैं इस रहस्य से पर्दा हटा देती हूँ। मेरी गुपचुप योजना यह है कि आंबेडकर स्कूल इतना महान बन जाए कि आमिर को भी लौटकर यहाँ ही आने का मन करने लगे। फिर, आमिर दीप्ति से मिलेगा और हम तीनों अच्छे दोस्त बन जाएँगे। यह मेरी पहले वाली योजना से भी अच्छा है क्योंकि अब मेरे स्कूल में मेरे एक नहीं बल्कि दो-दो पक्के दोस्त होंगे।)

आपको पता है कौन-सी बात से मैं बिल्कुल उत्साहित नहीं हुई?

विमला मैडम से वापस मिलने को लेकर।

पता है, आप कहेंगी पिछली बार तो सब बहुत अच्छा रहा था।

(मतलब, बहुत अच्छा नहीं। कहना चाहिए बहुत बुरा भी नहीं रहा था।)

लेकिन क्या आपको लगता है कि विमला मैडम अपनी भौंह को सही जगह पर ले आई होंगी?

आपको क्या लगता है कि उन्होंने फैविकोल की बड़ी-सी बोतल ख़रीद ली होगी और अपने चश्मे को नाक पर ठीक से चिपका लिया होगा?

आपको क्या लगता है कि उन्होंने अपने बालों में ठीक से नारियल का तेल लगा लिया होगा?

नहीं न, मुझे भी नहीं लगता।

उनके घर के दरवाज़े के आगे से निकलने मात्र से मेरे पेट में मरोड़ उठने लगती है, इसलिए मैं बिल्कुल तय नहीं कर पा रही थी कि मैं मैडम के फ़्लैट पर जाकर उनसे मिलने की हिम्मत कब तक जुटा सकूँगी। इसलिए इस बार मैंने अम्मा को नहीं बताया कि मैं आऊँगी। मैं बस पहुँच गई।

उन्होंने दरवाज़ा खोला तो बहुत चौंक गईं।

"सरोजिनी", अम्मा ने कहा—असल में वह साँप की तरह, या शायद वास्तव में बहुत गुस्सैल बिल्ली की तरह फुफकारीं।

"तू यहाँ क्या कर रही है?"

"मैं स्कूल से आ रही हूँ", मैंने कहा, "तो क्या अब मैं अकेले भी घर जा सकती हूँ?"

"हरगिज़ नहीं", अम्मा ने कहा—या झिड़की लगाईं।

(पक्का वह गुस्सैल बिल्ली हो रही थीं।)

"मैं तो जैसा आपने कहा वैसा ही कर रही हूँ", मैंने कहा, "और मैडम ने कहा था कि उनको बताऊँ कि मेरे स्कूल प्रोजेक्ट में क्या हुआ। क्या वह घर पर हैं?"

"वह अपनी स्टडी में हैं", उन्होंने कहा, "और जब वह स्टडी में होती हैं तब कोई खलल पसंद नहीं करतीं।"

"लेकिन अगर मैं उन्हें बताऊँ ही नहीं कि क्या हुआ तो यह उनका अनादर नहीं होगा?" मैंने पूछा। और फिर यह भी जोड़ दिया कि "आख़िर स्कूल के प्रोजेक्ट की बात है।"

अगर कोई एक बात जो अम्मा को हरगिज़ बर्दाश्त नहीं तो वह है किसी का अनादर। यह तो आप जानती ही हैं मिसेज नायडू कि अगर कोई स्कूल की बात हो तो वह वैसे भी मना नहीं करतीं।

या शायद ही कभी करती हों।

अम्मा ने अपने हाथ बगल में बाँधते हुए कहा, "मैडम अभी बहुत व्यस्त हैं। तू अपनी सहूलियत से कभी भी उनका समय मिल जाने की उम्मीद नहीं कर सकती।"

(अगर मैं वकील बन भी जाऊँ—हालाँकि मैं ऐसा कह नहीं रही हूँ कि मैं बनूँगी-लेकिन मैं पक्का कह सकती हूँ कि मुझे नहीं लगता कोई भी केस इतना मुश्किल होगा जितना अपनी किसी बात के लिए अम्मा को राजी करना होता है।)

"लेकिन अम्मा..."

"चुपचाप बैठकर अपना स्कूल का काम कर", अम्मा ने कहा, "कुछ बोलना नहीं है, कोई चीज़ खानी नहीं है और किसी चीज़ को हाथ नहीं लगाना है।"

"अम्मा, क्या मैं सिर्फ़..."

"मैंने क्या कहा?" अम्मा ने कहा, "एक शब्द नहीं निकालना।"

(क्या आप यक़ीन करेंगी मैं विमला मैडम से नहीं मिल पाने के कारण निराश थी?)

मैंने गहरी उसाँस ली और बैठकर अपना गणित का होमवर्क करने लगी—जो बहुत ही खिजाने वाला था क्योंकि अम्मा मेरे कंधे के ऊपर से मेरी कॉपी में देख रही थीं और मेरे कोई भी सवाल पूरा हल करने से पहले ही मेरी ग़लतियाँ बताए जा रही थीं। वह भले ही पाँचवीं कक्षा से आगे स्कूल की पढ़ाई न कर पाई हों लेकिन गणित में मुझसे, आमिर से दीप्ति और यहाँ तक कि मुझे तो लगता है हमारी गणित की टीचर से भी ज्याद होशियार हैं—तभी घर के दूसरे हिस्से में एक दरवाज़ा बजने की आवाज़ आई।

एक भारी सा दरवाज़ा।

एक भारी लकड़ी का दरवाज़ा।

"सुजाता क्या तुम मेरे लिए कुछ चाय बना दोगी?" विमला मैडम ने उस भारी से दरवाज़े, अपने भारी से फर्नीचर और भारी-भरकम किताबों के बीच से रसोई की तरफ़ आते हुए कहा, जहाँ से अम्मा की मेहरबानी के चलते हमेशा

स्वादिष्ट ख़ुशबू आती रहती है।

यहाँ आकर उन्होंने मुझे देखा।

मैडम ने अपना चश्मा अपनी नाक पर उतार लिया।

उन्होंने अपनी एक भौंहे को तिरछाकर ऊपर उठाया।

उन्होंने अपने बालों में अंगुलियाँ फिराईं।

इसके बाद वह जहाँ बैठकर मैं अपना होमवर्क कर रही थी वहाँ रखी मरियल की प्लास्टिक की मेज के पास रखी मरियल-सी प्लास्टिक की कुर्सी पर बैठ गईं और उन्होंने मुझसे पूछा, "सरोजिनी, क्या तुम चाय पीना पसंद करती हो?"

वह मुझसे ऐसे बात कर रही थीं जैसे में कोई छठी कक्षा में पढ़ने वाली लड़की नहीं बल्कि उनके बराबर की वकील हूँ।

"अम", मैंने कहा।

"सरोजिनी नहीं लेगी मैडम", अम्मा ने कहा, "लेकिन मैं आपके लिए बनाती हूँ।"

विमला मैडम ने सर हिलाया और मेज पर झुक गईं, अपने दोनों हाथों को उन्होंने अपने सामने बाँध लिया और एक बार फिर बालों में हाथ फिराया (मेरे ख़याल से वह चाहती थीं कि वे ठीक से बिखरे रहें)।

"तो सरोजिनी", उन्होंने कहा, "मेरे ख़याल से मुझे कुछ जानकारी दी जानी थी।"

"जी मैडम", मैंने कहा।

मिसेज नायडू, मैंने पढ़ा है कि जब आप दुनिया में जगह-जगह भाषण देती थीं तो लोग आपको कितना पसंद करते थे कि वे आपके लिए अख़बारों में लिखते थे और आपको महत्त्वपूर्ण पदों के लिए चुन लिया करते थे जैसे दक्षिण अफ्रीकी इंडियन कांग्रेस और पूर्वी अफ्रीकी इंडियन कांग्रेस का अध्यक्ष आपको बनाया गया। मैंने यह भी पढ़ा कि इंग्लैंड, अमेरिका, केन्या और दक्षिण अफ्रीका में आपके भाषण इन सवालों पर थे कि कैसे औरतों को मताधिकार मिलना चाहिए और लड़कियों को शिक्षा मिलनी चाहिए और कैसे जितने भी देशों पर ब्रिटेन ने कब्जा जमा रखा है, उन सबको आज़ाद होना चाहिए।

ऐसा लगता है कि जब आपने वे भाषण दिए तो लोगों ने उन्हें सुना था।

क्योंकि जितनी भी बातों के लिए आपने कहा था कि यह होना चाहिए वह सब हुआ, जिसका मतलब है कि लंबे समय के बाद ही सही लोगों ने वह सब किया जो आपने उन्हें करने के लिए कहा था।

लेकिन मिसेज नायडू, क्या आपको बचपन की बातें याद हैं?

क्या आपको याद है कि कोई आपकी बात नहीं सुनना चाहता था, क्योंकि सब यह चाहते थे कि आप उनकी बातें सुनें?

आपको याद है कैसे उनकी रुचि यह बताने के ज़्यादा होती थी कि आपको क्या करना चाहिए और यह जानने में नहीं कि आप क्या करना चाहतती हैं?

ख़ैर, विमला मैडम ने मेरे साथ बच्चों की तरह व्यवहार नहीं किया।

वह मेरे साथ वैसे ही पेश आ रही थीं जैसे वह आपके साथ पेश आतीं—जैसे मैं कोई ऐसा व्यक्ति हूँ जिसके पास कुछ महत्त्वपूर्ण बात कहने के लिए हो। उन्होंने एक बार भी मुझे बीच में नहीं टोका। तब भी नहीं जब मैंने उन्हें बताया कि मैं और दीप्ति कैसे प्राइवेट स्कूल में सीट मिलने के बारे में बात कर रहे थे और बाद में हमें यह समझ में आया कि हम अपने शिक्षकों और दोस्तों से दूर नहीं जाना चाहते, जो हमारी परवाह करते हैं। तब भी नहीं जब मैंने बताया कि कैसे मैंने और दीप्ति ने इस बारे में बात की कि अगर हम अपने ही स्कूल को सही कर लें तो हो सकता है कि यहाँ ही ज़्यादा बच्चे आने की इच्छा करने लगें और हमारे दिल और दिमाग़ का और ज़्यादा विकास हो सकता है। तब भी नहीं जब मैंने उन्हें बाल अधिकार क्लब में हमने जो सूची बनाई वह दिखाई और बताया कि कैसे एनी मिस ने कहा था कि वे हमारी मदद करेंगी लेकिन हमें यह बात समझ में आई कि हमें किसी ऐसे व्यक्ति से मदद लेने की ज़रूरत है जो क़ानून का जानकार हो।

जब मैं रुकी तब तक विमला मैडम अपनी कुर्सी पर पीछे टेक लगाकर बैठी थीं, वह अपने हाथ वैसे ही सामने बाँधे हुई थीं और चश्मे को अपने सर पर चढ़ा रखा था। उन्होंने धीरे से अपना सर हिलाया, अपनी नुकीली नाक के ऊपर से मेरी तरफ़ देखा, मानो वह यह सोच रही हों कि अपने दुष्ट होशियार दिमाग़ का इस्तेमाल मेरी मदद करने के लिए करें या दुनिया को ख़त्म कर देने के लिए।

मैं अपने हाथों को अपने नीचे दबाकर बैठ गई ताकि उन्हें यह पता न चले यह कितने काँप रहे हैं।

"शाबाश बच्चे, मुझे बहुत ख़ुशी है", उन्होंने कहा।

(सच में मिसेज नायडू, अगर वह ख़ुश होती हैं तो ऐसी दिखाई देती हैं तो मैं कभी उन्हें नाख़ुश नहीं देखना चाहूँगी।)

"जब इस देश के निर्माताओं ने संविधान लिखा था तब उन्होंने एक ऐसे भारत की कल्पना की थी जिसमें प्रत्येक बच्चे को अच्छी से अच्छी शिक्षा मिले", वह बता रही थीं।

"निर्माता जैसे सरोजिनी नायडू मैडम?"

"ख़ासतौर से सरोजिनी नायडू", उन्होंने कहा, "मुझे लगता है कि तुम वह किताब पढ़ रही हो जो मैंने तुम्हारे लिए भेजी थी। अगर तुम पढ़ रही हो तो तुम जानती हो कि तुम्हारी हम नाम ख़ासतौर से इस बात के लिए प्रतिबद्ध थीं कि लड़कियों को शिक्षा मिल सके।"

(मैंने गर्दन तो हिला दी मिसेज नायडू, लेकिन मुझे इस बात का कोई अंदाज़ा नहीं था कि 'हमनाम' क्या होता है—बस इतना पता चल गया कि आप मेरी वही हैं।)

"दुर्भाग्य से वह जो चाहती थीं, वह कभी पूरी तरह लागू नहीं किया जा सका। यही कारण है कि आज भी निःशुल्क और अनिवार्य शिक्षा का अधिकार 2009 जैसे क़ानूनों की ज़रूरत पड़ रही है", उन्होंने कहा, "क्या तुम्हारे पास वह सर्क्युलर आज भी है? शायद हम कुछ और सूत्र खोज सकें जो हमारे आगे के क़दम तय करने में मदद कर सकें।"

(आपने ध्यान दिया मिसेज नायडू? सूत्र? हमारे अगले क़दम?)

(मुझे लगता है कि वकील भी शायद कुछ हद तक जासूसों के जैसे ही होते हैं।)

विमला मैडम और मैं पेंफ्लेट लेकर बैठ गए और अपने आगे के क़दम तय करने के लिए सूत्र खोजने लगे। उन्होंने सबसे आख़िर के पन्ने पलटे और मुझे जो दिखाया उस पर लिखा था 'अनुसूची', लेकिन यह कोई समयबद्ध

अनुसूची नहीं थी, जैसा कि मुझे लगा था, बल्कि यह बहुत सारी दूसरी चीज़ों की सूची थी—ऐसी चीज़ें जो हम ख़ुद भी चाहते थे जैसे पीने का पानी और खेल का मैदान होना अनिवार्य हैं, यानी सरकार को हमें यह उपलब्ध कराना ही चाहिए। (मेरे ख़याल से मैं यह पहले से ही जानती थी मिसेज नायडू, क्योंकि उन्होंने यह मुझे पिछली बार भी दिखाया था।) फिर उन्होंने मुझे क़ानून का वह हिस्सा दिखाया जिसमें यह बताया गया है कि प्रत्येक स्कूल में एक विद्यालय प्रबंधन समिति होनी चाहिए (उन्होंने बताया कि कर्नाटक में हम इसे एसडीएमसी कहते हैं जिसका मतलब है विद्यालय विकास एवं प्रबंधन समिति)। उन्होंने बताया कि यह एसडीएमसी विद्यालय के विकास की योजना प्रस्तुत करती है, यानी स्कूल को बेहतर बनाने के लिए उन वस्तुओं की सूची बनाती है जिनकी स्कूल को ज़रूरत है—दरअसल यह सूची लगभग वैसी ही थी जैसी हमने पहले ही बना ली थी।

"याद है, हमने बात की थी कि एसडीएमसी में माता-पिता, शिक्षक, स्थानीय अधिकारी और विद्यार्थी शामिल होने चाहिए", विमला मैडम ने कहा, "इसमें नौ लोग होने चाहिए। इसके तीन-चौथाई सदस्य माता-पिता में से होने चाहिए और कम से कम आधी महिलाएँ होनी चाहिए।" यह किसी गणित के सवाल की तरह लग रहा था, मिसेज नायडू और तभी मुझे अचानक याद आया कि अम्मा तो रसोई में हैं। शायद तभी मैडम को भी याद आया, क्योंकि हम दोनों ने ही एक साथ एक-दूसरे की तरफ़ देखा।

अम्मा सिंक को बहुत रगड़-रगड़कर साफ़ कर रही थीं।

"सुजाता", मैडम ने अम्मा से कहा, "तुम्हें इस समिति में शामिल होना चाहिए। तुम बहुत अच्छा नेतृत्व करोगी और सरोजिनी के लिए भी अच्छा उदाहरण पेश करोगी।"

अम्मा ने रगड़ना बन्द किया और मैडम को देखकर मुस्कराईं।

हालाँकि यह अम्मा वाली मुस्कान नहीं थी—अक्सर जब वह मुस्कराती हैं तो मुस्कान सीधे उनके अन्दर से निकलती है और उनका पूरा शरीर जैसे रौशनी से भर जाता है। यह सिर्फ़ ऊपरी-सी मुस्कान थी। उसके अन्दर से वह रौशनी भले ही न दिख रही हो लेकिन शायद इसमें अलग क़िस्म की चमक थी—जैसे शोलों की चमक हो।

"जी मैडम", अम्मा ने कहा, आप देखेंगी कि यह विमला मैडम की सलाह का सीधा जवाब नहीं था।

तभी मुझे अहसास हुआ कि शायद अब मैं मुसीबत में पड़ने वाली हूँ, लेकिन मुझे पक्का यक़ीन नहीं था।

मैडम को हालाँकि इस बात का ज़रा भी अंदाज़ा नहीं था कि कुछ गड़बड़ चल रहा है।

"तो फिर सरोजिनी", मैडम ने कहा, "तुम्हें इस बार भी पिछली बार की ही तरह काम करना है। ज़रूर वापस आना और मुझे बताना कि तुम लोगों ने क्या तय किया। कुछ भी हो जाए एक बात याद रखना", उन्होंने पेंफ्लेट को अपने एक हाथ में पकड़कर लहराते हुए कहा। और दूसरे हाथ से (आप समझ ही गई होंगी) उन्होंने अपने चश्में को अपनी नाक पर टिकाया ताकि वह उसके ऊपर से मेरी तरफ़ देख सकें, "क़ानून तुम्हारे साथ है। और क़ानून बड़ी ताक़तवर चीज़ होती है।"

मिसेज नायडू, यह सच में एक दुष्ट होशियार की तरह की चाल थी, सिवाय इसके कि मैडम जो कह रही थीं उसमें दुष्टता नहीं थी, बल्कि उसका उल्टा था। यह थोड़ा दुविधा में डालने वाला तो था, लेकिन अब मैं जानती थी कि वे दुनिया को ख़त्म करने का इरादा नहीं रखतीं।

"जी मैडम", क़ानून और अपनी गणित के गृहकार्य को अपने बस्ते में रखकर खड़े होते हुए मैंने कहा।

मैंने अम्मा की तरफ़ देखा और मेरे पैर थरथर काँपने लगे।

"अब हमें चलना चाहिए", अम्मा ने कहा। उन्होंने इतना गड़ाकर अपनी अंगुली मेरे हाथ में थमाई कि मुझे उसे पकड़ने की ज़रूरत ही नहीं थी। (मुझे लगता है कि इसे शारीरिक दंड कहा जा सकता है।) "हमें देर हो रही है और अभी तो सरोजिनी का बहुत सारा होमवर्क बाक़ी पड़ा है।"

"बिल्कुल, बिल्कुल", मैडम ने कहा, "स्कूल का काम सबसे पहले ज़रूरी है। मुझे तुमसे बात करके बहुत अच्छा लगता है, सरोजिनी जब भी मन चाहे चली आया करो।"

"जी मैडम", मैंने अपने दाँत चबाते हुए कहा। अम्मा की मारक पकड़ के कारण मेरी कलाई फड़क रही थी और दिल ज़ोर से धड़क रहा था।

अम्मा लगभग धकेलते हुए हम दोनों को बाहर ले आईं। विमला मैडम ने दरवाज़ा खुला रखा हुआ था और उन्होंने हमें हाथ हिलाकर विदा किया, इस बीच हम उस चौड़े से रास्ते को पार कर सड़क पर आ गए। जैसे ही हम उनकी नज़रों से ओझल हुए, अम्मा ने मेरा हाथ छोड़ दिया और मेरी तरफ़ झुकीं, उनकी आँखों से सब तरह की लेजर बीम निकल रही थीं।

"तूने तो कहा था कि तुझे स्कूल के किसी काम में मैडम की मदद चाहिए", वह बोलीं, बल्कि कहना चाहिए गुर्राईं।

(मेरे ख़याल से विमला मैडम संक्रामक तो नहीं होंगी न, मिसेज नायडू।)

"यह हमारे बाल अधिकार क्लब के बारे में था", मैंने कहा, "वह भी तो स्कूल का काम है।"

"क्लब और क्लास एक ही बात नहीं है", अम्मा ने कहा, "क्या समझ रखा है तूने कि यह सब बकवास शुरू कर के क्या हासिल कर लेने वाली है?"

"लेकिन हमारा क्लब हमारे स्कूल को सुधारना चाहता है", मैंने कहा, "मुझे लगा था कि आपको इस पर गर्व होगा। आप तो हमेशा कहती हो कि शिक्षा सबसे महत्त्वपूर्ण चीज़ है। फिर आप इतना नाराज़ क्यों हो रही हैं?"

"बिल्कुल इसी कारण मैं नाराज़ हूँ", अम्मा ने कहा।

"तुझे अपनी पढ़ाई पर ध्यान देना चाहिए, पीने के पानी और शौचालय और पता नहीं किन-किन बातों के बारे में तू और तुम्हारी वह मज़दूर बस्ती वाली लड़की उलझी हुई हो।"

"दीप्ति", मैंने कहा, "उसका नाम दीप्ति है।"

अम्मा ने मेरी बात पर ध्यान नहीं दिया, "मेरा काम यह है कि तू स्कूल जाती रहे और तेरा काम यह है कि परीक्षा में अच्छे अंक ले आओ। समस्याएँ खड़े करने का यहाँ कोई काम नहीं है।"

"मैं तो समस्याएँ दूर करना चाहती हूँ,' मैंने कहा, "मैं समस्या खड़ी नहीं कर रही।"

"तू सिर्फ़ बारह साल की है, तुझे कुछ ठीक नहीं करना है", वह मुड़कर तेज़ क़दमों से सड़क की तरफ़ चलने लगीं। मुझे उनके साथ-साथ चलने के लिए लगभग दौड़ लगानी पड़ रही थी।

"अम्मा, मैं अब पीछे नहीं हट सकती। मैंने दीप्ति से वादा किया है", मैंने तड़पकर कहा।

"दीप्ति और उसका परिवार एक महीने में यहाँ से चला जाएगा। वह इस सारे झमेले से दूर चली जाएगी और तब तू कहाँ होगी? तू इसी झमेले में फँसी रहेगी।"

"लेकिन आपने सुनी न मैडम की बात। वे कहती हैं कि मैं सही फैसला कर रही हूँ। और उन्होंने यह भी कहा कि वे हमेशा ही ऐसे केस में सुनवाई करती हैं। उन्होंने मुझे बताया था..."

"वह दूसरी बात है", अम्मा ने कहा, "मुझे यह नौकरी चाहिए। अगर तू मैडम से ऐसे ही मिलती रही, उनसे मदद माँगती रही और उन्हें अपनी समस्याओं में उलझती रही तो वह हमसे परेशान हो जाएँगी और मेरा सबसे अच्छी पगार वाला काम मेरे हाथ से निकाल जाएगा।"

"लेकिन आपने तो अभी बहुत सारे और घरों में काम करना शुरू किया था!"

"बिल्कुल किया है। तुझे क्या लगता है इसके बिना निःशुल्क सीट का पैसा मैं कहाँ से चुकाऊँगी?"

"आप किस बारे में बात कर रही हो?" उस दिन के बाद मैंने और अम्मा ने ग्रीनहिल के बारे में कभी दोबारा बात नहीं की थी और मुझे लगता था कि वह मामला वहीं ख़त्म हो चुका है। लेकिन अगर वह ख़त्म न भी हुआ हो, अम्मा अब भी मेरा वहाँ दाख़िला करवाना चाहती हों तो उन्हें निःशुल्क सीट के लिए पैसे की क्या ज़रूरत है? यही तो मूल बात है कि अगर कोई चीज़ निःशुल्क मिलनी है तो उसके लिए आपको पैसे की ज़रूरत नहीं होती।

अम्मा चलते-चलते रुक गईं। पीछे मुड़ीं, मेरी तरफ़ झुकीं और अपने हाथ मेरे कंधों पर रखे जैसा वह जब मैं छोटी थी तब भी करती थीं जब उन्हें कोई मुश्किल बात मुझे समझानी होती थी, जैसे जब अप्पा हमें छोड़कर चले गए तब या जब हमारे पास रात के लिए पूरा खाना नहीं होता था तब।

"तुझे क्या वाकई नहीं पता कि उस दिन क्या हुआ था?"

पहले तो मैंने न में सर हिला दिया, लेकिन फिर मुझे सुराग याद आने लगे :

1. कैसे ग्रीनहिल में उस छमकछल्लो महिला ने अम्मा को काग़ज़ की एक पर्ची दी थी।
2. कैसे अम्मा ने वह ईमानदारी वाली बात कही थी।
3. कैसे हेमा मासी और निमीषा मासी नि:शुल्क वाली सीटों के लिए पैसे माँगे जाने की शिकायत कर रही थीं।

"वे आपसे रिश्वत लेना चाहते हैं", मैंने अपना निष्कर्ष निकालते हुए धीरे से कहा, "आपने नए घरों में काम करना इसलिए शुरू किया ताकि मेरी सीट के लिए उन्हें पैसा दे सको।"

अम्मा ने पहले तो कुछ नहीं कहा। फिर एक मिनट के बाद उन्होंने मेरे कान में फुसफुसाकर कहा, "तुझे पता है न कि तेरे अच्छे भविष्य के लिए मैं कुछ भी करूँगी। लेकिन अगर तू समस्याएँ खड़ी करने लगेगी तो तेरी एक छवि बन जाएगी, उसके बाद मैं कितना भी पैसा दे दूँ, कोई तुझे अपने स्कूल में लेना नहीं चाहेगा।"

मुझे ऐसा लगने लगा जैसे अचानक मुख्य सड़क पर गाड़ियों की गति, भीड़ और शोर बढ़ गया है, हवा भारी हो गई और उसमें बहुत गर्द भर गई है और सब कुछ धुंधला गया है।

लेकिन शायद वह सब मुख्य सड़क पर नहीं हो रहा था। शायद यह सब मेरी खोपड़ी में हो रहा था।

"अम्मा, मुझे महंगे स्कूल में नहीं जाना। ख़ासतौर से जो भ्रष्ट है, ऐसे स्कूल में तो हरगिज़ नहीं जाना। अगर मैं वहाँ जाऊँगी तो मेरे दिल और दिमाग़ का क्या होगा? यह तो पक्का है कि उनका वैसे विकास नहीं होगा, जैसा कि मिस एनी कहती हैं।"

"बेटा मैं जानती हूँ कि तुझे लगता है कि तुम मिलकर आंबेडकर स्कूल को बदल सकती हो। लेकिन उसे कितना भी बदल लो, इससे कोई फ़र्क़ नहीं पड़ेगा। सरकारी स्कूलों के बच्चों का कोई भविष्य नहीं होता। मुझे ही देखो, मैं सरकारी स्कूल में जाती थी और यहाँ तक कि ईनाम भी जीतकर लाती थी और परीक्षा में भी टॉप करती थी। लेकिन आज देखों मैं क्या करती हूँ? मैं दूसरों के घर में बर्तन माँजती हूँ और झाड़ू-पोंछा करती हूँ।"

अम्मा का ग़ुस्सा अब शांत हो गया था या—कम से कम अब मेरे प्रति

उनका ग़ुस्सा शांत था। उनके मन में अभी भी दुनिया के प्रति बहुत ग़ुस्सा था, "तेरे लिए चीज़ें अलग होंगी।"

घर तक का बाक़ी रास्ता हमने चुपचाप पार किया।

मुझे पता नहीं कि अम्मा क्या सोच रही थीं—शायद ग्रीनहिल में मेरे भविष्य के बारे में या रिश्वत का पैसा जुटाने के बारे में।

लेकिन मैं, उन्होंने जो कहा, उसके बारे में सोच रही थी।

मैं सोच रही थी कि कैसे हमारे मोहल्ले में जितने भी बच्चों को मैं जानती हूँ, उन सबके अम्मा-अप्पा सरकारी स्कूलों में पढ़े हैं।

मैंने सोचा कि कैसे हम में से बहुत सारे बच्चों को दूसरों की उतरन पहननी होती है,कभी भरपेट खाना नहीं खा पाते या अक्सर स्कूल की पढ़ाई बीच में ही छोड़ देनी पड़ती है, जबकि हमारे अम्मा-अप्पा दिनभर ही नहीं और कई बार तो रातों को भी कड़ी मेहनत करते हैं रहते हैं।

मैंने यह भी सोचा कि मैं जिन जासूसों की कहानियाँ पढ़ती हूँ, उनमें से कोई भी सरकारी स्कूल में नहीं पढ़ा।

सबसे ज़्यादा तो मैं यह सोच रही थी कि कैसे मैं हमेशा यह मानती रही कि अगर मैं कभी जुझारू बन सकी तो अम्मा मेरा साथ देंगी।

इस वक़्त मेरा दिमाग़ बंगलोर के ट्रैफिक से ज़्यादा उलझा हुआ है और मुझे समझ नहीं आ रहा है कि वह किस तरफ़ है।

लेकिन मुझे ऐसा लग रहा है कि वह अम्मा की तरफ़ तो नहीं है।

शुभकामनाएँ
सरोजिनी

27 जुलाई, 2013

डियर मिसेज नायडू,

आज शनिवार है, इसलिए स्कूल से आधे दिन की छुट्टी है। मैंने दोपहर का समय आपके बारे में पढ़ते हुए बिताया। मैंने अभी वह हिस्सा पढ़कर ख़त्म किया जिसमें जेन एडम्स नाम की अमेरिकी महिला से आपकी दोस्ती हुई थी। जब आप मुंबई (जो ~~आपके जीवित रहते आपके मरने से पहले~~ जब आप वहाँ रहती थीं तब बंबई के नाम से जाना जाता था) की नगर परिषद के लिए चुनी गईं थीं तब वे आपके समर्थन में इतनी दूर से भारत तक आईं और आप भी सिर्फ़ उनसे मिलने के लिए अमेरिका के शहर शिकागो तक गईं। आप दोनों की बहुत सारी बातें एक जैसी हैं इसलिए शायद आपमें पक्की दोस्ती हुई होगी : वह भी महिला अधिकार और शिक्षा के बारे में सोचती थीं, वह भी होशियार थीं, प्रसिद्ध थीं और उन्होंने भी ख़ूब सारी किताबें लिखी थीं। बिल्कुल आपकी तरह।

लेकिन मिसेज नायडू, आपको पता है इस किताब में और क्या बताया है? इसमें बताया है कि अमेरिकी सरकार को ऐसा लगता था कि मिसेज एडम्स दुनिया की सबसे ख़तरनाक महिलाओं में से एक थीं। इसका मतलब यह हुआ कि उनके साथ दोस्ती के कारण आप बहुत-सी मुसीबतों में पड़ सकती थीं।

लेकिन फिर मैं सोचने लगी कि शायद ब्रिटिश लोग आपको भी दुनिया की सबसे ख़तरनाक महिला समझते होंगे। इसका मतलब यह हुआ कि आपके साथ दोस्ती के कारण मिसेज एडम्स भी मुसीबतों में पड़ सकती थीं।

मिसेज नायडू, आपको कैसे लगा कि मिसेज एडम्स से आपको दोस्ती करनी चाहिए, जबकि लोग उन्हें ख़तरनाक मानते थे?

आज सुबह मैं यही सब सोच रही थी जब दीप्ति अभि के साथ मज़दूर बस्ती पर मेरा इंतज़ार कर रही थी ताकि वहाँ से हम तीनों साथ स्कूल जा सकें, जैसा आजकल हम रोजाना करते हैं।

जब मैंने दीप्ति को हाय कहा, उसने अपनी आँखें घुमाईं। फिर उसने अभि की तरफ़ इशारा किया जो हमेशा की तरह कुछ गा रहा था। शुरू में जब हम स्कूल जाते थे तो अभि चुप रहा करता था, लेकिन जब से वह आंगनबाड़ी जाने लगा है तब से हमेशा ही उसके पास कोई न कोई कविता होती है जिसे वह पूरे रास्ते बार-बार दोहराता रहता है। आज वह अंग्रेज़ी अल्फाबेट के साथ स्वाधीनता सेनानियों के बारे में कुछ गा रहा था। यह कुछ इस तरह गा रहा था : "ABCDEFG, G is the name of Gandhiji."

"हाय अभि",मैंने कहा।

"HIJKLMNOP, P is the name of Panditji", उसने जवाब दिया।

(मिसेज नायडू, मैंने उससे कहा कि जब वह S पर आए तो आपका नाम जोड़े लेकिन मेरे कितनी भी कोशिश करने पर वह नहीं माना।)

"वह कब से इस तरह कर रहा है", मैंने दीप्ति से पूछा।

"बुधवार से, पहले वह सिर्फ़ G तक जानता था, अब उसे पूरा याद है।"

"वाह और वह अटकता भी नहीं है?"

"नहीं। लेकिन उसे ABC तब से याद है जब वह 4 साल का भी नहीं था, तुझे पता है हमारे परिवार में कोई भी अंग्रेज़ी नहीं बोलता", दीप्ति ने अपने कंधे उचकाते हुए कहा और आँखें घुमाईं। वह इस तरह मुस्करा रही थी मानो उसे गर्व हो रहा हो लेकिन उसे छुपाने की भी कोशिश कर रही हो।

"क्या तू दुष्ट होशियार से मिली?"

"हाँ", मैंने कहा और मैंने दीप्ति को ~~पूरा किस्सा सुनाया~~, वह हिस्सा सुनाया जिसमें विमला मैडम ने बताया कि हमें एक समिति बनानी होगी और अपने सारे विचारों पर इस समिति की सहमति लेनी होगी।

"समिति में कौन लोग होंगे?" उसने पूछा।

"शिक्षक, माता-पिता, और विद्यार्थी। लेकिन इसमें नौ सदस्य कम से कम होने चाहिए और उनमें से तीन चौथाई अभिभावक होने चाहिए। और हाँ आधी

सदस्य महिलाएँ होनी चाहिए।"

"विद्यार्थी में तो कोई परेशानी नहीं है, हम विद्यार्थी हैं।"

"मैं भी", अभि ने कहा।

"तू नहीं", दीप्ति बोली। ऐसा लगा अभि रो पड़ेगा लेकिन तभी दीप्ति ने आगे गाना शुरू कर दिया "Q-R-S-T-U-V?"

"V is the name of Vajpaiji!" अभि ने आगे गाया।

"एनी मिस टीचर हो सकती हैं", मैंने कहा "और हम सब महिलाएँ—या शायद लड़कियाँ और महिलाएँ हैं। और जो भी है मेरे ख़याल से यह अच्छा ही है।"

"तो अब हमें ज़रूरत है माता-पिता को जोड़ने की", दीप्ति ने कहा "तुम्हारी अम्मा शामिल हो जाएँगी।"

"ऊँ, दरअसल—वह इन दिनों बहुत व्यस्त हैं", मैंने अपना थूक गटकते हुए कहा, "मेरा मतलब है कि उन्होंने अभी ही कुछ नए घरों में काम करना शुरू किया है।"

मैंने सोचा कि दीप्ति अपनी आँख घुमाएगी या थूक देगी या कुछ और। लेकिन इसकी बजाय उसने मेरे कंधे पर हाथ रख दिया।

"मैं समझ सकती हूँ अगर मेरे अप्पा हमारे साथ नहीं होते तो।"

मिसेज नायडू, मैं मानती हूँ कि मुझे ऐसा नहीं कहना चाहिए था लेकिन मेरे मुँह से निकल गया, "तेरे अप्पा? क्या वह बेकार नहीं हैं?"

"वह बहुत शराब पीते हैं", दीप्ति ने कहा, "लेकिन कम से कम वह हर महीने घर में कमाकर लाते हैं। उतना नहीं कमाते जितना उन्हें कमाना चाहिए लेकिन कुछ तो लाते हैं। और अम्मा, अभि और मुझे कम से कम इस बात का डर नहीं लगता कि हमारे घर में कोई आदमी नहीं है और इस बात का कोई फायदा उठा सकता है।"

सोचिए मिसेज नायडू, इधर मैं पूरे समय दीप्ति पर तरस खाती रही और वह मुझ पर तरस खाती थी!

"यह इतनी भी बुरी स्थिति नहीं है। कम से कम हम सब एक छत के नीचे रहते हैं", दीप्ति ने कंधे उचकाते हुए कहा, "हाँ, कम से कम हम क़िस्मत वाले हैं कि हमारे परिवार हैं और वे हमसे बात करते हैं, जैसा उनसे बन पड़ता

है वैसी हमारी देखभाल करते हैं।"

मुझे अम्मा की याद आई, "तो तुझे क्या लगता है कि यह सब करके हम मुसीबत में पड़ सकते हैं?"

"शायद!"

"रुक, क्या सच में?"

"सच में।"

"तुझे डर नहीं लगता।"

"मुझे डर लगता है और मुसीबत में पड़ जाने का नहीं, उससे कहीं ज़्यादा चीज़ों का डर लगता है", दीप्ति ने कहा, "मुझे डर लगता है कि अम्मा और अप्पा इतना पैसा नहीं कमा पाएँगे कि हम अपने खेत को बचा सकें, जिसके लिए पहले पहल हम बंगलोर काम की तलाश में आए। मुझे डर लगता है कि अप्पा एक दिन इतनी शराब पी लेंगे कि वह रात को घर लौट कर नहीं आएँगे। मुझे डर लगता है कि उसके बाद अम्मा को दूसरी जगह काम नहीं मिलेगा और तब हमारे पास न रहने को कि जगह होगी न खाने के लिए होगा। मुझे डर लगता है कि मेरे अम्मा-अप्पा या अभि की दुर्घटना हो सकती है या वे मर भी सकते हैं, तुझे तो पता है यहाँ मज़दूर बस्ती में बहुत बार ऐसा हो जाता है।"

"मुझे नहीं पता था कि तेरे मन में इतने तरह के डर हैं", मैंने दीप्ति को कनखी से देखते हुए कहा। अक्सर वह बहुत लापरवाह और बिंदास दिखती है। अब ऐसा लगता है जैसे ज़िन्दगी के सारे साल जो उसने बिताए उन्होंने उसके दुबले नाज़ुक कंधों को बोझ से दबा रखा है, जबकि उसने अभी ज़िन्दगी के कुल बारह ही साल तो बिताए हैं लेकिन ऐसा लगता है उसके कंधों पर सौ साल की समस्याएँ लदी हुई हैं।

"मैं कोशिश करती हूँ कि इस बारे में बात न करूँ—या सोचूँ ही नहीं —क्योंकि अगर इन सारी बातों से डरकर मैं कोशिश करना बन्द कर दूँगी तो मैं कुछ नहीं कर पाऊँगी। तो मैं कुछ बदलने की कोशिश नहीं कर पाऊँगी। अगर मैं हालात को नहीं बदलूँगी तो और कोई नहीं बदलने वाला है औए सारी उम्र डर ही लगता रहेगा—अम्मा और अप्पा और अभि और शायद मेरे बच्चों के लिए भी। यह कभी ख़त्म नहीं होगा। और यह मेरा सबसे बड़ा डर है।"

थोड़ी देर तक हमने सुबह की नम हवा में दीप्ति के शब्दों को तैरने दिया।

मैं सोच रही थी कि उस वक़्त अम्मा को कैसा लगा होगा जब अप्पा एक अनजान शहर में मुझे और अम्मा को अकेले छोड़ कर चले गए, जबकि तब तक तो मैं ठीक से बोलना भी नहीं सीखी थी। उस वक़्त अम्मा की उम्र आज जितनी मेरी और दीप्ति की उम्र है उससे बहुत ज़्यादा नहीं थी। उनकी चिंताएँ भी उस वक़्त बहुत हद तक दीप्ति के जैसी ही रही होंगी, जो बहुत हद तक मेरे जैसी भी हैं।

अचानक अभि "स्कूल स्कूल स्कूल स्कूल स्कूल!" कहकर उछल-कूद करने लगा।

दीप्ति ने उसे अपनी गोद में संभालते हुए कहा, "चुप रह जा।" लेकिन वह तो अपनी जगह बैठे-बैठे उछलता रहा और फिर उसने कोई बालगीत गाना शुरू कर दिया जो किसी बन्दर के आंगनवाड़ी जाने से पहले कोई पकवान खाने के बारे में था।

वह दीप्ति की गोद से उतरा और परिसर में दौड़ लगाने लगा, उसके पैरों के भूरे तलवे जैसे-जैसे कीचड़ सनी ज़मीन पर पड़ते जाते थे, और और भूरे होते जाते थे।

"वह गेट देखते ही इसी तरह दौड़ लगाने लगता है", दीप्ति ने कहा।

"सोचो, जब हम इसे ठीक करवा देंगे तो उसे कैसा लगेगा", मैंने कहा।

"हाँ", दीप्ति ने मुस्कराते हुए कहा, "सोचो!"

शुभकामनाएँ
सरोजिनी

1 अगस्त, 2013

डियर मिसेज नायडू,

आज का दिन बहुत ख़ास था, मिसेज नायडू। आज हमने आधिकारिक तौर पर हमारे स्कूल को ठीक करने की योजना पर काम शुरू कर दिया। मुझे लगता था कि एक बार हम इस पर काम शुरू कर देंगे तो मुझे बहुत ख़ुशी और गर्व होगा। लेकिन अब ऐसा नहीं लग रहा, वास्तव में मैं... शायद... मुझे यक़ीन नहीं है कि मैं कैसा महसूस कर रही हूँ, शायद यही कारण है कि मैं आपको यह पत्र लिख रही हूँ।

हमारी योजना में चार चरण हैं। पहला चरण एसडीएमसी का गठन करना। दूसरा चरण स्कूल के विकास की योजना बनाना, तीसरा चरण इन कामों के लिए जितना ख़र्चा आएगा उसके लिए सरकार से पैसा माँगना और चौथा चरण हमारी सूची में शामिल सारे कामों को कराना ताकि हम अपने स्कूल को ठीक कर सकें। आज हमने वास्तव पहले चरण की तैयारी में जो काम हमें करने थे, उसकी शुरुआत की, यानी एक तरह से कह सकते हैं कि आज हमने जो किया वह शून्य चरण या आधा चरण ही था।

(मुझे लगता है कि इस बात से आप भी सहमत होंगी, मिसेज नायडू, कि चाहे वह चार चरण हों या साढ़े चार चरण लेकिन हमारी यह योजना बहुत फुर्तीली योजना है। आपने अंग्रेज़ों के भारत छोड़ने के लिए जो योजना बनाई थी उससे तो बहुत फुर्तीले, क्योंकि आपकी उस योजना में तो कम से कम सौ चरण या शायद एक हज़ार चरण भी रहे होंगे। निश्चय ही साढ़े चार चरण से तो बहुत ज़्यादा रहे होंगे।)

ख़ैर तो शून्य या आधा चरण, जो भी आप इसे बुलाएँ इसमें हमसे यह

कहा गया है कि हम प्रधानाध्यापक से इस बात की अनुमति लें कि वे हमारे समिति बनाने के विचार का समर्थन करते हैं। हम आज ही सुबह उनसे मिलने गए क्योंकि हमारे पास और कोई विकल्प नहीं था। वह सिर्फ़ महीने की पहली तारीख को ही स्कूल आते हैं। बाक़ी समय वह कहाँ चले जाते हैं यह किसी को नहीं पता, क्योंकि कोई उनके घर का पता भी नहीं जानता। कुछ लोग कहते हैं कि वह कोई दूसरा काम भी करते हैं लेकिन मैं उनके बड़बड़ाने के अलावा किसी दफ़्तर में काम करने, ऑटो चलाने या कुछ भी और करने की कल्पना तक नहीं कर सकती।

मुझे हमारे प्रधानाध्यापक को देखकर हमेशा किसी कन्नड़ फिल्म में खलनायक के सहयोगी की याद आती है। उनकी बड़ी-बड़ी मूँछे हैं, घनी और सिरे पर मुड़ी हुई और घने काले बाल हैं जो उनके सर पर सीधे खड़े रहते हैं। वह मज़बूत कद-काठी के हैं और ऐसा लगता है कि अगर उन्हें ग़ुस्सा आ जाए तो वह कमरे के एक कोने में खड़े-खड़े किताबों के एक पूरे बक्से को उठाकर फेंक सकते हैं। बस अगर कोई उन्हें ग़ुस्सा न दिलाए तब तक वह ऐसा कुछ नहीं करेंगे क्योंकि वह ऐसे व्यक्ति नहीं जो अपने आप कुछ भी करें। इसलिए वह खलनायक के सहयोगी जैसे लगते हैं, ख़ुद दुष्ट होशियार नहीं लगते—बल्कि कोई अंगरक्षक या वह व्यक्ति जो गाड़ी चलाता हो और फिल्म के अन्त में जिसका नाम 'कल्ला#3' जैसा कुछ लिखा हुआ आ सकता है।

(मेरे ख़याल से यह अजीब बात है कि वह मुझे ऐसे व्यक्ति लगते हैं जो कुछ भी चलाते न हों जबकि वह हमारे पूरे स्कूल को चलाते हैं।)

मिसेज नायडू, इस किताब को पढ़ते हुए मुझे यह पता चला कि आपकी बहन भी स्कूल की प्रधानाध्यापिका थीं। उन्होंने यह स्कूल लाहौर में स्थापित किया था जो तब भारत में था, लेकिन अब पाकिस्तान में है। इसलिए आप जानती हैं कि एक प्रधानाध्यापक को कैसा होना चाहिए और आप यह भी जानती हैं कि अगर प्रधानाध्यापक अपना काम ठीक से न करे तो स्कूल पर उसका क्या असर होता है।

इसलिए मिसेज नायडू, इससे पहले कि आप हमें ग़लत समझें मैं आपको यह बता देना चाहती हूँ कि आंबेडकर स्कूल में हमेशा से ऐसा नहीं था। हमारी

पुरानी प्रधानाध्यापिका जानकी मैडम आपकी बहन की तरह ही थीं, वह सालों साल रोजाना स्कूल आती रहीं—यहाँ तक कि वह मेरे बहुत सारे सहपाठियों के माता-पिता की भी प्रधानाध्यापिका रही थीं। वह हर दिन स्कूल आती थीं। वह जल्दी स्कूल आती थीं, देर तक रुकती थीं और सबके बारे में सब कुछ जानती थीं। अगर कोई बच्चा कुछ दिन तक लगातार स्कूल न आए तो वह उसके घर जाकर उसके परिवार से बात करती थीं। अगर आप जानकी मैडम को किसी के घर जाते देख लें तो यह समझ जाते थे कि अब चीज़ें ठीक हो जाएँगी। उनके किसी के घर जाने के बाद अम्मा-अप्पा को काम मिल जाता था, मकान का किराया चुकता हो जाता था, घर में रोजाना खाना आने लगता था—कई बार तो एक ही दिन में यह सब ठीक हो जाता था। जानकी मैडम को सब प्यार करते थे लेकिन उन्होंने अपनी नौकरी के 35 साल पूरे करने के बाद सेवानिवृत्ति ले ली। वह अब भी यहीं रहती हैं और मैं उन्हें कभी-कभी अम्मा की पसंद की हरी सब्जियाँ ख़रीदते समय उन्हें देखती हूँ क्योंकि सब्जियाँ जानकी मैडम के घर के पास में ही मिलती हैं। मुझे स्कूल में उनकी कमी बहुत अखरती है, ख़ासतौर से उनका कक्षाएँ ख़त्म होने के बाद स्कूल में रुकना—उनकी मेज़ पर हमेशा अंग्रेज़ी और कन्नड़ की चित्र-कथाओं की किताबें होती थीं। जब वह स्कूल के बाद अपने रजिस्टर पूरे करने और बहुत सारे फ़ोन आदि करने में व्यस्त रहतीं उस दौरान हम दोनों भाषाओं में पढ़ने का अभ्यास कर सकते थे। कभी-कभी मुझे लगता कि हम उनका ध्यान तो नहीं बँटाते हैं लेकिन तब उन्होंने बताया कि उन्हें हमारा उनके आसपास रहना अच्छा लगता है। वह कहती थीं कि इससे उन्हें ऊर्जा मिलती है।

लेकिन यह नए प्रधानाध्यापक? यह उस तरह के नहीं हैं। ऐसा नहीं है कि वह हमारा उनके आसपास होना पसंद या नापसंद करते हों, बस हम पर ध्यान ही नहीं देते हैं।

तीन साल के बाद पहली बार उस दफ़्तर में जाना अजीब लग रहा था। कुछ चीज़ें पहले की ही तरह थीं—जैसे जानकी मैडम की लोहे की मेज, जो थोड़ी-सी टेढ़ी थी और जिसकी एक दराज ख़राब थी और कभी बन्द नहीं होती थी, चाहे आप कितना ही ज़ोर लगा लें। लेकिन कई चीज़ें बदली हुई भी थीं जैसे मेज पर रखे धूल खाते ढेर पर ढेर फाइलें और रजिस्टर जो इस बात के

इंतज़ार में थे कि कोई इन पर दस्तख़त कर दे। (जानकी मैडम हमेशा अपना काम साथ की साथ ख़त्म कर देती थीं और सारे कागजों को फाइलों में रख देती थीं, वह अपनी मेज को भी हमेशा झाड़ती थीं) और खाली दीवारें (जानकी मैडम उन्हें हमारी बनाई कलात्मक सामग्री से सजाती थीं और जिन परीक्षाओं में हमें शत-प्रतिशत नंबर मिलते उनसे भी), और नई स्कूल की वर्दियों से भरे गत्ते के डिब्बों का ढेर (जानकी मैडम स्कूल के पहले सप्ताह में या और भी जल्दी ही उन्हें वितरित कर देती थीं, इसके पहले कि आप रुक कर उनसे इसके बारे में पूछ सकें।)

हम जब कमरे में पहुँचे तो प्रधानाध्यापक एक रजिस्टर में कुछ लिख रहे थे। उन्होंने हमारी तरफ़ देखे बिना ही कहा, "तुम कौन हो?"

यह एक ग़लत शुरुआत थी, ख़ासतौर से अगर आप दीप्ति से बात कर रहे हैं तो।

"हम यहाँ के विद्यार्थी हैं", दीप्ति ने कहा, "क्या आप अपने विद्यार्थियों को भी नहीं पहचानते?"

"सर", मिस ने हमारे कंधों पर हाथ रखते हुए कहा मानो वह मुझे प्रधानाध्यापक से और प्रधानाध्यापक को दीप्ति से बचाना चाहती हों, "सरोजिनी और दीप्ति मेरी दो सबसे मेधावी छात्राएँ हैं।"

बढ़िया, मैंने सोचा। अब वे हमारे नाम जानते हैं।

"सर", मैंने कहा, "हम स्कूल की दशा सुधारने के लिए एक समिति गठित करने की आपसे अनुमति चाहते हैं।"

उन्होंने कोई प्रतिक्रिया नहीं दी, लेकिन मैंने अपने वाक्यों को याद करते हुए बात जारी रखने की कोशिश की जिसका कल दोपहर में मिस और दीप्ति ने मुझे अभ्यास कराया था।

"हम कुछ मामूली बदलाव चाहते हैं जिससे हमारी शिक्षा में सुधार होगा और समुदाय में भी हमारी अच्छी छवि बनेगी", मैंने कहा।

"असल में इस सारे काम से आपकी छवि चमकेगी", दीप्ति ने कहा, जो बात तो शायद सही थी लेकिन इस तरह कहना हमने हरगिज़ तय नहीं किया था, "सारा काम हम करेंगे और उसका श्रेय आपको मिलेगा।"

मैंने उसे कोहनी मारी और वह चिल्लाई, "ओह!" और अपनी बांह

मसलते हुए बोली, "क्या?"

प्रधानाध्यापक ने कुछ नहीं कहा बल्कि अपना लिखना जारी रखा।

दीप्ति साँस खींची तो ऐसा लगा कि वह और कुछ कहने वाली है, लेकिन शायद मिस ने भांप लिया और जल्दी से बोल पड़ीं, "सर?"

प्रधानाध्यापक ने अपनी पेंसिल रख दी और रजिस्टर के ऊपर हाथ बाँध लिए।

"जब उन्होंने मेरा यहाँ तबादला किया उसके पहले मैं सत्रह साल अपने पिछले स्कूल में रहा", उन्होंने हमारी बजाय रजिस्टर के तरफ़ देखते हुए कहा, "मैं उस स्कूल से प्यार करता था। मैंने उसे अपनी पत्नी के साथ मिल कर शुरू किया था। हमने वहाँ ख़ूब सारी किताबें ख़रीदीं, शिक्षकों की नियुक्तियाँ कीं–यहाँ तक कि जब सरकारी पैसा समय पर नहीं आया तो ख़ुद अपनी जेब से पैसा लगा कर इमारत का निर्माण कार्य पूरा किया। हमने ख़ुद अपने बच्चों को उस स्कूल में पढ़ाया, हालाँकि हम चाहते तो उन्हें प्राइवेट स्कूल में भेज सकते थे। हम एक उदाहरण प्रस्तुत करना चाहते थे। बेशक उस समय ऐसा लगता था जैसे हमारे सैकड़ों बच्चे हैं—हमारे विद्यार्थी हमारे परिवार की तरह थे।"

"तो आपने वह छोड़ क्यों दिया?" दीप्ति ने पूछा। उसने बहुत विनम्रता से नहीं पूछा था लेकिन ऐसा लगा कि प्रधानाध्यापक ने उस पर ध्यान ही नहीं दिया।

"सरकार ने उस स्कूल को बन्द कर दिया", उन्होंने कहा, "हमारे यहाँ नामांकन बहुत कम था। मैंने उस स्कूल को बचाने के लिए जो भी मैं कर सकता था वह सब किया। मैंने सभी तरह की समितियाँ बनाईं। नए शौचालय के लिए समिति, पाठ्य पुस्तकों के लिए समिति, नए शिक्षकों की भर्तियों के लिए समिति। पता है उन समितियों को बनाकर क्या हुआ? कुछ नहीं। न शौचालय। न पाठ्य पुस्तकें। न शिक्षक।"

प्रधानाध्यापक ने यह सब ऐसे बताया जैसे वह कोई परीक्षा के लिए रटा हुआ पढ़कर सुना रहे हों। उनकी आवाज़ एकदम सपाट थी, अगर आपने शब्दों पर ध्यान न दिया हो तो यह जान नहीं पाएँगे की यह एक दुःखद कहानी थी।

"समितियाँ", उन्होंने कहा, "किसी काम की नहीं होतीं।"

मुझे तो ग़ुस्सा आना चाहिए था, मिसेज नायडू। प्रधानाध्यापक की

मेहरबानी से, ऐसा लगता था कि हम आधा क़दम भी नहीं चल पाएँगे, एक की तो उम्मीद ही छोड़िए। लेकिन सच मानिए, मैंने उन्हें दोष नहीं दिया। मैं ऐसे कई वयस्कों को जानती हूँ इसलिए इस बात को समझ सकती हूँ कि किसी की आँखों के सामने उसके सपने को बिखरते हुए देखने से ज़्यादा कठिन कुछ नहीं होता, ख़ासतौर से जब आपने अपनी सारी ऊर्जा उसे पूरा करने में लगाई हो। यह सपना कभी एक स्कूल हो सकता है। कभी एक खेत, या बच्चे, या शादी।

"अगर आंबेडकर स्कूल बन्द हो गया तो पता नहीं मेरा क्या होगा", मैंने सोचा। लेकिन जब तक मुझे होश आया तब मुझे अहसास हुआ कि दरअसल यह मैंने सोचा नहीं था—बल्कि मैं इसे ज़ोर से कह चुकी थी।

प्रधानाध्यापक भी हैरान दिखाई दिए, जैसे कि वह भूल ही गए हों कि मैं भी वहाँ खड़ी हूँ। थोड़ा रुककर उन्होंने फिर से अपनी पेंसिल उठाई और फिर से कुछ लिखने लगे। मिस ने धीरे से हमें वहाँ से चले जाने का इशारा किया।

हम लगभग कमरे से बाहर आ गए जब हमें प्रधानाध्यापक की आवाज़ सुनाई दी, "जो भी करना चाहते हो करो। बस पैसे मत माँगना क्योंकि हमारे पास हैं नहीं। और मुझसे सवाल मत पूछना, क्योंकि मैं इसके बारे में कुछ जानना नहीं चाहता।"

"शुक्रिया सर", मिस ने कहा।

"तुम अपना समय बर्बाद कर रही हो", प्रधानाध्यापक ने कहा। और बात ख़त्म।

जैसा कि मैंने कहा, मिसेज नायडू, मुझे तो ख़ुश होना चाहिए था कि अब हम पहला क़दम बढ़ा सकते थे। दीप्ति और मिस तो बेशक ख़ुश थीं—जैसे ही हम दफ़्तर से निकले दीप्ति जीत की ख़ुशी में नाचने लगी और मिस की आँखों में भी जैसे—न्यायपूर्ण और सुंदर दुनिया के लिए हाँ—की चमक आ गई हो।

"मुझे तुम पर गर्व है", उन्होंने कहा।

"हाँ", दीप्ति ने उछलकर कहा, "चलो मेरे साथ नाचो!" मेरा हाथ अपने हाथों में लेकर वह उसने गोल-गोल घूमना शुरू कर दिया।

"अच्छा लड़कियों, कल मिलते हैं", मिस ने कहा। दीप्ति मेरा हाथ पकड़कर आंगनवाड़ी की तरफ़ बढ़ चली जहाँ से उसे अभि को साथ लेना था। मेरे ख़याल से मैं उतने उत्साह से ठुमकने में उसका साथ नहीं दे रही थी,

जबकि दीप्ति अब भी नाच रही थी। उसने पूछा, "क्या बात परेशान कर रही है?"

"मैंने कहा", पता नहीं, "प्रधानाध्याप कके बारे में।"

"उनके बारे में क्या?"

"मैं हमेशा सोचती रही कि वह किसी काम के नहीं हैं, जबकि अब पता चला कि वह तो जानकी मैडम की तरह हैं। लेकिन अब उनकी तरफ़ देखो। उनका तो सब-कुछ छिन गया—उनका स्कूल, उनके विद्यार्थी, उम्मीद, सब-कुछ।"

"लेकिन उनके पास नया स्कूल और नए विद्यार्थी हैं", दीप्ति ने कहा, "उनके पास दूसरा मौक़ा है और वे उसका उपयोग करना नहीं चाहते। उनसे उम्मीद छिनी नहीं है, वे हिम्मत हार गए हैं।"

"शायद तू ठीक कह रही है।"

लेकिन मुझे यक़ीन नहीं है, मिसेज नायडू। जब हमारी योजना में सोची सारी बातें ग़लत साबित हो सकती हैं, चाहे यह चार क़दम की योजना ही क्यों न हो (या साढ़े चार क़दम, जैसे भी आप इसे देखें) तो मुझे यह सोचकर हैरानी होती है कि अगर बार-बार कोशिश करते रहने पर भी मुझे सफलता नहीं मिली तो मुझे कैसा लगेगा।

क्या हम भी प्रधानाध्यापक सर के जैसे हो जाएँगे, किसी भी चीज़ की परवाह करना बन्द कर देंगे और हर समय उदास रहा करेंगे?

क्या आपके साथ भी कभी ऐसा हुआ है कि कोई उम्मीद न रही हो या आप हिम्मत हार गई हों?

क्या मेरे साथ ऐसा होगा?

शुभकामनाएँ
सरोजिनी

3 अगस्त, 2013

डियर मिसेज नायडू,

मुझे लगता है कि जुझारू होना किसे कहते हैं इसके बारे में मुझे अभी और बहुत सीखना है। प्रधानाध्यापक से मुलाक़ात के बाद हमने आधा क़दम पार कर लिया था और अब हमारा अगला क़दम पहले क़दम को पूरा करना था, यानी एसडीएमसी का गठन करना।

(गठन के लिए अंग्रेज़ी शब्द 'कन्वेनिंग' है जिसका मतलब है लोगों को साथ लाना। यह एक जासूसी शब्द नहीं है—यह तो वकीलों का शब्द है। यह एक राजनीतिक शब्द भी हो सकता है, मैं यक़ीन के साथ कुछ नहीं कह सकती।)

मुझे लगता था कि हमारे चारों क़दमों में से एसडीएमसी का गठन सबसे आसान होगा। विमला मैडम ने बताया था कि एसडीएमसी में नौ लोग होने चाहिए। मैं, दीप्ति और एनी मैम मिलकर तीन हैं। तो हमें अब सिर्फ़ और छह लोगों की ज़रूरत है और इन सबको माता-पिता में से होना चाहिए और उनमें से अधिकांश महिलाएँ होनी चाहिए, क्योंकि समिति में 50% सदस्य महिलाओं को होना चाहिए।

(किसने सोचा होगा कि समिति के गठन में इतनी गणित भी होगी? मुझे नहीं लगता वकील इतनी गणित करते होंगे।)

आपको पता है मैं और दीप्ति सबसे ज़्यादा किसे जानते हैं?

माओं को। अगर आपको याद हो मिसेज नायडू, तो अपने मोहल्ले में मैं सबको जानती हूँ और सब मुझे जानते हैं। जहाँ तक दीप्ति की बात है, एक बात आंबेडकर स्कूल में उसका और अभि का दाख़िला हो गया, उसके बाद

वह अपनी मज़दूर बस्ती से और भी कई बच्चों को स्कूल में ले आई, और उनका वहाँ नामांकन करवा दिया। इसलिए सारी अम्माएँ उसे प्यार करती हैं और उसके लिए कुछ भी करने के लिए तैयार होंगी।

हम दोनों के बीच यह क्या कोई मुश्किल काम रह जाएगा?

जवाब है : बहुत, बहुत, बहुत मुश्किल।

यहाँ उन सब लोगों के नाम हैं जिनसे मैंने बात की और उन्होंने क्या जवाब दिया :

1. कमला मासी अपने पति के बिना अकेले घर से दूर कहीं नहीं जातीं और उनके पति इसलिए उनके साथ नहीं आएँगे कि स्कूल जाना औरतों का काम है।
2. मेरी मासी जोसफ़ का दाख़िला प्राइवेट स्कूल में कराने वाली हैं इसलिए वे अपना समय बर्बाद करना नहीं चाहतीं।
3. अमीना मासी ऐसे किसी काम में शामिल नहीं होना चाहतीं जिससे प्रधानाध्यापक जुड़े हों। उनका कहना है कि वह एक बार उनसे मिल चुकी हैं और उनके लिए इतना ही बहुत है।
4. निमीषा मासी जिस घर में काम करती हैं उस घर को छोड़कर कहीं नहीं जाना चाहतीं क्योंकि वह किसी फिजूल की बैठक के लिए अपनी तनख्वाह का नुकसान नहीं उठाना चाहतीं। वैसे भी उनके अनुसार इस मीटिंग से कुछ होना-जाना तो है नहीं।
5. हेमा मासी ने कहा कि उनका लोगों को बड़े-बड़े वादे कर तोड़ते देखने का बिल्कुल मन नहीं है। इस काम के लिए उनके पति ही बहुत हैं। स्थानीय नेता का तो नाम भी लेने की ज़रूरत नहीं जो पहले ही हमारे घरों पर छत का वादा कर चुकी है जिसे उसने आज तक निभाया नहीं है।

मेरा कोई इरादा नहीं था मिसेज नायडू, लेकिन एसडीएमसी की बात छेड़ते ही यह मासी प्रकरण शुरू हो गया जो सब जानते हैं कि सबसे बेकार प्रकरण है, जिसमें इतनी झिकझिक है और जो रुकने का नाम ही नहीं लेता। जब तक मैं हेमा मासी के पास पहुँची तब तक तो आसपास की काकियों, मामियों, मासियों की सारी भीड़ वहाँ इकट्ठा हो गई और सब यह बताना

चाहती थीं कि क्यों वे समिति में शामिल नहीं हो सकतीं और क्यों मुझे यह कोशिश ही छोड़ देनी चाहिए। वे सब मुझसे भी बात कर रही थीं और आपस में भी बोल रही थीं और उनके शब्द मेरे दिल पर हथोड़े की तरह पड़ रहे थे जबकि दिल का तो विकास होना था।

"तुम एक समिति बनाने वाली हो और उसमें सिर्फ़ औरतें और बच्चे होंगे?" हेमा मासी ने कहा, "औरतों और बच्चों की बात को सुनता कौन है?"

"वह प्रधानाध्यापक को हरगिज़ नहीं", अमीना मासी ने कहा, "वह आदमी न कुछ सुनता है न कुछ करता है।"

"लेकिन मासी", मैंने कहा (हालाँकि मैं तय नहीं कर पा रही थी कि मैं कौन-सी मासी से बात कर रही हूँ), हमने एक वकील से बात की है जो हमारी मदद करेंगी और उनका कहना है कि—

"वह औरत जिसके यहाँ तेरी माँ काम करती हैं", निमीषा मासी बोली,असल में वह इस बात पर भड़क गई थीं, "यह अमीर लोग थोड़ी देर के लिए हमें मदद कर ख़ुद अपने मन में अच्छा महसूस करना चाहते हैं। लेकिन जब हालात बिगड़ने लगते हैं तो वे कहीं नज़र नहीं आते।"

"पहली बात तो यह है कि तुम लोगों को उस स्कूल के बारे में परेशान होने की कोई जरूरत ही नहीं है", मैरी मासी ने कहा, "अगर यह सरकारी स्कूल है तो यह नहीं चलने वाला।"

"यही तो बात है", मैंने कहा, "स्कूल को सही तरह से चलाना सरकार की ज़िम्मेदारी है। यह तो हमारे कांस्टीट्यूशन में लिखा है।"

"कांस्टीट्यूशन?" अमीना मासी हँसी, "तू यह भारी-भरकम अंग्रेज़ी शब्द कहाँ से सीख रही है? यह संविधान वग़ैरह हम जैसे लोगों के लिए नहीं होते। यह सब तेरी वकील दोस्त जैसे लोगों के लिए होते हैं।"

"लेकिन वह है तो हमारे लिए", मैंने कहा, उस समय मैं आपके बारे में सोच रही थी, मिसेज नायडू, "यह हो सकता है कि सरकारी स्कूल अभी ठीक से नहीं चल रहा, लेकिन हमारे पास तो वही एक स्कूल है न। मैं तो ऐसे किसी को नहीं जानती जिसे प्राइवेट स्कूल में आरक्षित सीट मिल गई हो। क्या आप किसी को जानती हैं?"

"सरोजिनी, बिटिया तू इतनी प्यारी लड़की है", कमला मासी ने बहुत

प्यार से कमला मासी वाले अंदाज़ में कहा, "तू इतने अच्छे नंबर लाती है, अपनी माँ की मदद करती है। तू इन सब मामलों को जैसे है वैसा पड़ा रहने दे।"

मैं घर आई, तब बहुत ग़ुस्से में थी, मैं अपने स्कूल के काम पर ध्यान नहीं दे पा रही थी, इसलिए मैंने आपकी वाली किताब उठा ली। मैंने पढ़ा कि कैसे स्वाधीनता संघर्ष के दौरान जब धरसाना में आपको आंदोलन का नेतृत्व करना था तब आपने सारे आंदोलनकारियों को यह समझाया था कि जब अंग्रेज़ भारतीयों पर लाठियाँ बरसाएँ तब भी, कैसे उन सबको शांत रहना है। हमारी सारी टीचर यह बताती हैं कि धरसाना का आंदोलन ऐसा आंदोलन था जिसने दुनिया भर में यह संदेश पहुँचाया कि अंग्रेज़ भारतीयों पर अत्याचार कर रहे हैं और उन्हें भारत छोड़कर जाना चाहिए। (यह अजीब बात है न मिसेज नायडू कि हमारी शिक्षक हमें धरसाना के आंदोलन के बारे में तमाम बातें बताती हैं और याद करती हैं, लेकिन उन्होंने कभी भी हमें यह नहीं बताया कि यह आप थीं जिन्होने इस आंदोलन का नेतृत्व किया था।)

मैंने किताब में धरसाना की तस्वीरों को देखा और ऐसा लगा जैसे कि बहुत सारी मासियाँ इसमें शामिल थीं। यहाँ तक कि अगर मैं पेज को थोड़ा तिरछाकर और आँखें सिकोड़कर एक ख़ास कोण से देखूँ तो कुछ तो निमीषा मासी, कमला मासी, अमीना मासी, मेरी मासी और हेमा मासी और यहाँ तक कि अम्मा जैसी भी दिखती हैं।

ख़ासतौर से अम्मा।

आपने धरसाना में उन्हें क्या कहा था मिसेज नायडू?

आपने उन्हें संघर्ष में आपके साथ आने के लिए कैसे मनाया था, जब कि ख़ुद आपको भी पता नहीं रहा होगा कि आपको आपके लक्ष्य में सफलता मिलेगी या नहीं।

मैं सही शब्द ढूँढ़ रही हूँ, मिसेज नायडू। लेकिन ऐसा लगता है कि मुझे फिलहाल वे कहीं मिल नहीं रहे हैं।

शुभकामनाएँ
सरोजिनी

6 अगस्त, 2013

डियर मिसेज नायडू,

सच कहूँ तो मिसेज नायडू, मैं इस वक़्त आपको लिख रही हूँ यह किसी अजूबे से कम नहीं। क्योंकि अभी एक मिनट पहले ही अम्मा इतनी नाराज़ थीं कि मुझे लगा अब तो ~~मेरी जान निकलने वाली है वह मुझे मार ही डालेंगी~~ मैं आपके पास पहुँचने वाली हूँ।

कल मैं घर देर से आई, कुछ तो इसलिए कि मैं दीप्ति की विज्ञान में जो कक्षाएँ छूट गई थीं उन्हें समझने में उसकी मदद कर रही थी और कुछ इसलिए कि भौंहें उठाकर देखने वाली एक वकील से मिलने से बचना चाहती थी। जब मैं घर पहुँची तब अम्मा पहले से ही घर पर थीं, लेकिन हमेशा की तरह रात का खाना बनाने की बजाय वह आँगन को रगड़कर साफ़ कर रही थीं।

जब मैंने आँगन पार किया तो उन्होंने मेरी तरफ़ न देखा न मुझसे हालचाल पूछा, बल्कि आँगन को और ज़ोर से रगड़ने लगीं और बोलीं, "हेमा मुझसे पूछ रही थी कि क्या मैं छुट्टियों के बाद स्कूल की मीटिंग में जाने वाली हूँ।"

"कौन-सी छुट्टियाँ?" मैंने पूछा।

"मैंने उससे पूछा, वह किस मीटिंग की बात कर रही है?" अम्मा ने कहा, जैसे कि उन्होंने मेरी बात सुनी ही न हो, "हेमा ने कहा वही जो तुम्हारी बेटी करवा रही है।"

"ओह", मैंने चुपचाप, अपनी साँस रोकते हुए कहा।

(असल में मैंने "ओह" नहीं मिसेज नायडू, और भी बहुत ख़राब शब्द कहा था।)

अम्मा ने सुना नहीं क्योंकि वह ख़ुद बोल रही थीं, "मैंने उसे कहा कि यह सच नहीं हो सकता, क्योंकि मैंने अपनी लड़की को इस तरह के किसी भी काम में अपना समय बर्बाद करने से सख़्ती से मना किया है।"

मैंने कुछ नहीं कहा मिसेज नायडू, क्योंकि इस वक़्त मुझे वे सारे शब्द याद आ रहे थे जो मैंने दीप्ति से सीखे हैं। आप तो जानती हैं मिसेज नायडू, कि इस पल में उन शब्दों का इस्तेमाल करना बिल्कुल भी सही नहीं होगा।"

जब मैं कुछ नहीं बोली तो अम्मा ने कहा, "मैंने तुझसे कहा था कि यह बकवास बन्द होनी चाहिए।"

(उन्होंने सच में बकवास शब्द का इस्तेमाल किया, मिसेज नायडू। अम्मा दीप्ति की तरह नहीं हैं। या मेरी तरह भी नहीं हैं।)

"सॉरी", मैंने धीरे से कहा।

"सॉरी?" अम्मा ने आख़िरकार मेरी तरफ़ पलटते हुए कहा।

उनकी आँखों से लेजर बीम निकल रही थी और सीधे मेरे बढ़ते हुए दिल पर पड़ रही थीं। या शायद वे मेरे पेट में जा रही थीं, क्योंकि मुझे अन्दर ऐसे लगने लगा जैसे कुछ खदबदा रहा है, "सॉरी? मैंने तुझसे सॉरी बोलने के लिए नहीं कहा था। मैंने कहा था बन्द करो। समस्याएँ खड़ी करना बन्द करो। झूठ बोलना बन्द करो। यह सब बन्द होना चाहिए।"

अन्त में यह पता चला मिसेज नायडू, कि एक ऐसा शब्द भी है जो दीप्ति से जितने भी शब्द मैंने सीखे हैं उन सबसे ज़्यादा ख़तरनाक शब्द है। और यह जानते हुए भी कि इसे कहना शायद सबसे ग़लत बात है, वह मैंने कह दिया।

"नहीं।"

"क्या?" अम्मा खड़ी हो गईं और उन्होंने अपने दोनों हाथ अपनी कमर पर टिका लिए। हालाँकि वह बहुत लंबी नहीं हैं, मिसेज नायडू—दरअसल मैं अब उनसे लंबी हो गई हूँ। लेकिन जब वह ऐसे खड़ी हो जाती हैं तो मुझसे दोगुनी लंबी लगने लगती हैं।

अपनी पूरी ज़िन्दगी में मैंने कभी अम्मा को पलटकर जवाब नहीं दिया था। मैंने हमेशा वह किया जो उन्होंने मुझे करने के लिए कहा, क्योंकि मुझे लगता था कि वे हमेशा सही कहती हैं। लेकिन भले ही मैं सिर्फ़ बारह साल की हूँ,

और भले ही हमेशा अम्मा मेरा ख़याल रखती रही हैं, चाहे मैं दुनिया में सबसे ज़्यादा उन पर भरोसा करती हूँ और उनसे प्यार करती हूँ,फिर भी मुझे उन्हें पलटकर जवाब देना पड़ा।

क्योंकि मेरी ज़िन्दगी में यह पहली बार हो रहा था, कि अम्मा ग़लत थीं।

"मैं बन्द नहीं करूँगी", मैंने कहा, मेरी आवाज़ ऊँची होती जा रही थी जैसे कि किसी ने मेरे गले में लगे हुए डायल को धीरे से घुमाकर आवाज़ को बढ़ा दिया हो, "आपकी बात सही हो सकती है कि मैं जो सोच रही हूँ उसमें मुझे सफलता नहीं मिले। लेकिन आप जो सोच रही हैं उसमें भी सफलता मिलना ज़रूरी नहीं है। अगर मुझे सीट मिलने लायक पैसे हम नहीं जुटा पाए तो? अगर हमारे पास पैसे हों तब भी वे मुझे सीट न दें तो? इसके अलावा आप तो हमेशा घूस माँगने वाले अफसरों से लड़ने के लिए मासियों के साथ जाती थीं। जब मेरी बारी आई तो घूँस देना सही कैसे हो गया?"

"तू सीधे-सीधे मेरी बात मानने से मनाकर रही है?"

"हाँ", मैंने कहा, "अम्मा, इस बार मैं जानती हूँ कि मैं किस बारे में बात कर रही हूँ। मैंने मैडम से बात की है, क़ानून को पढ़ा है और मैंने तय किया है।"

"तूने तय किया है?" अम्मा ने मुझे टोका, उनकी आवाज़ के साथ-साथ जैसे वह ख़ुद भी ऊँची होती जा रही थीं, "तूने तय किया है? इस घर में तू तय नहीं करती है। मैं करती हूँ।"

"क्यों?"

"क्या कहा तूने?" अम्मा ने कहा, जैसे उन्हें यक़ीन नहीं हो रहा था कि मैं ऐसी भी कोई बात कह सकती हूँ।

(तीन महीने पहले तक मैं ऐसा नहीं कर सकती थी।)

"क्यों आप ही हमेशा सारे फैसले करेंगी? अगर कभी आप ग़लत हों तो?"

"मैं तुम्हारी माँ हूँ। तुम मेरी बेटी हो। बेटियों को माँ की बात माननी होती है।"

"जैसे कि आपने अपनी माँ की बात मानकर अप्पा से शादी की थी?" मैंने कहा—असल में, मैं चीख रही थी।

याद है मिसेज नायडू, मैंने आपसे कहा था कि वह भाव जो किसी के चेहरे पर आता है, 'वह ऐसी दिख रही थीं जैसे किसी ने उन्हें तमाचा लगा दिया हो?'

याद है मैंने आपको बताया था कि आमिर कैसा लग रहा था जब मैंने उसे पानी के टैंकर के पास कुछ बुरा कह दिया था, और कैसे वह उससे भी ज़्यादा बुरा लग रहा था जैसा जब कोई उसे थप्पड़ मार दे उसके बाद वह लगता था।

असल में अम्मा उससे कहीं बहुत ज़्यादा बुरी तरह आहत नज़र आ रही थीं।

बस वह उदास आहत नहीं, बहुत नाराज़ आहत लग रही थीं।

"क्या तुझे भरपेट खाना मिलता है?" अम्मा चिल्लाईं, "क्या तेरे सर पर छत है?"

"यह छत आपने नहीं ख़रीदी! तारीक, और फ़ारूक़ और तस्मियाह मासी ने ख़रीदी थी", मैं भी चिल्लाई और छत के सबसे जर्जर हिस्से के नीचे हम जो स्टील का बर्तन रखते हैं उस पर ज़ोर से ठोकर मार दी। बर्तन ज़ोर से ठनठनाता हुआ लुढ़क गया और उसमें भरा गंदला पानी सारे आँगन पर बिखर गया जिसे अम्मा ने अभी रगड़कर साफ़ किया था, "और यह अब भी टपकती है, जिसका मतलब है कि कोई बहुत मज़बूत छत नहीं मिल गई है।"

अम्मा ने पल भर के लिए कुछ नहीं कहा, और हमारी तेज़-तेज़ चलती साँस और अब बिना बर्तन की जगह पर टपकती पानी की आवाज़ों के बीच हमने कुछ सरसराहट और फुसफुसाहट की आवाज़ें सुनीं, जैसे कोई ठीक हमारे घर के बाहर खड़ा हो। और पक्का ही वहाँ कोई खड़ा होगा मिसेज नायडू, क्योंकि हमारे मोहल्ले में सब लोग सारे समय सारी बातें सुन सकते हैं, यहाँ तक कि आप सामान्य आवाज़ में बात कर रहे हों तब भी—जो हम तो निश्चित रूप से नहीं कर रहे थे।

अम्मा मुझे खींचकर घर कमरे के पिछले हिस्से में ले गईं। उनके पकड़ने के कारण मेरे हाथ पर उनकी अंगुलियों का लाल निशान छप गया था।

"मैंने तुझे बदतमीजी और बगावत करने के लिए बड़ा नहीं किया है", उन्होंने फुफकारते हुए कहा। हालाँकि वह फुसफुसाकर कह रही थीं लेकिन अब भी चिल्लाने जैसा ही लग रहा था, "मैंने तुझे एक अच्छी बेटी बनने के लिए बड़ा किया है।"

"मैं एक अच्छी बेटी हूँ", मैं भी फुसफुसाते हुए चिल्लाई।

"मैं अच्छे नंबर लाती हूँ। मैं सारे कायदे मानती हूँ। अब मैं अपने परिवार के अच्छे के लिए संघर्ष करना चाहती हूँ। आप मुझ पर भरोसा क्यों नहीं कर सकतीं?"

"मैं तुझ पर भरोसा करती थी।"

"आपका मतलब है कि मैं जब तक आपकी सारी बातों को बिना कोई सवाल किए मान लेती थी? अब मैं वैसी नहीं रही, अम्मा। और मैं रुकने वाली नहीं हूँ।"

"तू रुकेगी। अब से तू स्कूल के बाद सीधे मैडम के घर आएगी। कोई बाल अधिकार क्लब नहीं। कोई दीप्ति नहीं। कोई और बकवास नहीं।"

"लेकिन अम्मा..."

"बात ख़तम", मेरा हाथ झटककर छोड़ते हुए अम्मा ने कहा, "और यह जो गंदगी तूने फैलाई है इसे साफ़ कर और रात के खाने के लिए प्याज काट दे।"

कभी अपनी ज़िन्दगी में मुझे इतनी शिद्दत से अपने कमरे की इच्छा नहीं हुई थी। मैं दरवाज़े को ज़ोर से बन्द कर कंबल में मुँह छुपाकर रोना चाहती थी और दीवारों पर मुक्के मारना चाहती थी। लेकिन हमारे छोटे से घर में मैं बस यही कर सकती थी कि टूटी हुई छत के नीचे स्टील के बर्तन को वापस रखकर आँगन पर फैले गंदले पानी को पोंछकर साफ़ करूँ, और चाकू लेकर प्याज काटूँ ताकि ऐसा न लगे कि मैं ग़ुस्से से रो रही हूँ, बल्कि प्याज के कारण आँखों से पानी आ रहा है। थोड़ी देर तक, बर्तन में बारिश के पानी के टपकने और तवे पर डोसा पकने की छन-छन के अलावा और कोई आवाज़ नहीं सुनाई दी।

तब मुझे और भी बुरा लगने लगा, मिसेज नायडू, क्योंकि दरवाज़े वाले घरों के बारे में सोचते हुए मुझे एक ख़ास ~~पुराने वर्तमान~~ पुराने दोस्त की याद आने लगी, जिसने मुझे याद दिलाया कि अम्मा किसी छुट्टी की बात कर रही थीं।

शुक्रवार को रमादान है—या वास्तव में तस्मियाह मासी कहती हैं यह ईद-उल-फ़ित्र है और इससे पहले के पूरे एक महीने जब लोग रोज़ा रखते हैं

उसे रमादान कहते हैं, लेकिन भारत में लोग हमेशा चीज़ों को उल्टा-सीधा कर देते हैं और ग़लत नाम से बुलाते हैं।

इसका मतलब है कि शुक्रवार को हम आमिर के घर ईद की दावत के लिए जाएँगे।

उल्टा-पुल्टा और ग़लत। ऐसा ठीक इस वक़्त मुझे अपना जीवन लग रहा है।

शुभकामनाएँ
सरोजिनी

8 अगस्त, 2013

डियर मिसेज नायडू,

हालाँकि आप बहुत सफल व्यक्ति रही हैं, और चाहे आपने प्रेम विवाह किया हो और आपके पास बड़ा सा घर, ख़ूब सारे नौकर-चाकर, बच्चे और कुत्ते और बिल्लियाँ रहे हों, मुझे ऐसा लगता है कि जीवन आपके लिए भी हमेशा आसान नहीं रहा होगा। जैसे कि आप बहुत बीमार रहीं। मैंने पढ़ा कि तरह-तरह की सर्जरी करनी पड़ीं और एक सर्जरी के दौरान तो आपके बचने की उम्मीद बेहद कम थी, और एक और सर्जरी के बाद आपको व्हील चेयर पर रहना पड़ा और डॉक्टरों ने कह दिया था कि आप शायद दोबारा कभी अपने पैरों पर चल नहीं पाएँगी।

लेकिन वे ग़लत साबित हुए। आप फिर चलने लगीं। और उसके बाद आप जुलूसों में गईं, समुद्र पार यात्राएँ कीं, नृत्य किया, दौड़ लगाईं और अगर कहीं से एक जोड़ी पंख मिल जाते तो आप शायद उड़ान भी भर लेतीं।

जब आपको यह कहा गया, मिसेज नायडू, कि आप अब कभी चल नहीं सकेंगी तो आपने यह कैसे तय किया होगा कि आप उन्हें ग़लत साबित कर देंगी?

मुझे किसी ने नहीं कहा कि मैं चल नहीं सकती, मिसेज नायडू लेकिन बहुत सारे लोगों ने मुझे बहुत सारी दूसरी बातों के लिए कहा है कि मैं नहीं कर सकती। ऐसी बातों की पूरी सूची है मेरे पास

1. वे सोचते हैं कि मुझे ग्रीनहिल में सीट नहीं मिल सकती।
2. उन्हें लगता है कि मैं आंबेडकर स्कूल को ठीक नहीं कर सकती।
3. उन्हें लगता है कि मैं एसडीएमसी का गठन नहीं कर सकती।

4. अगर मैं एसडीएमसी गठित कर लूँ तो उन्हें लगता है कि वह प्रभावी नहीं होगी।
5. उन्हें लगता है कि मैं किसी मुसीबत से बचकर नहीं रह सकती।

यदि आप ध्यान दे रही हों, मिसेज नायडू, तो आप#1-4 के बारे में तो सब कुछ जानती ही हैं।

संभवत: आप #5 के बारे में भी जानती हों। शायद आप इस पूरे समय में उसके बारे में सोचती रही हों।

लेकिन मेरे लिए #5 वास्तव में आज से ही शुरू हुआ है।

मुसीबत वहीं से शुरू हुई जहाँ से हमेशा शुरू होती है: पानी के टैंकर के पास। या कहना चाहिए वह जगह जहाँ हम उसका इंतजार करते हैं (टैंकर का,परेशानी का नहीं)। आज पानी के टैंकर को आने में देर हो गई इसलिए मैं और दीप्ति अपने खाली ड्रम लेकर साथ-साथ खड़े थे। कुछ इस चिंता में कि हमें स्कूल के लिए देर हो जाएगी और कुछ नई गपशप को सुनने के लिए।

"कोई सोच भी सकता है? एक हिन्दू लड़का और मुसलमान लड़की", हेमा मासी कह रही थीं, "वो दोनों जाने कब से साथ घूम रहे थे और माँ-बाप को होश ही नहीं।"

"मेरे शौहर को लगता है कि लड़का ख़ुदकुशी कर लेगा", अमीना मासी ने कहा।

"वह लड़की बहुत अच्छी है", कमला मासी ने कहा, "गृह विज्ञान में पढ़ाई कर रही है, पता है तुम्हें।"

"दोनों के समाज अलग-अलग हैं तो अलग ही रहेंगे", हेमा मासी ने कहा, "यह कभी नहीं हो सकता।"

"जब तक कि वे भाग ही न जाएँ", अमीना मासी ने कहा।

हेमा मासी और अमीना मासी ने चिल्लाना शुरू कर दिया होता (इसलिए नहीं कि वह किसी पर गुस्सा थीं, बल्कि उन्हें धीमी आवाज़ में बात करने की आदत ही नहीं है, जैसे हम सब करते हैं।) लेकिन दो बातों ने उनका ध्यान बंटा दिया।

एक तो पानी का टैंकर आ गया था, जिसका मतलब था कि अब सब कतार में अपनी जगह पक्की करने के लिए एक दूसरे को धकियाना और

कोहनी अड़ाना शुरू कर देंगे।

(मैं जानती हूँ कि यह सुनने में बहुत अभद्र लगता है मिसेज नायडू, लेकिन हम सबको किसी न किसी बात के लिए देर हो रही होती है—नाश्ता बनाने, नहाने, स्कूल जाने के लिए।)

दूसरे बिजली की चमक के साथ हवा सफ़ेद-पीली-सी हो गई थी।

हालाँकि न वहाँ बादल थे और न बिजली ही कड़क रही थी –अगर आप मासियों के पानी लेने के बर्तनों के पटकने की आवाज़ को सुन लें तो बात अलग है। आख़िर निमीषा मासी ने पता लगाया कि यह जो रौशनी थी वह तो लाल चूड़ीदार और चमकदार झुमके पहने एक महिला के गले में लटके कैमरे से आ रही थी। उसके चमड़े के चप्पल (जिन्हें अक्सर मैं और दीप्ति बाटा के शोरूम पर देखते हैं) में से नेल पेंट लगे पैर नज़र आ रहे थे। उस महिला के बाल बार-बार उसके चेहरे पर आ रहे थे, लेकिन उन्हें हाथ से पीछे करने की बजाय उसने मुँह से बड़ी-सी फूँक मरकर पीछे किया। (पहले तो मुझे लगा कि कहीं वह पागल तो नहीं लेकिन फिर यह समझ आया कि उसका अपने काम पर इतना ज़्यादा ध्यान था कि वह कैमरे से कुछ भी छूटने नहीं देना चाहती थी।) वह सबसे किनारे पर खड़ी थी लेकिन जैसे ही टैंकर आया वैसे ही बारिश के बादल की तरह चुपके से वह हम सबके बीच में पहुँच गई।

"अरे!" निमीषा मासी झपट के उसके पास गईं, और उसके मुँह के पास अपने मुँह ले जाते हुए—बल्कि कहना चाहिए उसके कंधे के पास अपना मुँह ले जाते हुए बोली, क्योंकि उनकी ऊँचाई इतनी ही है। "तुम यहाँ क्या कर रही हो?"

"दक्षिण क्रोनिकल", महिला ने कहा। उसने कैमरा नीचे किया और अपने गले से लटकाया हुआ प्लास्टिक का पहचान पत्र ऊपर उठाकर दिखाया।

"रिपोर्टर", हेमा मासी ने उसका गिरेबान पकड़ते हुए कहा, "हे राम!"

मिसेज नायडू, मुझे पक्का विश्वास है कि आप रिपोर्टरों के बारे में बहुत कुछ जानती हैं। मुझे मालूम है कि धरसाना में आपने ख़ासतौर से प्रदर्शनकारियों को शांत रखा ताकि रिपोर्टर उनके पक्ष में और अंग्रेज़ सरकार के ख़िलाफ़ लिखें। आपकी योजना काम कर गई। रिपोर्टरों ने लिखा कि कैसे अंग्रेज़ों ने

भारतीयों पर लाठियाँ बरसाईं और जिस किसी ने भी उन लेखों को पढ़ा वे भारत की स्वाधीनता के आंदोलन के समर्थक हो गए। इसके अलावा आप तो ख़ुद भी एक तरह की रिपोर्टर थीं। आपने लोगों के अधिकारों, ब्रिटिश राज और होम रूल के बारे में बॉम्बे क्रोनिकल और यंग इंडिया में लेख लिखे थे।

इसलिए मेरे ख़याल से आप यह जानती हैं कि जब क्रांति के बारे में लिखना हो तो रिपोर्टर कैसे होते हैं।

लेकिन यहीं एक सवाल है, मिसेज नायडू। क्या आप जानती हैं कि वे कैसे होते हैं जब उन्हें किसी झुग्गी बस्ती के बारे में लिखना हो?

"तुम यहाँ यही देखने आई हो न कि हम कितने ग़रीब हैं और कितनी बुरी हालत में रहते है, नहीं?" अमीना मासी ने कहा। फिर वह हमारी तरफ़ मुड़ीं और रिपोर्टर की तरफ़ हाथ से इशारा कर कहने लगीं, "यह यहाँ भूख से मरते बच्चे, रोती-बिलखती औरतें देखने आई है, जिनकी साड़ियाँ भी फटी हुई हों।"

(यह लोग ऐसे ही होते हैं मिसेज नायडू।)

"असल में मैं पानी की कमी के बारे में एक रिपोर्ट लिख रही हूँ", रिपोर्टर ने कन्नड़ में कहा। जब वह बोल रही थी तो उसकी भाषा एकदम स्पष्ट थी, जैसे कि बोलने से पहले उसने हरेक शब्द को काँच के गिलास से निकाल कर, उसे थोड़ा सा चमकाकर हमारी तरफ़ बढ़ाया हो।

मैं चाहती हूँ कि कभी मैं भी इस तरह बात कर सकूँ।

कन्नड़ या अंग्रेज़ी किसी में भी।

"वह तो बकवास है", हेमा मासी ने कहा, "तुम्हें तो उस महिला पार्षद के बारे में लिखना चाहिए जिसने हम सबके सर पर छत का आश्वासन दिया था, और मिला क्या वही प्लास्टिक का तिरपाल।"

"या कैसे हमारे बच्चों को बारिश के दिनों में बुखार होता है तो यहाँ कोई डॉक्टर नहीं आता", अमीना मासी ने बात को आगे बढ़ाते हुए कहा। फिर उन्होंने मैरी मासी की तरफ़ मुड़ते हुए कहा, "तुम्हें पता है वे पुराने हवाई अड्डे के पास स्वास्थ्य शिविर लगाते हैं? लेकिन यहाँ, कुछ नहीं। क्या, हम कम कमाते हैं इसलिए हमारे बच्चों की सेहत की भी कोई क़ीमत नहीं?"

"नहीं, नहीं, नहीं- तुम्हें अस्पताल के कचरे के बारे में लिखना चाहिए",

निमीषा मासी ने अस्पताल के पीछे से निकलकर हमारे मोहल्ले में से जहरीली नदी की तरह बहते दुर्गंध मारते नाले की ओर इशारा करते हुए कहा, “बच्चे यहीं खेलते हैं और उन्हें खुजली और दस्त हो जाती है।”

रिपोर्टर ने कुछ भी कहा नहीं, बस वह फोटो खींचती रही।

सच कहूँ तो मिसेज नायडू, मुझे तो यह समझ नहीं आ रहा कि वह किस चीज़ का फोटो खींच रही है—क्या हरेक मोहल्ले में कुछ ऐसी औरतें नहीं होतीं जो किसी न किसी बात पर चीखती-चिल्लाती रहती हैं? मुझे तो इसमें कोई ख़बर नज़र नहीं आती।

अम्मा कहती हैं कि रिपोर्टरों से बात करना समय की बर्बादी है।

हालाँकि मैं अम्मा की बहुत सारी बातों से असहमत होती हूँ, (इधर तो खसतौर से) लेकिन यह बात तो उनकी सही लगती है।

शायद ~~जब आप ज़िंदा थीं~~ आज़ादी के संघर्ष के समय, स्थिति अलग रही होगी। आख़िर, ऐसा लगता है कि पूरी दुनिया में लोग हैरान और ग़ुस्से में थे जब उन्हें पता चला कि धरसाना में इतने सारे भारतीयों पर अंग्रेज़ों ने किस तरह हिंसा का इस्तेमाल किया है। लेकिन जहाँ मैं रहती हूँ, यहाँ भारतीयों के साथ हर समय हिंसा होती रहती है और यहाँ तक कि कई बार लोग मारे भी जाते हैं, लेकिनइसके बारे में अख़बार में पढ़कर न किसी को हैरानी होती है और न ग़ुस्सा ही आता है। ऐसा नहीं है कि अन्य लोग हमें चोट पहुँचा रहे हैं –असल में हम जहाँ रहते हैं वह जगह ही हमारे साथ हिंसा करती रहती है—ऐसा मुझे लगता है।

शायद बुरे लोगों पर ग़ुस्सा करना आसान होता है, बुरी जगहों की तुलना में।

चूँकि दीप्ति सोचती है कि सब कुछ और सारे लोग बकवास हैं, मुझे लगा कि शायद उसकी इस बातचीत में कोई दिलचस्पी नहीं होगी। यही कारण है कि जब वह कमर पर दोनों तरफ़ पानी का एक-एक बर्तन लटकाए पत्रकार के पास गई तो मुझे विश्वास ही नहीं हुआ। उसने रिपोर्टर से कहा, “आपको बाल अधिकारों के बारे में लिखना चाहिए।”

जब रिपोर्टर ने झुककर दीप्ति से पूछा, “क्या कहा तुमने?” तो मुझे सच में ऐसा लगा जैसे मैं कोई सपना देख रही हूँ। उसकी आवाज़ कुछ तीखी चहक

थी और ऐसा लग रहा था जैसे वह किसी आंगनवाड़ी के होशियार बच्चे से बात कर रही हो, या किसी कम होशियार पिल्ले से।

जैसा कि आप शायद जनती हैं, मिसेज नायडू कि दीप्ति से बात करने का यह तरीका नहीं है।

मैं दम साधकर विस्फोट का इंतज़ार कर रही थी। और सच में दीप्ति के चेहरे से ग़ुस्से की एक लपक गुज़री—एक ऐसी लपक जिसे शायद एक मैं ही देख पाई थी। लेकिन ग़ुस्से के तेज़ होने के बजाय, उसने एक गहरी साँस ली, जैसे वह ख़ुद को शांत कर रही हो, और उसने कहा, "आपको बाल अधिकारों के बारे में लिखना चाहिए। जैसे कि बच्चों के पास कौन से अधिकार होने चाहिए, लेकिन वे हमें नहीं मिलते।"

"वाकई?" रिपोर्टर ने हंसते हुए दीप्ति का सर थपथपाया।

(निश्चित रूप से होशियार पिल्ला तो नहीं है।)

"आप अनिवार्य और नि:शुल्क शिक्षा के अधिकार अधिनयम 2009 के बारे में जानती हैं?" दीप्ति ने अंग्रेज़ी में कहा।

(उसने वास्तव में ऐसा किया, मिसेज नायडू। मुझे लगता है कि वह भी वकील की तरह बात करने लगी है।)

"यह एक ऐसा क़ानून है जो यह कहता है कि हमारे स्कूलों में शौचालय होने चाहिए", दीप्ति ने वापस कन्नड़ में बात करते हुए कहा।

(मतलब पूरी वकील की तरह नहीं। लेकिन उसने अभी तक एक भी गाली का इस्तेमाल नहीं किया था, जो दीप्ति के जैसी बात तो नहीं थी।)

"इसके अलावा हमारे शिक्षक हमारी पिटाई नहीं कर सकते, लेकिन वे करते हैं", दीप्ति ने कहा, "यह ऐसी बात है जिसे आपको अपने अख़बार में लिखनी चाहिए। यह कि बड़े लोग बच्चों पर हाथ उठाते हैं जब कि यह क़ानून का उल्लंघन है।"

"यह तो ख़बर नहीं", रिपोर्टर ने कहा। अब वह वापस सीधी खड़ी हो गई थी और अपनी आवाज़ में चहक को भी उसने कमकर लिया था। मेरे ख़याल से अन्ततः उसे यह समझ आ गया था कि वह एक इंसान से बात कर रही है,

किसी पिल्ले से नहीं। "बहुत सारे लोगों ने अख़बारों में कुछ दिन पहले आई सरकारी रिपोर्ट के आधार पर लेख लिखे हैं, जिसमें यह बताया गया कई कि कोई भी स्कूल शिक्षा का अधिकार क़ानून के मानकों पर खरा नहीं उतरता।"

(मुझे पता नहीं मिसेज नायडू, कि 'खरा उतरने' का क्या मतलब होता है लेकिन जब मैंने और दीप्ति ने आपस में बात की तो हमने यह मान लिया कि यह ज़रूर कोई मुश्किल सा शब्द है जो यह बताता है कि स्कूल वह काम नहीं कर रहे जो उन्हें करना चाहिए।)

(जिसके बारे मे रिपोर्टर का कहना था कि यह तो किसी भी तरह समाचार है ही नहीं।)

"लेकिन हमारे स्कूल के पास ख़बर है", दीप्ति ने कहा, "हमारे यहाँ एक बाल अधिकार क्लब बनाया गया है। तो आप अभी यह लिख सकती हैं कि स्कूल की हालत कितनी ख़राब है और जब हम इसे ठीक कर लेंगे तो आप बता सकेंगी कि हमने इसे कैसे बदल दिया। मेरे ख़याल से अब तक किसी ने ऐसा लेख नहीं लिखा होगा, क्या लिखा है किसी ने?"

रिपोर्टर ने अपने हाथ बाँधकर त्योरियाँ चढ़ाते हुए देखा।

"यह एक अच्छा विचार है, मैं दावा करती हूँ", दीप्ति ने कहा, "सरोजिनी से पूछ लो, वह भी क्लब में है।"

अपना नाम सुनकर मुझे तनाव होने लगा। दीप्ति रिपोर्टर से बात कर रही है इससे किसी को कोई फ़र्क़ नहीं पड़ता। बल्कि सब यह सोचते हैं कि दीप्ति कुछ भी पागलपन कर सकती है। फिर दीप्ति की अम्मा को दीप्ति की ज़िन्दगी के बारे में कुछ नहीं पता और उनके पास अख़बार पढ़ने की भी फुर्सत नहीं है। लेकिन मेरी अम्मा? न सिर्फ़ उनके जासूस सब तरफ़ सक्रिय रहते हैं, वह रोजाना तीन-तीन अख़बार पढ़ती हैं जिनमें दक्षिण क्रोनिकल का कन्नड़ अंक भी शामिल है। और फिर अम्मा ने मुझे पहले ही चेतावनी दे रखी है कि स्कूल को सुधारने के काम में पड़ने की मुझे इजाज़त नहीं है। लेकिन अगर उन्हें इसके बारे में मोहल्ले की मासियों से या अख़बार से पता चले तो? और सबसे ख़तरनाक यह कि अगर विमला मैडम अख़बार में पढ़ लें और अम्मा उनसे सुनें?

इसके बाद जो होगा उसकी तुलना तो किसी भयंकर क़त्ल से ही की जा सकती है।

इसलिए मैं हेमा मासी और निमीषा मासी की आड़ लेकर छुपने की कोशिश करने लगी (वे दोनों बहुत लंबी तो नहीं हैं लेकिन क़िस्मत से चौड़ी ख़ूब हैं)।

लेकिन यह क्या, हेमा मासी कहने लगी, "सरोजिनी क्या बात है? जाओ और बात करो उस लड़की से।"

और मैं कुछ समझ पाऊँ उससे पहले ही लाखों मासियों के भूरे-काले हाथ मुझे उस रिपोर्टर की तरफ़ धकेल रहे थे।

"तुम?" रिपोर्टर ने कहा, "तुम तो क्या चौथी कक्षा में पढ़ती हो?"

"वे दोनों छठी कक्षा में पढ़ती हैं", मैरी मासी ने कहा, "और सरोजिनी फ़र्स्ट आती है।"

"हम ग़रीब हैं तो तुम्हें लगता है कि हमारी बेटियाँ कुछ जानती नहीं हैं", हेमा मासी ने अँगुली नचाते हुए कहा, जिससे उनके मोटे बाजू हिलने लगे।

"मुझे यक़ीन है कि यह दोनों लड़कियाँ बहुत होशियार हैं", रिपोर्टर ने कहा, "दरअसल मैं कई महीनों से शिक्षा के अधिकार पर रिपोर्ट लिख रही हूँ और ऐसे बहुत सारे वयस्क हैं, जिनके पास बहुत सारा अनुभव भी है, जो शिक्षित हैं और जिनके पास सत्ता भी है लेकिन वे सरकार से इस क़ानून का क्रियान्वयन नहीं करवा पाए हैं। इसकी उम्मीद बहुत कम है कि छठी कक्षा की कुछ लड़कियाँ इसमें कुछ कर सकेंगी। मैं बस यही कहने की कोशिश कर रही हूँ।"

"तुम लोग हमेशा हमारे बच्चों की उदास और भूख की तस्वीरें पहले पन्ने पर छापते हो", अमीना मासी ने अपना सर हिलाते हुए कहा, "लेकिन हमारे बच्चे कुछ अच्छा करते हैं तो तुम उस पर ध्यान ही नहीं देते। तुम्हें लगता है कि यह हो ही नहीं सकता।"

रिपोर्टर ने एक गहरी साँस लेते हुए वापस अपने कैमरा पर हाथ रखा। "मैं इस पर विचार करूँगी", उसने कहा। लेकिन जिस तरह उसने कहा उससे पता चल गया था कि उसने पहले ही तय कर लिया है कि वह इस बारे में सोचने वाली नहीं है। तभी पानी के टैंकर का ड्राइवर चिल्लाने लगा कि सब लोग

जल्दी-जल्दी पानी भर लें, नहीं तो वह चला जाएगा। लेकिन एक क्षण के बाद उसकी आवाज़ भी सुनाई देनी बन्द हो गई क्योंकि सारी मासियाँ वहाँ से रवाना हो चुकी रिपोर्टर को चिल्लाकर आवाज़ लगा रही थीं।

"आंबेडकर राजकीय स्कूल!" निमीषा मासी चिल्लाईं, "अपना यह बड़ा आलीशान कैमरा लेकर वहाँ जाओ",

"कम से कम एक बार तो हमारी लड़कियों के बारे में कुछ अच्छा लिखो!" हेमा मासी ने पीछे-पीछे चीखते हुए कहा।

यहाँ तक कि कमला मासी जो ज़्यादातर शांत रहती हैं, उन्होंने भी अपनी आवाज़ को ऊँची करते हुए कहा, "अगर सरोजिनी कहती है कि उसे यह करना है, तो वह कर दिखाएगी। वह बिल्कुल अपनी माँ की तरह है।"

फिर सारी मासियाँ हमें भूलकर आंबेडकर स्कूल की शिकायत करने में जुट गईं और यह कि प्रधानाध्यापक कितना बुरा है और कैसे गेट में जाने कब से गड्ढा है और कैसे कुछ नीच लोग स्कूल की दीवारों के पास कूड़े का ढेर लगाते रहते हैं (भले ही सच्चाई यह हो कि ख़ुद मैंने भी वहाँ कूड़ा फेंका है, दीप्ति ने भी और सारी मासियों ने भी)।

मैंने और दीप्ति ने अपने ड्रम इस सारे शोर-गुल के शुरू होने से पहले ही भर लिए थे, इसलिए हम दोनों सबसे पहले घर की तरफ़ रवाना हो गए। जैसे ही हम बाक़ी सब लोग सुन सकें इससे दूर आए, मैंने पूछा, "तू क्या सोच रही थी रिपोर्टर से इस तरह बात करते हुए?"

दीप्ति ने कंधे उचकाते हुए कहा, "सब लोग अपनी राय दे रहे थे। मैं क्यों नहीं कह सकती कि मैं क्या सोचती हूँ।"

"अगर मेरी अम्मा को इस बारे में पता चला—नहीं, जैसे ही मेरी अम्मा को इसके बारे में पता चलेगा, मेरी ऐसी शामत आने वाली है न कि मौत ही समझो।"

(बुरा मत मानना मिसेज नायडू।)

"अगर हमने स्कूल को ठीक कर दिया तो नहीं आएगी", दीप्ति ने कहा।

और वह ग़ायब हो गई। वह बहुत तेज़ चलती हैं मिसेज नायडू—पानी और रिपोर्टर सबके साथ।

मुझे पता नहीं कि मैं किस आशंका से ज़्यादा त्रस्त थी : मैं अब भी बाल अधिकार क्लब में हूँ इसके बारे में अम्मा अख़बार में पढ़ें उसके बाद उनका सामना करने को लेकर या रमज़ान पर आमिर से मिलकर यह दिखावा करने को लेकर कि हम अब भी दोस्त हैं।

अगर मैं मर गई न मिसेज नायडू तो हम दोनों कहीं मिलकर साथ चाय पी सकते हैं।

शुभकामनाएँ
सरोजिनी

9 अगस्त, 2013

डियर मिसेज नायडू,

आपको मैं बहुत पसंद करती हूँ क्योंकि आपने इतनी सारी बातों के लिए संघर्ष किया जो मुझे ज़रूरी लगती हैं, जैसे लड़कियों की शिक्षा, महिला अधिकार। और आज मैं एक और ऐसी बात के बारे में पढ़ रही हूँ जो मुझे ज़रूरी लगती है : हिन्दू-मुसलमानों में एकता।

इस किताब में बताया है कि जब भी हिन्दू मुसलमानों में झगड़ा होता या लगता कि झगड़ा होने वाला है, गांधी बाबा आपको सबके बीच दोस्ती बनाए रखे में मदद करने के लिए भेज देते। इसमें यह भी बताया है कि आप अपने भाषणों में यह बताती थीं कि भारत के लोगों की सबसे ख़ास बात यह है कि यहाँ के लोगों के पास अलग-अलग धर्म, जातियों और भाषाओं को बोलने वाले ख़ूब सारे दोस्त होते हैं। इसमें यह भी बताया है कि हैदराबाद में रहने के दौरान आपके कई मुसलमान दोस्त थे और ऐसा लगता है कि आपकी उनसे ख़ूब निकटता रही होगी क्योंकि आप उन्हें पत्र लिखती थीं और छुट्टियों में उनके घर जाकर रहती थीं। राजनीतिक बैठकों में आप उनके पक्ष का समर्थन करती थीं और वे आपको आम की पेटियाँ भेजते थे, आपके लिए अपनी किताबों का समर्पण लिखते थे और जब आप घर पर नहीं होती थीं तब भी आपके बच्चों को रात के खाने पर अपने यहाँ बुलाते थे।

इसके आधार पर मैं यह कह सकती हूँ कि आप बहुत बार रमजान ईद-उल-फ़ित्र में गई होंगी। आपने शायद हर बार नई साड़ी पहनी होगी, क्योंकि आपको साड़ियों, जूतों और गहनों का शौक था और क्योंकि भारत में ज़्यादातर लोगों के लिए छुट्टियों का मतलब कुछ न कुछ ख़रीदारी करना होता है।

हालाँकि मेरे घर में कभी कुछ भी नया नहीं आता। छुट्टियों में भी नहीं। जो भी हमारे पास है वह पहले किसी और ने इस्तेमाल किया होता है। जैसे कि आलमारी हमें तब मिली जब एक घर में अम्मा काम करती थीं और वे नए मकान में गए वहाँ उनके पास इसे रखने के लिए जगह नहीं थी। वह टूटा हुआ आईना, जिसको विमला मैडम फेंकने वाली थीं, लेकिन अम्मा उठाकर घर ले आईं और फेविकोल से जोड़ लिया। या मेरी पोशाक जो तस्मियाह मासी की बहन की दोस्त की बेटी की थी और जो कभी मेरे लिए नाप से बहुत बड़ी थी और अब इतनी छोटी हो चुकी है कि मैं उसकी बांह में मुश्किल से अपना हाथ फंसा पाती हूँ।

लेकिन आज जब हम आमिर के घर रमजान ईद मनाने गए तब शायद ज़िन्दगी में पहली बार मुझे कुछ नया मिला : एक घाघरा-कुर्ती और चुन्नी, जिसे तस्मियाह मासी ने सिलाई मशीन पर सिलकर तैयार किया है। यह मशीन उन्हें सिलाई का कोर्स पूरा करने पर एक एनजीओ से मिली है।

(तस्मियाह मासी को असल में कोई कोर्स करने की ज़रूरत थी नहीं- बल्कि मैं जितने भी दर्जियों को जानती हूँ उनसे अच्छी सिलाई तो वह ख़ुद जानती हैं। उन्होंने यह कोर्स सिर्फ़ इसलिए किया क्योंकि उन्होंने कहीं से सुन लिया था कि यह कोर्स करने पर वे एक गारमेंट फैक्ट्री में इस्तेमाल की गई सिलाई की मशीनें देने वाले हैं।)

मुझे ऐसा लगता है कि जब आपके पास पैसा होता है तब भी आपके घर में सारी चीज़ें नई नहीं होतीं।

अम्मा और तस्मियाह मासी ने लड़कों को कमरे से निकालकर हॉल में भेज दिया ताकि मैं बेडरूम का दरवाज़ा बन्द कर कुमकुम जैसे लाल रंग की कुर्ती के फीते बाँध सकूँ और घाघरा पहनकर कशीदे वाली चुन्नी को अपने कंधे पर ठीक से पिन लगा सकूँ। तस्मियाह मासी ने चाहे मुझे कई महीनों से नहीं देखा था लेकिन उन्हें मेरा सारा नाप सही-सही पता था, सब कुछ मेरे एकदम सही नाप का बना था, बिल्कुल जैसे उन्होंने मुझे बाँहों में भर लिया हो ऐसे।

तब मैंने दरवाज़ा खोला और गोल घूम गई, मेरे घाघरे पर लगे काँच ऐसे खनखना गए जैसे कमला मासी भजन गाते हुए उनके बेटे के मंजीरे खनकते हैं,

और सबने कहा मैं कितनी लंबी हो गई हूँ (जो सच नहीं है क्योंकि मैं पाँचवीं में जितनी थी उससे ज़्यादा लंबी नहीं हुई हूँ) और सबने कहा कि तस्मियाह मासी की पसंद का गहरा लाल रंग मुझ पर कितना फबता है (जो सच है क्योंकि लाल रंग काले लोगों पर अच्छा खिलता है) और मैं कितनी पतली लगती हूँ (जो सच नहीं है लेकिन लोग छुट्टी वाले दिन बच्चों को ऐसी बातें कहते हैं ताकि वे ख़ूब खाएँ)।

फिर तस्मियाह मासी और अम्मा रसोई में चली गईं और फ़ारूक़ और तारिक हॉल में टीवी देखने चले गए।

आमिर और मैं अकेले पीछे रह गए।

"हाइ", उसने कहा।

"हाइ", मैंने कहा।

फिर चुप्पी।

और सुकून वाली चुप्पी नहीं, जिसमें आप बहुत सारी बात करना चाहते हों।

ऐसी वाली चुप्पी जो उन बातों से भारी हो जो आप कहना नहीं चाहते।

कुछ देर के बाद आमिर ने कहा, "तेरा बाल अधिकार क्लब कैसा चल रहा है?" मुझे पक्का यक़ीन है कि उसकी दिलचस्पी बाल अधिकार क्लब में उतनी नहीं, जितनी इस चुप्पी को तोड़ने में है।

"अच्छा चल रहा है। अभी तो बस मैं और दीप्ति ही हैं।"

"दीप्ति कौन?"

"मेरी दोस्त है।"

"वह पतली-सी लड़की, मज़दूर बस्ती वाली?" उसने पूछा, "जो छोटे से लड़के को अपने साथ लिए घूमती है?"

"वो अभि है—उसका भाई", मैंने कहा।

"अभि", आमिर ने दोहराया। उसने गर्दन हिलाई और फिर मेरी तरफ़ देखा जैसे कि अब मेरी बारी हो कुछ कहने की।

लेकिन मैं क्या कहती?

मैं आमिर को स्कूल के बारे में नहीं पूछना चाहती, क्योंकि ग्रीनहिल के बारे में बात करना मुझे यह याद दिलाएगा कि मुझे वहाँ कभी सीट नहीं मिल सकती और यह भी कि मैं कितनी भी कोशिश कर लूँ आंबेडकर स्कूल को

मैं कभी सुधार नहीं सकती। मैं आमिर से उसके भाइयों के बारे में नहीं पूछना चाहती क्योंकि इससे मुझे पिछली बार फ़ारूक़ ने जो कहा था उसकी याद आ जाएगी। और मैं आमिर से उसके दोस्तों के बारे में भी नहीं पूछना नहीं चाहती क्योंकि तब मुझे यह याद आएगा कि हम कितने पक्के दोस्त थे, लेकिन अब शायद नहीं हैं।

इसलिए मैंने पूछा, "क्या तू गंगाराम की तरफ़ गया था इधर?"

"इधर तो नहीं। मैं बहुत पढ़ रहा हूँ। लेकिन फ़ारूक़ ने कहा है कि परीक्षा ख़त्म होते ही वह मुझे वहाँ लेकर जाएगा।"

"लेकिन परीक्षा तो सितम्बर में है। वह तो अभी बहुत दूर है।"

आमिर ने कंधे उचका दिए, "स्कूल बहुत मुश्किल है।"

"ओह।"

फिर चुप।

आमिर ने फिर से पूछा, "विमला मैडम कैसी हैं? अब भी दुष्ट होशियार की तरह लगती हैं?"

"वे होशियार तो हैं, लेकिन शायद दुष्ट नहीं हैं", मैंने कहा।

"वाकई?"

"वह मुझे एक तरह से बाल अधिकार क्लब के बारे में मदद कर रही हैं।"

"वाह!" आमिर ने हँसते हुए कहा।

"हाँ! वह मुझे क़ानूनों के बारे में सिखा रही हैं।"

"तेरी अम्मा तो लाखों नारियल फोड़ रही होंगी।"

"नहीं तो", मैंने घाघरे में लगे काँच के टुकड़ों से खेलते हुए कहा, जिनकी रौशनी पक्के मकान की छत पर झलक रही थी।

"क्यों, वह तुझे अब वकील बनाना नहीं चाहतीं?" आमिर ने पूछा।

"मुझे लगता है कि वह बस इतना चाहती हैं कि मैं एक अच्छे पक्के मकान में रह सकूँ।"

"जासूस भी अच्छे घरों में रहते हैं।"

"हाँ शायद", काँच के टुकड़ों की रोशनी जहाँ पड़ रही थी उसे देखते हुए मैंने कहा। तभी अचानक मेरी नज़र नए सोफा पर गई जिससे अभी तक प्लास्टिक का कवर भी नहीं हटाया गया है, फ़्लैट स्क्रीन टीवी जिस पर क्रिकेट

चल रहा है और रसोई की सिंक, जिसमें एक ढक्कन को लगा दो तो हर बार पानी इकट्ठा हो जाता है।

आमिर ने मेरी तरफ़ इस तरह देखा, जैसे कि उसे पता चल गया हो कि मैं क्या सोच रही हूँ, और मुझे लगा कि उसे पता चल ही गया है।

लेकिन असल में उसे पता नहीं चला था।

"माफ़ करना अम्मा ने तुझे यह बनाकर दिया", उसने कहा, "मैंने उनसे कहा था कि तुझे हमसे गिफ्ट लेना पसंद नहीं है, लेकिन उन्होंने कहा मैं पागल हूँ।"

"कैसी बात कर रहा है?"

"पानी के टैंकर पर जो हुआ था?" उसने अपने पैरों को घूरते हुए कहा।

"तू दान वाले बस्ते की बात कर रहा है?"

अचानक मैं उदास, ग़ुस्सा और आहत और पता नहीं क्या एक साथ महसूस कर रही थी जो मैंने पहले कभी आमिर के साथ महसूस नहीं किया था।

लेकिन मिसेज नायडू, मैं क्या कर सकती थी?

अगर मैं आमिर को बताती कि मुझे क्या लगा था तो शायद हमारी दोस्ती हमेशा के लिए ही ख़त्म हो जाती।

अगर मैं उसे कुछ भी नहीं बताती तो हम दोनों ऐसे ही ऊपर से दोस्त बने रहते, लेकिन मन में कहीं अजनबी बने रहते।

तब मैं सोचने लगी कि कैसे सब लोग आपकी क़िस्मत के बारे में बात करने लगते हैं जैसे वह सिर्फ़ आपके लिए ही लिखी गई हो, लेकिन आप अपने आसपास, ख़ासतौर से उन लोगों को भी उसके दायरे में ले लेते हैं जिनसे आप प्यार करते हैं। जैसे, अम्मा ने ज़्यादा घरों में काम करना शुरू कर दिया क्योंकि मेरी क़िस्मत में यह लिखा था कि अगर मुझे ग्रीनहिल स्कूल में जाना है तो मुझे उसके लिए घूस देनी पड़ेगी। या कैसे दीप्ति को बार-बार स्कूल बदलना पड़ता है क्योंकि उनकी क़िस्मत में यह लिखा था कि अगर उसके माता-पिता अपने खेत को बचाना चाहते हैं तो उन्हें बंगलोर आना पड़ेगा। या कैसे आमिर की क़िस्मत में यह लिखा था कि उसके कोई दोस्त नहीं होंगे क्योंकि उसके भाईयों को अच्छी नौकरी मिल जाएगी और वे अपनी अतिरिक्त आय आमिर को प्राइवेट स्कूल में पढ़ाने पर ख़र्च करना चाहेंगे।

फिर मैं दूसरी तरह की क़िस्मत के बारे में सोचने लगी—क़िस्मत जो हम

ख़ुद लिखते हैं, जैसा दीप्ति सोचती है कि हम कर सकते हैं। और मैं सोचने लगी कि कई बार कैसे जो हमें सही फैसले लगते हैं वे ही ग़लत साबित होने लगते हैं। जैसे अम्मा ने अप्पा से शादी की और मुझे जन्म दिया, और अप्पा हमें छोड़कर चले गए और अब अम्मा वापस अपने घर नहीं जा सकतीं।

या कैसे ईद पर तस्मियाह मासी सिर्फ़ हमें ही अपने घर बुलाती हैं और मुझे लगता है कि शायद उनकी कहानी भी अम्मा की तरह ही हो जिसके बारे में मुझे कभी पता ही न चला हो।

मैं यह भी सोच रही थी कि जो भी इसे लिखता है वह कभी तकलीफ़ें देना कम नहीं करता।

और यह भी कि जब जीवन ख़ासतौर से बहुत कठिन हो, एक सबसे अच्छा दोस्त उसे थोड़ा-बहुत आसान बना सकता है।

इसलिए मैंने एक गहरी साँस ली और कहा, "आमिर मैं तुझे कुछ बताना चाहती हूँ।"

लेकिन मिसेज नायडू, मैंने उसे सिर्फ़ कुछ नहीं बताया, बल्कि सब कुछ बता दिया।

मैंने उसे बताया कि कैसे मैं और अम्मा ग्रीनहिल गए थे क्योंकि मैं फिर से अपने सबसे अच्छे दोस्त के साथ स्कूल जाना चाहती थी, और क्यों मुझे कभी भी ग्रीनहिल में एक सीट नहीं मिल सकती क्योंकि उन्होंने अम्मा से घूस देने के लिए कहा है। मैंने उसे बाल अधिकार क्लब और विमला मैडम से मिलने के बारे में बताया और यह भी कि क्यों अम्मा नारियल नहीं चढ़ा रही होंगी। मैंने उसे दीप्ति के बारे में बताया कि कैसे वह थूकती है, आँखें घुमाती है, कसम खाती है और अमीरों के मोहल्ले से फूल चुराती है, लेकिन यह भी बताया कि वह कितना ध्यान से सुनती है, समझती है और जिन लोगों से वह प्यार करती है उनके लिए खड़ी हो जाती है, जैसा और कोई नहीं हो सकता।

मैंने उसे बताया कि मुझे कितना बुरा लगा था जब उसने हमारी दोस्ती के बीच एक दीवार खड़ी कर दी थी, हालाँकि उसका ऐसा कोई इरादा नहीं था। मैंने उसे बताया कि कैसे मुझे अब यह समझ नहीं आता है कि उसके साथ कैसे पेश आऊँ क्योंकि उसकी ज़िन्दगी मुझसे बहुत अलग है और मेरी पहुँच से बाहर है।

मैंने उसे बताया कि कैसे तस्मियाह मासी के हाथ से बने हुए कपड़े

तारिक के दफ़्तर से मिले दान के पैकेट से अलग हैं। मैंने उसे बताया कि नई चीज़ें मिलना अच्छा लगता है लेकिन दोस्त तभी अच्छे लगते हैं जब वे जैसे थे वैसे ही रहें।

तब आमिर ने भी मुझे सब कुछ बताया।

उसने बताया कि भले ही मुझे ऐसा लगता हो कि वह अमीर हो गया है लेकिन उसके स्कूल के बच्चे अब भी सोचते हैं कि वह ग़रीब है। उसने बताया कि जहाँ वह रहता है,जैसे वह बात करता है और जैसे वह उनसे कुछ चीज़ों में पीछे है, ख़ासतौर से अंग्रेज़ी में, इसके लिए वे उसकी हँसी उड़ाते हैं। उसने बताया कि ग्रीनहिल में उसे आंशिक स्कॉलरशिप मिलने के बावजूद कितने और ख़र्चे करने पड़ते हैं, जैसे किताबें, शैक्षिक भ्रमण और खेल का सामान वग़ैरह और उसके परिवार को अब भी कभी-कभार खाने में कटौती करनी पड़ती है या मकान का किराया देन में देर हो जाती है ताकि आमिर के स्कूल के ख़र्चे उठाए जा सकें।

उसने बताया कि उसे अपना नया स्कूल बिल्कुल पसंद नहीं है, लेकिन वह अपने भाइयों को नहीं बता सकता क्योंकि उन्होंने उसे वहाँ भेजने के लिए बहुत मेहनत की है। उसने बताया कि शिक्षक उस पर पर्याप्त ध्यान नहीं देते और वे सिर्फ़ तब ही उसकी ओर ध्यान देते हैं जब उन्हें यह बताना हो कि वह अंग्रेज़ी ठीक से नहीं बोल पाता या उसमें शिष्टाचार नहीं है। उसने मुझे यह बताया कि घर में नल, पंखे, दुपहिया वाहन वग़ैरह होना अच्छा तो है, लेकिन इतना भी अच्छा नहीं है।

और उसने मुझे बताया कि वह फिर से दोस्त बनना चाहता है।

तभी अम्मा यह कहने के लिए आ गईं कि सूरज ढल गया है और अब हमें खाना खा लेना चाहिए।

जब हम हॉल में पहुँचे तो वहाँ आँगन पर चमकदार स्टील के बर्तनों में तरह-तरह के पकवान रखे हुए थे और यहाँ तक की बैठने की जगह ही नज़र नहीं आ रही थी : उबले हुए साबुत अंडों से सजी मसालेदार बिरयानी; कोरमा और करी जिसकी लाल-नारंगी तरी हमारी बाहों से टपक रही थी; गरिष्ठ-मीठा हलवा जिसका स्वाद हमारी जुबान पर लिपट गया था उसे हमने मीठे रसीले पायसा के साथ गटक लिया जिसे मैं और अम्मा साथ लेकर आए थे। अम्मा

और मासी हमारी प्लेटों पर नज़र रखे थीं और जैसे ही उन्हें कोई कोना खाली दिखाई देता वे उसको वापस भर देतीं। हम ख़ूब हँसे और हमने ख़ूब खाया और हमने ख़ूब खाया और हम ख़ूब हँसे और थोड़ा और खाया।

फिर हमने मासी के हाथ की स्पेशल चाय पी और हमने सब चीज़ों के बारे में बात की और कुछ भी बात नहीं की। तारिक और फ़ारूक़ ने मेरा और आमिर का हमेशा की तरह मज़ाक बनाया और अम्मा और मासी हमेशा की तरह उन पर नाराज़ होने का नाटक करती रहीं और फिर उनसे तुलना करते हुए बताया कि हम कितने अच्छे नंबर लेकर आते हैं, और सारे घरों में ऐसा होता है, जो सबसे छोटा होता है, उसे ही सबसे ज़्यादा प्यार मिलता है। घर में से अदरक, घी और दोस्ती की महक आ रही थी।

मेरे रवाना होने से पहले मैंने और आमिर ने खिड़की से बाहर झाँका और हमने लकीर जैसे पतले मुड़े हुए चाँद को देखा जो पूरे शिद्दत से हमें रोशनी देने की नाकाम कोशिश कर रहा था। चाहे वह इतना कमज़ोर क्यों न हो कि पास जाकर ज़ोर से साँस लो तो एक फूँक में ही उड़ जाए, फिर भी मिसेज नायडू, मुझे लगता है, वह इतना भी नाकाम नहीं था।

मैं गहरी साँस तो जाने कब से ले रही थी, लेकिन चाँद को मैंने बहुत दिनों के बाद देखा था। मैं इसकी ओर देखूँ या न देखूँ लेकिन यह हर रात मेरे, आमिर, दीप्ति, मिस एनी, हेमा मासी और विमला मैडम, और प्रधानाध्यापक सर, और गाँव में अम्मा के परिवार पर और यहाँ तक कि अप्पा पर भी, जहाँ भी वह हों यह अपनी रौशनी बिखेरता रहता है।

यह सब पर रौशनी बिखेरता है, चाहे वह कोई भी हो, कुछ भी करता हो, किसी भी स्कूल में जाता हो। यह एक तरह की दोस्ती है। कम से कम पक्की दोस्ती तो ऐसी ही होती है।

आप कितने ही समय उस पर ध्यान न दें, और कितनी ही दूर हों, वह कितनी ही सिकुड़ जाए या फैल जाए, लेकिन वह बनी रहती है।

रौशनी बिखेरती हुई।

शुभकामनाएँ
सरोजिनी

11 अगस्त, 2013

डियर मिसेज नायडू,

अब जब मैं और आमिर फिर से दोस्त बन गए हैं तो आमिर ने तस्मियाह मासी से बात कर के मुझसे मिलने नारियल के झुरमुट में आने की इजाज़त ले ली, हालाँकि मासी और अम्मा दोनों को अब भी यही लगता है कि आमिर का मोहल्ला ज़्यादा सुरक्षित है। ख़ैर, जब आज दोपहर वह यहाँ आया तो हमें यह पूछने की ज़रूरत नहीं थी कि हमें कहाँ जाना है, हमने उसकी नई साइकिल को हमारे उसके पुराने घर में रखा, थोड़ी-सी इडली साथ ली और सीधे अपनी ख़ास जगह पर पहुँच गए।

मैंने सोचा नहीं था मिसेज नायडू, लेकिन दीप्ति वहाँ पहले से बैठी थी। वह ज़मीन पर आलथी-पालथी लगाकर बैठी थी और अपनी पीठ एक गिरे हुए पेड़ के तने से टिका रखी थीऔर सामने एक डाली पर बैठी मैना को देख रही थी। चिड़िया अपने सिर को यहाँ-वहाँ घूमा रही थी, पूंछ हिला रही थी और चहचहा रही थी।

पता नहीं मिसेज नायडू, आपने इस बात पर कभी ध्यान दिया होगा कि नहीं, मैना एक ऐसी चिड़िया है जो ज़्यादा देर तक स्थिर नहीं बैठ सकती।

समान्यतः दीप्ति भी नहीं बैठ सकती।

लेकिन आज की बात अलग है।

इसका मतलब है कि दीप्ति का एक पहलू यह भी है जिसे वह उस सारे शोरगुल के पीछे छुपाकर रखती है। जैसे उसके नाप से बहुत छोटे कपड़ों में अक्सर उसका शरीर कसा रहता है, उसी तरह। या जैसे उसकी आँखों के नीचे की त्वचा के घेरों में बारिश के बादल से मँडराते रहते हैं। या जब उसे लगता

है कि कोई नहीं देख रहा तब उसके चेहरे पर चिंता की लकीरें उभर आती हैं। या जैसे जब वह मैना का गाना सुन रही है तब ऐसे लगता है जैसे एक वही है जो उनके गाने के सबसे उदास स्वरों को पहचानती है।

लेकिन मुझे उस पर गौर करने का अभी इतना समय मिला ही नहीं था क्योंकि जल्दी ही दीप्ति ने हमें देख लिया और वह उठ खड़ी हुई, उसने अपनी कमर पर हाथ रख पहले मुझे देखा, फिर आमिर को और फिर मेरी तरफ़ और वापस आमिर को देखकर बोली, "तो तू ही वह मुसलमान लड़का है?"

एक ही पल में उसके अंग-प्रत्यंग से शांति ग़ायब हो गई और शोरगुल लौट आया।

"इसका एक नाम है, आमिर", मैंने कहा।

"मुझे उसका नाम पता है", दीप्ति ने आमिर से कहा जबकि उसके सवाल के जवाब मैंने दिया था।

"मेरे ख़याल से तुम दीप्ति हो", आमिर ने कहा।

"क्या तू अब भी सरोजिनी के सामने बेवकूफ बनता है?" उसने कहा।

(उसने सिर्फ़ बेवकूफ नहीं कहा था मिसेज नायडू, यह तो आप समझ ही गई होंगी।)

"दीप्ति!" मैंने कहा।

"नहीं, मैं नहीं बनता", आमिर ने कहा, "लेकिन क्या तुम मेरे सामने बेवकूफ बनने वाली हो?"

(मिसेज नायडू, आपको आश्चर्य होगा लेकिन आमिर ने भी सिर्फ़ बेवकूफ नहीं कहा था। मेरे ख़याल से उनके ब्रोशर में ठीक ही बताया हुआ था, ग्रीनहिल आपके शब्द भंडार का विस्तार करता है।)

"आमिर!" मैंने कहा।

दीप्ति ने मेरी तरफ़ देखा और कहा, "यह तो ठीक लग रहा है।"

मैंने आँखें घुमाकर उसको देखा, क्योंकि वह भी अक्सर मेरे साथ करती है। "अच्छे से बात करो", मैंने उसके हाथ में इडली देता हुए कहा, "इन पर मसाला पाउडर लगा हुआ है, बिल्कुल जैसा तुझे पसंद है वैसा ही।"

"अम्म्फ़", दीप्ति ने कहा जो शायद थैंक्स रहा होगा लेकिन उसने मुँह में

इतनी इडली भर ली थी कि समझ पाना मुश्किल था।

दीप्ति पेड़ के लट्ठे से पीठ टिकाए जहाँ बैठी थी, आमिर भी वहीं ज़मीन पर बैठ गया। जब उसने बैठने के लिए घुटने मोड़े तो उसकी पतलून पैरों पर काफ़ी ऊपर तक चढ़ आई और उसके पैर ऐसे बाहर निकाल आए जैसे टिड्डे के पीछे के पैर हों।

मेरे ख़याल से दीप्ति ने भी इस पर ध्यान दिया (हालाँकि उसने इस बात पर कोई ध्यान नहीं दिया कि मैंने उससे अच्छे से बात करने के लिए कहा था।) क्योंकि वह बोली, "तेरी पतलून तेरे नाप की क्यों नहीं है?"

"सही बात है। लेकिन तेरे कपड़े कैसे एकदम सही तेरे नाप के हैं?" आमिर ने पलटवार किया।

"ये मेरे नहीं हैं", दीप्ति ने कहा",मैंने इन्हें एक घर की तनी से उतारकर चुरा लिया था।"

"तूने चुराया इन्हें?"

"नहीं", दीप्ति ने कहा और उसके चेहरे पर खिसयानी हँसी आ गई", लेकिन मैं चुरा सकती थी।"

"वह सही कह रही है", मैंने कहा और मुझे उस दिन फूल चुराने के लिए उसका पेड़ पर चढ़ना याद आ गया, "यह ज़रूर ही चुरा सकती थी।"

"क्या तूने इसलिए सरोजिनी से दोस्ती की है?" आमिर ने उसके पास ठीक से बैठते हुए कहा", ताकि जब वह जासूस बन जाए और तू उसको घूस देकर जेल जाने से बची रह सके।"

"सरोजिनी घूस लेगी ही नहीं", दीप्ति ने अपने हाथ बगल में बाँधते हुए कहा। वह अपना एक पैर मोड़कर ज़मीन पर पंजा ठकठकाने लगी जैसे जब रोशन और जोसफ़ रजनी की नक़ल उतरना बन्द नहीं करते हैं तब हमारी अंग्रेज़ी की टीचर पैर से जमीन ठकठकाने लगती हैं, "और तो और वह जासूस भी नहीं बनने वाली, वह तो वकील बनेगी, तुझे उसकी बातें सुननी चाहिए।"

"जैसे मैंने उस पत्रकार से बात की थी?" मैंने दुखी होते हुए कहा।

"तूने रिपोर्टर से बात की थी?" आमिर ने मुझसे पूछा",क्या तू पागल है?"

"इसमें पागल होने की क्या बात है?" दीप्ति ने कहा।

"पिछले साल एक रिपोर्टर ने मीना आंटी को पूछा था कि क्या स्कूल में पानी पीकर सब लोग बीमार हो रहे हैं? उन्होंने कहा—हाँ, क्योंकि यह सच बात थी। और उन्होंने यह भी कहा कि कितने ही सालों से बच्चे इसके कारण बीमार पड़ रहे हैं, यह भी सच था।"

"तो?"

"तो", आमिर बताता गया, "मीना आंटी को नौकरी से निकाल दिया गया। पानी अब भी वही है और मैं शर्तिया कह सकता हूँ कि लोग अब भी उसके कारण बीमार पड़ते हैं। कुछ तो नहीं बदला।"

"बस अब मीना आंटी स्कूल में काम नहीं करतीं", मैंने कहा, "यह बदल गया।"

"मीना आंटी?" दीप्ति ने हमारे सामने रखे लकड़ी के लट्ठे के ऊपरा-नीचे कूद-फांद करते हुए पूछा, "क्या वही बूढ़ी-सी औरत, कहीं पर निगाहें-कहीं पर निशाना वाली?"

"वो स्कूल में आया थीं", आमिर ने कहा। फिर मेरी तरफ़ देखकर बोला, "रिपोर्टर से बात करने से पहले तक।"

"मैंने असल में कुछ कहा नहीं।"

दीप्ति ने आँखें घुमाईं, "वे हमें स्कूल से नहीं निकाल सकते।"

"मुझे कहीं से निकाल दिए जाने की परवाह नहीं है", मैंने कहा। तभी मुझे अम्मा का ख़याल आया और मैंने पूछा, "रुको, क्या माँ अपनी बेटियों को निकाल सकती हैं।"

"तेरी अम्मा तो निकाल सकती हैं", आमिर ने डर से काँपते हुए कहा।

"अच्छा शांत हो जाओ", दीप्ति ने कहा, "यह सब हमारे स्कूल को ठीक करने की योजना का हिस्सा है।"

"योजना जो हमने मिलकर बनाई थी?" मैंने पूछा, "क्योंकि मुझे याद है कि हमने खेल के मैदान, शारीरिक दंड, वग़ैरह जैसी बातों के बारे में योजना बनाई थी, लेकिन मुझे बिल्कुल याद नहीं आता कि हमने रिपोर्टर के बारे में भी योजना में कुछ लिखा था।"

"देखो, अभी कोई भी हमारी बातों पर ध्यान नहीं दे रहा", दीप्ति ने मुझे नज़रअंदाज़ करते हुए कहा। वह लकड़ी के लट्ठे के कूदकर नीचे आ गई

और बगल में हाथ बाँधकर सेना के किसी जनरल की तरह हमारे सामने खड़ी हो गई, "कोई हमारी बैठकों में नहीं आना चाहता, न कोई थोड़ा-बहुत भी पैसा दान करना चाहता है। लेकिन जैसे ही हमारी तस्वीरें अख़बारों में छपेंगी? लोग हमारी तरफ़ ध्यान देंगे। उन्हें ऐसी बातें ही अच्छी लगती हैं।"

"रिपोर्टर उस दिन फोटो खींच रही थी", मैं बुदबुदाई, "और कोई भी उसे देखकर ख़ुश नज़र नहीं आ रहा था।"

"क्योंकि वह कुछ ऐसी फालतू-सी कहानी लिखने वाली थी जिसके बारे में किसी की कोई दिलचस्पी नहीं होती", दीप्ति ने कहा, "लेकिन अगर वह हमारे स्कूल के बारे में लिखे तो किसकी उसमें दिलचस्पी नहीं होगी?"

"तू ज़रूर पत्रकारिता के बारे में बहुत कुछ जानती है जो ख़ुद कभी रिपोर्टर नहीं बनी", आमिर ने कहा।

"मैं अख़बार पढ़ती हूँ, मेरा मतलब है कि मैंने भी एक-दो बार अख़बार पढ़ा है।"

"हमें तो रोजाना अख़बार पढ़ना पड़ता है", आमिर ने गहरी साँस भरते हुए कहा, "सोशल स्टडी की पढ़ाई के लिए ज़रूरी है।"

"अरे हाँ", दीप्ति ने अपनी आँखें घुमाते हुए कहा, "तू तो उस महंगे स्कूल में जाता है न! तुझे वहाँ सीट मिल जाए इसके लिए कितना पैसा देना पड़ा?"

"आमिर के पास आरक्षित सीट नहीं है", मैंने कहा, "उसके पास सचमुच की सीट है।"

"स्कॉलरशिप वाली सीट", आमिर ने जल्दी से कहा, "लेकिन उसके बाद भी बहुत ख़र्चा आता है।"

"ठीक है", दीप्ति ने कहा, "तेरे पास स्कॉलरशिप वाली सीट है, हो सकता है, लेकिन आरक्षण वाले बच्चों को वहाँ कितना पैसा देना पड़ता है?"

"मैं उनसे बात नहीं करता", आमिर ने कहा।

"क्यों?" दीप्ति गुर्राई, "क्योंकि तू उनसे बहुत बेहतर है?"

"नहीं", उसने ज़मीन पर नज़र गड़ाई और एक छोटे से पत्थर से खेलने लगा, वह उसे ज़मीन पर इस तरह पटक रहा था मानो वह उस पर अपना गुस्सा उतार रहा हो, "क्योंकि वे सब छोटे बच्चे हैं—मतलब चार-पाँच साल

के। मैं चाहता हूँ कि काश वे थोड़े बड़े होते। मुझे भी मेरी कक्षा में कुछ दोस्त मिल सकते।"

"क्या तेरी कक्षा के बच्चे तुझसे बदतमीजी करते हैं?" दीप्ति ने यह बात इस तरह की आवाज़ में पूछी जो ख़ुद भी काफ़ी बदतमीज़ी जैसी लग रही थी।

"ज़्यादातर वे मेरी तरफ़ ध्यान नहीं देते", उसने कहा, "लेकिन वे उन लोगों के साथ बदतमीजी करते हैं जो उनसे छोटे, कमज़ोर या किसी तरह से अलग हैं। यह सही नहीं है।"

मुझे लगा कि दीप्ति भी इस बात से सहमत थी क्योंकि उसने गर्दन हिलाई और अपने बगल में बंधे हाथों को खोल लिया।

"वे बेकार लगते हैं", उसने कहा।

दीप्ति फिर से कूदकर लट्ठे पर चढ़ गई और एक पैर पर अपना संतुलन बनाने की कोशिश करने लगी। वह इतनी ज़ोर से लड़खड़ाई कि लगा बस गिरने ही वाली है।

"मैं मदद कर सकता हूँ", आमिर ने अचानक कहा।

"मैं ठीक हूँ", दीप्ति ने कहा और बहुत ही कमाल से उसने ख़ुद को संभाल लिया और दोनों पैरों की फिर से लट्ठे पर टिका दिया।

"नहीं, इस बारे में नहीं", आमिर ने कहा, "मेरा मतलब आंबेडकर स्कूल से था।"

"तू कैसे करेगा, तू तो ग्रीनहिल में जाता है?" मैंने पूछा।

"मुझे पता नहीं", आमिर ने कहा, "लेकिन मैं पहले आंबेडकर स्कूल में जाता था, और तुम लोग मेरी दोस्त हो और तुम अब भी वहाँ जाती हो। इसके अलावा मुझे वह मेरे स्कूल से कहीं अच्छा लगता है। मेरा मतलब कम से कम वहाँ के बच्चे।"

"अगर हम आंबेडकर स्कूल को ठीक कर लें, तो शायद तू भी यहाँ वापस आ सकता हो?" मैंने जैसा मेरे मन में आया वैसा का वैसा कह दिया।

(मिसेज नायडू, हालाँकि मैं तो ऐसा हमेशा से ही सोचती रही हूँ।)

(लेकिन आप तो जानती ही हैं।)

दीप्ति ने अपने दांत पीसते हुए कहा, "पागल मत बन सरोजिनी, प्राइवेट

स्कूल छोड़कर कोई भी सरकारी स्कूल में नहीं आता।"

मैंने उम्मीद से आमिर की तरफ़ देखा की शायद वह उसकी बात पर ऐतराज करेगा। लेकिन उसने ऐसा नहीं किया।

"वह सही कह रही है", उसने कहा।

"क्यों नहीं?" मैंने पूछा, "अगर हमें अच्छे टीचर, बेहतर सामान और सब मिल जाता है तब क्यों नहीं?"

"इससे कोई फ़र्क़ नहीं पड़ता", आमिर ने कहा, "सब यह सोचेंगे कि मुझे वहाँ से निकाल दिया गया है और वे मेरे परिवार के बारे में अफवाहें उड़ना शुरू कर देंगे।"

"इसके अलावा कोई भी जो सरकारी स्कूल में जाता है वह अमीर या सफल नहीं हो जाता", दीप्ति ने कहा, "तुझे क्या लगता है कि तेरी वकील मैडम आंबेडकर स्कूल जैसे किसी स्कूल में गई होंगी?"

"नहीं", मैंने माना।

मेरे ख़याल से कहीं दिल की गहराई में मैं यह जानती थी कि आमिर कभी भी ग्रीनहिल स्कूल को नहीं छोड़ेगा। आख़िर, पहले पहल तो मैं भी ग्रीनहिल में ही सीट चाहती थी, आंबेडकर स्कूल में रहना नहीं। लेकिन मैंने महसूस किया कि मेरे दिल के एक हिस्से में मरोड़-सी उठी, जैसे कि मेरे दिल का विकसित होता हिस्सा इतना भी बड़ा नहीं हुआ था कि इतनी उदास करने वाली ख़बर को झेल पाता।

"मुझे नहीं लगता कि मदद करने के लिए तेरा आंबेडकर स्कूल में होना ज़रूरी है", दीप्ति ने कहा",मतलब, मैं मदद कर रही हूँ लेकिन मुझे भी कहाँ पता है कि मैं यहाँ कब तक रह सकूँगी?"

"क्या?" मैंने कहा।

मिसेज नायडू, आमिर का जाना एक बात है। मैं पहले ही उससे उबर चुकी हूँ। कुछ हद तक।

लेकिन दीप्ति भी?

यह कब लिखा गया था?

"हाँ", दीप्ति ने कहा और इस तरह अपने कंधे उचका दिए जैसे दिखा रही हो कि उसे कोई परवाह नहीं जबकि वह बहुत परवाह करती है। वह बहुत

सारी बातों की परवाह करती हैं। "जब मेरे अम्मा-अप्पा को नया काम मिलेगा तो पता थोड़े ही है कि उन्हें कहाँ काम मिलेगा।"

मेरे दिल में और भी ज़्यादा ऐंठन महसूस हुई।

मेरे ख़याल से मेरे दोस्तों पक्के दोस्तों ने यह देख लिया, क्योंकि दीप्ति कूदकर ज़मीन पर आई और एक तरफ़ मेरे नज़दीक आ गई, और आमिर दूसरी तरफ़ सरककर मेरे क़रीब आ गया और उन दोनों ने अपने हाथ मेरे कंधों पर रख दिए।

"इससे कोई फ़र्क़ नहीं पड़ता कि हम कहाँ रहते हैं या किस स्कूल में पढ़ते हैं", आमिर ने कहा, "हम हमेशा दोस्त रहेंगे।"

दीप्ति ने मुझे कसकर गले लगा लिया, क्योंकि वह बोलने से ज़्यादा कर के बताती है।

और तब मैंने देखा कि मेरे सर के ऊपर से उन दोनों ने एक-दूसरे को देखा, दीप्ति ने अपनी आँखें घुमाई और आमिर हल्के से मुस्कराया। ऐसा लगा जैसे कि बिना कुछ कहे ही वे एक-दूसरे को समझ गए।

और तब मुझे अहसास हुआ कि हालाँकि यह ऐसा नहीं हो रहा जैसा कि मैंने सोचा था, लेकिन मेरी योजना असल में काम कर रही है।

कम से कम मेरी योजना का एक हिस्सा यह था कि आमिर, दीप्ति और मैं दोस्त पक्के दोस्त बन जाएँ।

जैसे ही मुझे यह अहसास हुआ, मेरे दिल में ऐंठन महसूस होना बन्द हो गई।

उन्होंने किसी ऐंठन को कम करने की कोशिश न की हो, लेकिन उन्होंने ठीक से थाम लिया था।

शुभकामनाएँ
सरोजिनी

14 अगस्त, 2013

डियर मिसेज नायडू,

एक पल के लिए मुझे ऐसा लगा कि यह लिख दिया गया है कि मेरा जीवन बहुत हद तक पहले के जैसा या कुछ हद तक उससे भी बेहतर होने वाला है, क्योंकि सब कुछ बहुत ही अच्छा हो रहा था।

यह इस बात का प्रमाण है कि जो भी मेरे जीवन की कहानी लिख रहा है, वह उसे एक सुखांत कहानी की तरह लिख रहा है :

आमिर और दीप्ति एक-दूसरे के दोस्त बन गए।

वे दोनों मेरे भी दोस्त हैं।

अम्मा तस्मियाह मासी को देखकर इतना ख़ुश हुईं कि वह मुझ पर नाराज़ होना ही भूल गईं।

वह जोड़ा जिसके बारे में उस दिन मोहल्ले की मासियाँ बात कर रही थीं कि वे भाग गए हैं, जो एक बड़ी ख़बर है, जिसका यह भी मतलब है कि वे रिपोर्टर के बारे में भूल गई होंगी और उन्होंने उसके बारे में अम्मा से कुछ नहीं कहा।

कल स्वाधीनता दिवस है (यह तो आपको पता ही है क्योंकि आप 1947 में पहले स्वाधीनता दिवस पर थीं) जिसका मतलब है कि कल हमारे स्कूल में पढ़ाई नहीं होगी और समारोह का आयोजन किया जाएगा।

दीप्ति को यह पता चल चुका था कि मुझे नाचना पसंद नहीं है, और उसने किसी तरह टीचर को इस बात के लिए मना लिया कि हम दोनों झण्डा पकड़कर परेड में शामिल हो जाएँ जो नाचने से कहीं बेहतर है।

अम्मा ने मुझे कहा कि यदि एनी मिस मुझे उनको बुलाने के लिए भेजती हैं तो मुझे विमला मैडम के घर जाने कि कोई ज़रूरत नहीं है।

मुझे कल कोई होम वर्क नहीं मिला था इसलिए अम्मा ने कहा कि मैं अपनी ख़ास जगह पर जाकर आपके बारे में किताब पढ़ सकती हूँ।

आपने देखा मिसेज नायडू, कैसे मैंने यह निष्कर्ष निकाल लिया था कि मेरे जीवन में सब अच्छा होने वाला है?

असल में, मैं कितना ग़लत थी।

मैं आज सुबह स्कूल गई और मेरी सारी क़िस्मत ही बदल गई।

जब मैंने मज़दूर बस्ती में अभि को दीप्ति के बिना अकेले मेरा इंतज़ार करते देखा तो मुझे लगा कुछ तो गड़बड़ है। वह मिट्टी में आड़े-टेढ़े आकार बना रहा था। मुझे लगता है शायद वह कन्नड़ के अक्षर बनाने की कोशिश कर रहा था, क्योंकि वह साथ-साथ "आऽऽऽऽ, ईऽऽऽऽ, ऊऽऽऽऽ", बोल रहा था, जैसे कि छोटे बच्चों को पढ़ाया जाता है। जब दीप्ति की अम्मा ने मुझे देखा तो उन्होंने ऐसे जताया जैसे उन्हें पता था कि मैं आ रही हूँ। उन्होंने अभि को अपने साथ स्कूल ले जाने के लिए मुझे शुक्रिया कहा। मैंने भी ऐसे ही जताया जैसे मेरी और दीप्ति की इस बारे में पहले ही बात हो गई हो, जबकि हमारी बात नहीं हुई थी—और मैं जल्दी से वहाँ से रवाना हो गई ताकि दीप्ति की अम्मा मुझसे कुछ ऐसा न पूछ लें जिसका उत्तर मेरे पास न हो।

मुझे स्कूल पहुँचने में हमेशा से ज़्यादा समय लगा—अभि बार-बार रुककर चीज़ें गिनने लगता था– लेकिन जब मैं वहाँ पहुँची तो दीप्ति पहले ही वहाँ मौजूद थी और स्कूल के गेट में बने और स्कूटर के आकार के गड्ढे की तरफ़ इशारा कर रही थी और किसी से बात कर रही थी।

"यह जाने कब से ऐसा ही पड़ा है और किसी को इसकी परवाह नहीं है", वह बता रही थी।

आप सोच सकती हैं मिसेज नायडू, वह किससे बात कर रही थी?

मैं आपको तीन सुराग देती हूँ :

1. दीप्ति जिससे बात कर रही थी उसने बाटा की फैंसी चप्पल पहनी थी, जैसे कि शोरूम की खिड़की से दिखाई देती हैं।
2. वह जिससे बात कर रही थी वह अपने बालों को फूँक मारकर पीछे उड़ा रही थी क्योंकि उसके हाथ अपनी नोटबुक में कुछ लिखने में व्यस्त थे।
3. दीप्ति जिससे बात कर रही थी उससे उसे हरगिज़ बात नहीं करनी चाहिए।

आप बहुत होशियार हैं मिसेज नायडू, आपने अब तक यह निष्कर्ष निकाल लिया होगा कि दीप्ति पानी के टैंकर पर मिली रिपोर्टर से बात कर रही थी।

"अरे वाह, अच्छा हुआ तू आ गई", दीप्ति ने मुझे देखते ही कहा। फिर उसने सख़्ती से अभि को देखकर कहा, "अभि जा अपनी क्लास में।"

अभि ने मेरा हाथ छोड़ा और स्कूल का परिसर पार कर ऐसे भाग गया जैसे कोई पतंग हवा के साथ उड़ गई हो।

"तुम बाल अधिकार क्लब की दूसरी लड़की हो", रिपोर्टर ने मुझसे कुछ लिखते हुए पूछा, "सरोजिनी, है न?"

"हाँ—नहीं—मेरा मतलब अपने लेख में मेरा नाम मत दो", मैंने कहा।

"यह रोहिणी हैं", दीप्ति ने मुझे बताया, "तुझे याद है हमें पानी के टैंकर के पास मिली थीं?"

"उम", मैंने कहा, बल्कि मैंने जैसे टर्राया क्योंकि जब मैं बंगलोर की सब चाय की गुमटियों पर पहले पन्ने पर अपनी फोटो के साथ अख़बार लटके देखने के बारे में सोचने लगी तो मुझे अपने गले में मेढक की टर्राहट-सी महसूस होने लगी थी। शीर्षक शायद कुछ इस तरह हो, "बाल अधिकार क्लब की सदस्य को माँ ने बेटी मनाने से इनकार किया।"

पहले तो अम्मा के बारे में सोचकर मुझे कंपकंपी छूटी। इससे मुझे याद आया कि लोगों से सम्मान के साथ पेश आना चाहिए। इसलिए मैंने कहा, "आपसे मिलकर अच्छा लगा रोहिणी मैडम।"

"तुम मुझे सिर्फ़ रोहिणी बुला सकती हो", रिपोर्टर ने अपने चेहरे से बालों को फिर से उड़ाते हुए कहा, "दीप्ति ने बताया कि तुम इस स्कूल में कई सालों से हो?"

"मैं अख़बार में नहीं आना चाहती मिस", मैंने कहा।

"तुम्हें मुझे मिस बुलाने की ज़रूरत नहीं है, सिर्फ़ रोहिणी काफ़ी है। और चिंता मत करो, हम यह सब पृष्ठभूमि में रख सकते हैं।"

"इसका मतलब है कि वह तेरा नाम नहीं देंगी", दीप्ति ने कहा, "जब उन्हें तेरा नाम देना होगा तो वह तुम्हारी बात को रिकॉर्ड करेंगी।"

"ऑन रिकॉर्ड रहेगी", रोहिणी ~~मैडम मिस~~ रिपोर्टर ने दीप्ति की ग़लती

ठीक करते हुए कहा।

"तेरा कैसे जा रहा है", मैंने दीप्ति से पूछा, हालाँकि मुझे उसका जवाब पहले से पता था।

"ऑन रिकॉर्ड", कहकर उसने आँखें इस तरह घुमाई जैसे कि उसे पता हो कि मुझे पूछने से पहले सवाल का जवाब पता था।

"तो हमने गेट और परिसर की दीवार को देख लिया है", रोहिणी रिपोर्टर ने अपनी नोटबुक के पन्नों को पलटते हुए कहा, "यहाँ कोई खेल का मैदान या पीने के पानी की व्यवस्था नज़र नहीं आती। मैंने एनी मिस से क्लब के प्रायोजन के बारे में भी बात कर ली है, प्रधानाध्यापक यहाँ नहीं हैं, लेकिन मेरे पास उनका फ़ोन नंबर है। और क्या?"

"हमारे पास कुछ और मुद्दे भी हैं", दीप्ति ने कहा, "जैसे हम चाहते हैं कि कोई हो जो मुझे मदद कर सके। या मतलब मेरे जैसे बच्चों को मदद कर सके।"

"तुम्हारे जैसे?" रोहिणी रिपोर्टर ने पूछा।

"मेरा मतलब ऐसे बच्चे जिन्हें अब तक बहुत सारे स्कूल बदलने पड़े हों।"

मैं ख़ुद-ब-खुद बोलना शुरू कर चुकी थी, "आरटीई में एक प्रावधान दीप्ति जैसे उन बच्चों के नामांकन का है जो नियमित स्कूल नहीं जा पाते और साथ ही उनकी सहायता का भी है ताकि जो चीज़ें उनके पढ़ने से छूट गई हैं उनमें उनकी मदद की जा सके और यह बच्चे अपनी आयु के अनुसार कक्षा में पढ़ सकें।"

(मेरे ख़याल से मेरे मन में जो 12 साल की बच्ची है वह जानती है कि मुझे कुछ चीज़ों से अलग रहना चाहिए, लेकिन मेरे भीतर की वकील नहीं जानती।)

"तुम्हारा मतलब दूसरे बच्चों से है या किसी वॉलंटियर से?" रोहिणी रिपोर्टर ने पूछा।

"यह सब पीछे रहेगा न?" मैंने पूछा।

"हाँ, पृष्ठभूमि में", रोहिणी रिपोर्टर ने कहा, और किनारे पर उसके होंठ थोड़े से टेढ़े हो गए। हालाँकि उसके होठों से मुस्कान ग़ायब नहीं हुई थी, लेकिन आँखों से हो चुकी थी। मैं सोचने के लिए एक पल रुकी लेकिन इस वक़्त तक तो मैं पहले ही उनसे बात शुरू कर चुकी थी, क्यों है न मिसेज नायडू?

"तुम कुछ कह रही थीं?" रोहिणी रिपोर्टर ने प्यार से पूछा और उसका पेन नोट पैड पर घूम रहा था, फिर लिखना शुरू करने के लिए तैयार।

तब मैंने उसे बताया कि यह सिर्फ़ दीप्ति को मदद करने वाले किसी वॉलंटियर की बात नहीं है बल्कि एक पूरे शिक्षक की जरूरत की बात है। और मैंने उसे बताया कि शारीरिक दंड ग़ैर क़ानूनी है और मिस एनी ने हमें बताया है कि नियमित शिक्षक प्रशिक्षण की ज़रूरत है ताकि वे सीख सकें कि बिना दंड दिए कक्षा में व्यवस्था कैसे बनाई जा सकती है। लेकिन वे ऐसा नहीं कर पाते क्योंकि उन्हें समय-समय पर स्कूल छोड़कर चुनाव ड्यूटी, या जनगणना या किसी और काम पर जाना पड़ता है, जब तक कि वे किसी को घूस देकर उस ड्यूटी से छुट्टी न पा लें। मैंने यह भी बताया कि हम एक स्कूल प्रबंधन समिति के गठन की भी कोशिश कर रहे हैं (हालाँकि मैंने सामान्य कन्नड़ शब्दों के बीच अंग्रेज़ी शब्दों का इस्तेमाल किया, फिर भी रोहिणी रिपोर्टर समझ गईं।)। सारी मासियाँ काम पर चली जाती हैं लेकिन वे अगर घर पर रहें तो भी एसडीएमसी के लिए समय देना नहीं चाहतीं। उन्हें लगता है कि किसी भी सरकारी काम में समय लगाना समय की बर्बादी है। फिर मैंने उसे हमारी पुरानी प्रधानाध्यापिका के बारे में बताया कि वे कितनी अच्छी थीं और यह भी कि नए प्रधानाध्यापक हमें कुछ भी करने से रोक नहीं रहे, लेकिन वह ख़ुद कुछ मदद भी नहीं कर रहे।

"यह तो जरबदस्त पृष्ठभूमि है", रोहिणी रिपोर्टर ने कहा, "पक्का तुम ऑन रिकॉर्ड नहीं आना चाहतीं?"

"नहीं मैं'म", मैंने कहा, "मेरा मतलब नहीं मिस—नहीं, बस नहीं।"

आख़िर में उसने अपनी नोटबुक अपने हैंड बैग में रख ली,शायद इस बैग को भी मैंने बाटा के पास वाली शोरूम की खिड़की में देखा है। और उसने अपने हाथ से अपने बालों को चेहरे से हटाया।

"यह अख़बार में कब आएगा?" दीप्ति ने पूछा।

"मुझे पता नहीं आएगा या नहीं", रोहिणी रिपोर्टर ने कहा, "मैं अपनी मर्ज़ी से यहाँ आई हूँ, क्योंकि मैं तुम दोनों से बहुत प्रभावित हुई। मैंने कभी बच्चों को किसी रिपोर्ट के बारे में इतने भरोसे के साथ बात करते हुए नहीं सुना। मुझे लगा कि यदि तुम दोनों जितनी बात कर रही हो इतनी ही सयानी हो तो इस बारे

में छानबीन करनी चाहिए। और अब तुम दोनों से बात कर लेने और स्कूल को देखने के बाद मैं और भी शिद्दत के साथ इस बारे में लिखना चाहती हूँ।"

"लेकिन मैं समझी नहीं", मैंने कहा, "यह सब तो ठीक लग रहा है।"

"यह अच्छा है। सिर्फ़ दिक्कत यह है कि अभी तक मेरे संपादक को पता नहीं है कि मैं इस बारे में लिख रही हूँ। जब मैं उन्हें इसके बारे में बताऊँगी तो इस बात की बहुत संभावना है कि वे मुझे मनाकर दें।"

"क्या?" दीप्ति ने कहा, "क्यों मनाकर देंगे?"

"यह बहुत दुःखद है, लेकिन आंबेडकर स्कूल हर दूसरे सरकारी स्कूल के जैसा ही है", रोहिणी रिपोर्टर ने कहा, "जिसका मतलब है कि अख़बारों में तुम्हारे स्कूल के जैसी लाखों रिपोर्ट छप चुकी हैं—ख़ासतौर से बसंत के दिनों में जब वह रिपोर्ट आई थी जिसमें बताया गया था कि कोई भी स्कूल आरटीई के प्रावधानों पर खरा नहीं उतरता। मेरे संपादक मुझे इस बारे में लिखने दें इसके लिए मेरे पास कोई नई बात होनी चाहिए। इस रिपोर्ट को बाक़ी रिपोर्ट से अलग होना चाहिए।"

"यह अलग होगी क्योंकि हम सरकार से वह काम करवाने वाले हैं जो उसे करना चाहिए", दीप्ति ने कहा, "हम दूसरे स्कूलों के दूसरे लोगों की तरह नहीं हैं।"

"तुम्हें पक्का यक़ीन है?" रोहिणी रिपोर्टर ने पूछा। मैं जानती हूँ कि यह अच्छा नहीं लगता, लेकिन उसने प्यार से पूछा था। जैसे कि वह हमें नाउम्मीद नहीं करना चाहती हो लेकिन हम बहुत ज़्यादा उम्मीद न पाल लें इससे बचाना भी चाहती हो, "तुम बहादुर लड़कियाँ हो, लेकिन तुम्हें ऐसे बहुत से वयस्कों का सामना करना पड़ेगा जो तुम्हें सफलता मिले इसकी परवाह नहीं करेंगे। उनमें से कुछ तो यह भी चाहेंगे कि तुम असफल हो जाओ।"

"हमारी मासियाँ हम पर भरोसा करती हैं", दीप्ति ने कहा।

"वही मासियाँ जो एसडीएमसी में नहीं आना चाहतीं?"

यहाँ तक कि दीप्ति को भी नहीं सूझा कि इसका क्या जवाब दे।

रोहिणी रिपोर्टर ने अपने बैग में हाथ डाला और एक कार्ड निकाला। इस पर उसका नाम और फ़ोन नंबर था, और एक सुंदर घुमावदार अक्षर था जिसका मतलब कन्नड़ और अंग्रेज़ी में दक्षिण क्रोनिकल था।

"यदि कुछ हो तो मुझे फ़ोन करना।"

उसने कार्ड आगे बढ़ाया और दीप्ति ने इसे लपक लिया।

"मैं फ़ोन करूँगी", दीप्ति ने कहा, "और सरोजिनी बात करेगी।"

"तुम्हें बहुत अच्छी तरह अपनी बात कहना आता है सरोजिनी", रोहिणी रिपोर्टर ने गर्दन हिलाते हुए मुझसे कहा, "क्या तुमने कभी रिपोर्टर बनने के बारे में सोचा है?"

"वह वकील बनेगी", दीप्ति ने कहा।

"तुझे कैसे पता?" मैंने पूछा।

"यह लिखा हुआ है", दीप्ति ने मेरे ललाट पर अपनी अंगुली फिराते हुए, और पूरे गंभीर चेहरे के साथ कहा, जैसे कि वह संस्कृत में लिखा कुछ पढ़कर बता रही हो।

मैं दीप्ति को एक धौल जमाने वाली थी, लेकिन इससे पहले ही रोहिणी रिपोर्टर ने हमसे पूछ लिया कि मुख्य सड़क तक जाने का रास्ता किस तरफ़ है। दीप्ति अब अभि को उसकी कक्षा में जाकर संभालना चाहती थी, इसलिए मैंने कहा कि मैं वहाँ तक उनके साथ चलूँगी। हम स्कूल से बाहर आ गए और मैंने उनका स्कूटर ढूँढने में मदद की। उन्होंने अपना हेलमेट पहना (जो उनके चूड़ीदार की ही तरह चटख लाल रंग का था) उन्होंने मुझे शुक्रिया कहा और स्कूटर में चाभी लगाई ताकि वहाँ से रवाना हो सकें।

इधर रोहिणी रिपोर्टर का स्कूटर फट-फट कर ही रहा था और मुझे अचानक अहसाह हुआ कि मेरा दिल बैठने वाला है।

क्योंकि ठीक उसी समय मैंने देखा कि हेमा मासी मेन रोड के नुक्कड़ पर सब्ज़ी वाले से सब्ज़ी लेने आई हैं। वही जो जानकी मैडम के घर के पास है और जहाँ ताज़ा पालक मिलती है।

हेमा मासी ने मुझे देखा और फिर स्कूटर पर जाती रोहिणी रिपोर्टर को देखा।

उन्होंने फिर पलटकर मुझे देखा।

उन्होंने कुछ कहा तो नहीं लेकिन अपना माथा हिलाया और अपने मोटे-मोटे हाथों को कूल्हों पर टीका कर खड़ी हो गईं।

मैं वापस स्कूल की तरफ़ भागी और दीप्ति से लगभग भिड़ ही गई।

"मैं बर्बाद हो गई!"

"क्या मतलब?" दीप्ति ने पूछा।

"हेमा मासी ने मुझे रिपोर्टर से बात करते देख लिया", मैंने रूआँसा होते हुए कहा, "मेरी तो मौत पक्की है।"

(बुरा मत मानना मिसेज नायडू।)

"सब कुछ तो ठीक हो रहा था", मैंने दीप्ति से कहा, "मुझे पता होना चाहिए था कि यह इस तरह होना लिखा है।"

"पागल मत बन", दीप्ति ने झिड़का, "किसी ने कहीं कुछ नहीं लिखा।"

"अभी तो तूने कहा कि मेरा वकील बनना लिखा है!"

"हाँ, क्योंकि तू इसी तरह लिख रही है। यह सब क़ानून वग़ैरह के बारे में बात करते हुए तू इतना उत्साहित हो जाती है जबकि यह कितना उबाऊ होता है।"

"मैं कभी वकील नहीं बन सकूँगी", मैंने अपने चेहरे को अपने हाथों से छुपा लिया और आँखों को कसकर बन्द कर लिया, ऐसे कि अगर मैं उन्हें और कसकर बन्द करूँगी तो यह सब चला जाएगा। "मैं कभी लॉ कॉलेज नहीं जा पाऊँगी, मैं तो अपनी स्कूल की पढ़ाई पूरी नहीं कर पाऊँगी, क्योंकि अम्मा मुझे बाक़ी सारी ज़िन्दगी घर में बन्द करके रखने वाली हैं।"

"तू हमेशा इतनी डरती क्यों रहती है?" दीप्ति ने पूछा।

"तुझे क्यों कभी किसी से डर नहीं लगता?"

दीप्ति ने कंधे उचका दिए और कहा, "मेरे पास फुर्सत नहीं है।"

(सच में मिसेज नायडू, अगर दीप्ति आपके समय में पैदा हुई होती न, तो वह पक्का ही एक स्वाधीनता सेनानी होती। शायद वह इतिहास में सबसे कम उम्र की स्वाधीनता सेनानी होती।)

(लेकिन चिंता न कीजिए, सबसे कम उम्र में मद्रास यूनिवर्सिटी की प्रवेश परीक्षा पास करने का रेकॉर्ड फिर भी आपके नाम ही रहता—मुझे नहीं लगता कि दीप्ति उसे पास करने जितनी होशियार है।)

शुभकामनाएँ
सरोजिनी

15 अगस्त, 2013

डियर मिसेज नायडू,

स्वाधीनता दिवस की शुभकामनाएँ !

हमारी आज़ादी के लिए लड़ने का शुक्रिया मिसेज नायडू। मुझे उम्मीद है कि आप इस वक़्त जहाँ-कहीं भी होंगी यह उत्सव मना रही होंगी।

हेमा मासी कहेंगी कि भारत की आज़ादी तो लिखी हुई थी।

दीप्ति कहेगी कि आपके जैसे लोगों ने आज़ादी मिलना लिखा था।

मैं शायद थोड़ा-थोड़ा दोनों से सहमत हूँ।

जैसा कि दीप्ति ने कहा, मैं शायद अपने वकील बनने का हिस्सा ख़ुद लिख रही हूँ। लेकिन फिर वह हिस्सा तो मैंने नहीं लिखा जिसमें अप्पा हमें छोड़कर चले गए, या अम्मा अपनी छठी की पढ़ाई भी पूरी नहीं कर पाई, या दीप्ति के अम्मा-अप्पा को अपने खेत को बचाने के लिए बंगलोर आना पड़ा।

शायद, अगर आप यह जानते हैं कि आप जीवन को जीने के दौरान अपना भाग्य ख़ुद लिख सकते हैं तो जो पहले से लिखा है उसे स्वीकार कर लेना आसान हो जाता होगा।

जहाँ तक मेरे भाग्य की बात है—यह अभी तक लिखा नहीं गया है न मेरे लिए न किसी और के लिए। अम्मा इतने घरों में काम करती हैं कि कल रात जब वह घर आईं तो इतना थक चुकी थीं कि बस थोड़ा सा डोसा खाकर सो गईं। वह सोने से पहले मेरे होम वर्क के बारे में पूछताछ के लिए भी आँखें खुले रखने की हालत में नहीं थीं।

('पूछताछ' वकीलों का शब्द है और जासूसों का भी। इसका मतलब है किसी से बहुत सारे सवाल पूछना, और बहुत डराते हुए पूछना। यह कुछ ऐसा

है कि दुष्ट होशियार, पुलिस वाले और अम्मा बहुत अच्छे से करना जानती हैं।)

अम्मा बहुत मेहनत कर रही हैं इसलिए उनके पास स्वाधीनता दिवस के समारोह में आने की भी फुर्सत नहीं थी। एक तरह से यह अच्छा ही रहा क्योंकि हेमा मासी जो हमेशा शिकायत करती हैं की उनके पास फुर्सत नहीं है, वे सब जगह पहुँच जाती हैं जहाँ भी चुगलखोरी का मौक़ा हो—वे वहाँ भी सबको बता रही थीं को उन्होंने मुझे रिपोर्टर से बात करते देखा था।

क्योंकि आज हमारे स्कूल में समारोह था, इसलिए हमारे पास करने के लिए होमवर्क नहीं था, इसका मतलब है कि मेरे पास आपके बारे में पढ़ने के लिए और समय है। आज, मैंने पढ़ा कि कैसे 1930 में आपने वे सारे पर्चे लिखकर बाँटे जिनमें आज़ादी के संघर्ष में लोगों को जोड़ने के लिए भारतीयों को ब्रिटिश शासन के ख़िलाफ़ शिक्षित करने का प्रयास किया गया था। आप अकेली ही नहीं थीं, निश्चय ही इन पर्चों को लिखने में और भी स्वाधीनता सेनानियों ने सहयोग किया होगा, लेकिन आप तो एक कवि भी थीं, मुझे पक्का यक़ीन है कि आपने बेहतरीन पर्चे लिखे होंगे।

एक वह भी था जो आपने ख़ासतौर से लड़कियों के लिए लिखा था। मुझे पता नहीं कि आपको वह पर्चा याद होगा कि नहीं लेकिन वह तो एक कविता की तरह हीहै।

उसमें मेरी सबसे प्रिय पंक्तियाँ कुछ इस तरह हैं :

"मत सोचो कि तुम छोटी लड़कियाँ हो। तुममें तो शक्ति का रूप दुर्गा छुपी है। जहाँ भी जाओ राष्ट्रप्रेम के तराने गाओ। इन गुलामी की जंजीरों को उतार फेंको और इस देश को आज़ाद कराओ। धरती की बात जाने दो, तुम तो आसमानों को हिला सकती हो।"

इससे आपका क्या आशय था मिसेज नायडू?

मुझे इससे आपका आशय कुछ इस तरह समझ आता है :

आप यह कहना चाहती हैं कि चाहे तुम मेरे, दीप्ति और आमिर (हालाँकि आमिर लड़की नहीं है फिर भी) की तरह छोटे बच्चे हो तब भी तुम्हें बड़े बदलावों के लिए कोशिश करने से डरना नहीं चाहिए।

लेकिन यहाँ एक बात है मिसेज नायडू। हम कोशिश कर रहे हैं लेकिन जैसे आप भारत के लोगों में विश्वास करती थीं वैसे यहाँ किसी को हम पर

विश्वास नहीं है कि हम यह कर सकेंगे।

यह उन लोगों की लिस्ट है जिन्हें लगता है कि हम नहीं कर पाएँगे :

1. अम्मा
2. रोहिणी रिपोर्टर
3. प्रधानाध्यापक सर
4. हेमा मासी
5. निमीषा मासी
6. कमला मासी
7. अमीना मासी
8. मैरी मासी
9. इस लिस्ट में #4 से 8 से बात करने वाले सब लोग

और यह उन लोगों की लिस्ट है, जिन्हें लगता है कि हम कर सकते हैं :

1. **विमला मैडम**—लेकिन हम सब जानते हैं कि वह दुष्ट होशियार हैं और इसलिए उनकी बात का यक़ीन नहीं किया जा सकता।

2. **एनी मिस**—लेकिन उन्होंने एक बार यह भी कहा था कि चाहे हम अपने स्कूल को सुधार न भी पाएँ तब भी यह संघर्ष हमारे जीवन के लिए सीखने के एक अनुभव के रूप में महत्त्वपूर्ण होगा। इसे सुनकर ऐसा लगता है कि यह उनकी सुंदर और न्यायपूर्ण संसार की किताबों में पढ़ी हुई कोई बात है, जो हकीकत में शायद सच न हो।

यानी कि जितने लोगों को लगता है कि हम कुछ कर सकते हैं उससे कहीं ज़्यादा लोगों को लगता है कि हम नहीं कर सकते।

इसके अलावा जो लोग हममें भरोसा नहीं करते वे अपनी बात के पक्ष में कहीं मज़बूत तर्क रखते हैं। ख़ासतौर से अम्मा।

अगर मेरी इन कोशिशों से मेरा नाम ख़राब हो गया तो? अगर अम्मा त्याग पर त्याग किए जा रही हैं और मैं ख़ुद अपनी करतूतों के कारण सीट मिलने का मौक़ा गँवा बैठूँ तो?

या मैं आंबेडकर स्कूल में ही रह जाऊँ और हम इसे सुधारने की कितनी भी कोशिश कर लें लेकिन यह सुधर न सके तो? अम्मा को सारी ज़िन्दगी लोगों के घरों में बर्तन धोने पड़ें क्योंकि मैं अच्छी शिक्षा और फिर अच्छी नौकरी

हासिल ही न कर पाऊँ तो? अगर रोहिणी रिपोर्टर आंबेडकर स्कूल के बारे में लिखने लगे और सरकार ने जैसे प्रधानाध्यापक सर के पुराने स्कूल को बन्द कर दिया था, वैसे ही इसे भी बन्द कर दे तो? तब स्कूल की मदद करने की बजाय हम चीज़ों को और बर्बाद कर देंगे।

मिसेज नायडू, मेरे ख्याल से आप समझ रही होंगी कि मैं क्या कहने की कोशिश कर रही हूँ क्योंकि पहले स्वाधीनता दिवस को इतिहास का सबसे ख़ुशनुमा दिन होना था, लेकिन अन्ततः वह इतिहास का सबसे दुःखद दिन साबित हुआ। उस दिन भारत दो देशों में बंट गया, और सब हिन्दू-मूसलमान एकता के बारे में भूलकर एक-दूसरे को चोट पहुँचाने लगे। तस्मियाह मासी के दाद-दादी उस वक़्त सीमा पारकर पाकिस्तान चले गए लेकिन उनकी अम्मी और अब्बू भारत में ही रह गए और वे बंगलोर चले आए। उन्होंने उसके बाद कभी अपनी दादी-दादा के बारे में नहीं सुना। तस्मियाह मासी इस बारे में बात करती हैं तो आज भी उदास हो जाती हैं। और ऐसा बहुत सारे लोगों के साथ हुआ मिसेज नायडू, सिर्फ़ तस्मियाह मासी के साथ नहीं।

इसलिए जब आपने आसमान को हिलाया, लोग आज़ाद हुए तब वे दुःखी भी हुए, डरे भी और उन्हें बहुत ग़ुस्सा भी आया, भले ही आपने, गांधी जी और दूसरे स्वाधीनता सेनानियों ने ऐसा नहीं चाहा था।

मिसेज नायडू,जब बहुत सारे लोग और संभावनाएँ आपको पीछे खींच रहे हों तब अपने भीतर छुपी दुर्गा को पहचानना मुश्किल है।

आप उस ज़मीन को कैसे भूल सकते हैं जो हर समय आपके पैरो के नीचे होती है?

और जब कोई भी आपकी मदद करना नहीं चाहता हो तो आप आसमान कैसे हिला सकते हैं?

शुभकामनाएँ
सरोजिनी

19 अगस्त, 2013

डियर मिसेज नायडू,

मैं आपको डराना नहीं चाहती लेकिन मेरे ख़याल से आपकी जानकारी में होना चाहिए : शायद यह मेरी तरफ़ से किसी को भी लिखा गया आख़िरी पत्र हो।

सच में, कल तक मेरा मरना आपके पास पहुँचना निश्चित है।

मेरे ख़याल से मुझे थोड़ा विस्तार से बताना चाहिए।

हमेशा की तरह मैं सुबह स्कूल से पहले मज़दूर बस्ती के पास रुकी। अभि के हाथ में एक अख़बार था और वह इसे इधर-उधर लहरा रहा था, और दीप्ति इसे उससे छीनने की कोशिश कर रही थी। आख़िर में जब उसने इसे अभि के हाथ से छुड़ा लिया तो वह रोने लगा, इसलिए उसने आख़िरी पन्ने से एक टुकड़ा फाड़कर उसके हाथ में दे दिया। वह उस काग़ज़ को पढ़कर ऐसे नाटक करने लगा जैसे वह इसमें लिखा हुआ पढ़ रहा है, जबकि वह कुछ भी उल्टा-सीधा बोल रहा था।

दीप्ति ने अख़बार का बिना फटा हुआ हिस्सा मुझे दिखाते हुए कहा, "देख।"

"क्या?" मैंने कहा।

लेकिन तभी मेरी उस पर नज़र पड़ गई।

पृष्ठ संख्या 4 पर एक लेख था।

बाटा के चप्पल पहनने और बिखरे बालों वाली एक रिपोर्टर का लिखा लेख।

कन्नड़ में लिखा एक ऐसा लेख जिसका हर शब्द जैसे तराशकर चमकाया

गया हो और काँच की तरफ़ साफ़ हो।

या कहना चाहिए चाकू की तरह धारदार।

मैं लेख को यहाँ चिपकाने वाली थी मिसेज नायडू, लेकिन दीप्ति ने मुझे अख़बार की कॉपी दी ही नहीं, और मैं किसी भी सूरत में एक और अख़बार ख़रीदकर अम्मा को पता चल जाए इसके लिए उसे घर में छोड़ने का जोखिम मोल नहीं ले सकती थी। इसलिए मैं ख़ुद ही आपको मुख्य-मुख्य बात बताती हूँ।

आंबेडकर स्कूल में बहुत सारी गड़बड़ियाँ हैं।

(लेख में उन सबकी सूची दी गई है।)

इसका मतलब है कि आंबेडकर स्कूल शिक्षा का अधिकार क़ानून के प्रावधानों पर खरा नहीं उतरता।

यह बात आंबेडकर स्कूल को भारत भर के बाक़ी बहुत सारे स्कूलों की कतार में खड़ा करती है।

आंबेडकर स्कूल अलग है क्योंकि यहाँ एक बाल अधिकार क्लब है जिसका नेतृत्व छठी कक्षा की एक बच्ची करती है, जिसका नाम है दीप्ति।

दीप्ति और बाल अधिकार क्लब की एक और सदस्य का कहना है कि वे दोनों मिलकर अपने स्कूल को बेहतर बनाना चाहती हैं लेकिन समुदाय में कोई भी उनकी मदद करने के लिए तैयार नहीं है।

मिसेज नायडू, इसे पढ़ने के बाद मेरे मन में बहुत सारे सवाल आ रहे थी, उनमें से ज़्यादातर में ऐसे शब्द थे जिन्हें अम्मा सख़्त नापसंद करती हैं और दीप्ति हर समय बोलती है।

मैंने पूछा, "तुझे यह कैसे मिला?"

"रोहिणी आज सुबह आई थी और मुझे देकर गईं।" दीप्ति ने अभि का हाथ अपने हाथ में लेकर उसे सड़क पर खींचते हुए कहा, जिसका मेरे ख़याल से मतलब यह था कि अब हमें स्कूल की तरफ़ चलना चाहिए।

"तुझे पता भी है मेरी अम्मा यह अख़बार रोजाना पढ़तीं हैं?"

"तो? इसमें कहीं भी तेरा नाम नहीं दिया गया है।"

"सबको पता है कि बाल अधिकार क्लब में सिर्फ़ दो सदस्य हैं", मैंने

कहा, "और रोहिणी रिपोर्टर ने साफ़-साफ़ लिखा है कि उसने तुझसे और दूसरी सदस्य से बात की। भले ही मेरे नाम से कुछ भी नहीं कहा गया है, लेकिन अम्मा को पता चल जाएगा कि यह मैं ही हूँ।"

"तो तेरा मरना तो किसी भी तरह से तय रहा", दीप्ति ने कहा।

(बुरा मत मानिएगा मिसेज नायडू।)

"तो?"

"तो जब मरना ही है तो क्या यह अच्छी बात नहीं कि तूने न्याय के लिए लड़ते हुए जान दी?"

"तुझे लगता है कि इस तरह हमें न्याय मिल जाएगा?"

"इसमें कोई नुकसान नहीं है", दीप्ति ने कहा।

तब तक हम स्कूल पहुँचे मिसेज नायडू और बात हाथ से निकल चुकी थी।

हम जब कक्षा में पहुँची तो वहाँ मिस एनी तो थीं, और यह कोई अनूठी बात नहीं थी। लेकिन जो अनूठी बात थी वह यह कि वह अकेली नहीं थीं। बल्कि वह हेमा मासी, निमीषा मासी, मैरी मासी, अमीना मासी और यहाँ तक कि कमला मासी से बात कर रही थीं।

"क्या तुम मिस एनी हो?" हेमा मासी कह रही थीं।

उनके हाथ में दक्षिण क्रोनिकल की एक प्रति थी और वह उसे पटक रही थीं। इसके पटकने से पटाखों के जैसी आवाज़ आ रही थी।

"जी, मैं ही हूँ", मिस ने कहा। वह अपनी डेस्क पर बैठी थीं और ऐसा लगता है कि वह इस बात से ख़ुश थीं कि उनके और मासियों के बीच एक बड़ा सा लोहे का अवरोध था।

"तो तुम ने ही रिपोर्टर को बताया कि हम अपनी लड़कियों की मदद नहीं करना चाहतीं?" निमीषा मासी ने पूछा, "तुमने उसे कहा कि हमें हमारे बच्चों की फिक्र नहीं है?"

"तुम्हारी हिम्मत कैसे हुई?" अमीना मासी ने लगभग ज़ोर से चिल्लाते हुए और मेज के ऊपर इस तरह झुकते हुए कहा कि उनका चेहरा मिस के चेहरे से बस कुछ सेंटीमीटर ही दूर रह गया था।

(मेज के कारण इतनी सुरक्षा हो रही थी।)

मिस ने ज़ोर से साँस ली।

"हमारे लिए इन बच्चों से ज़्यादा महत्त्वपूर्ण कुछ भी नहीं", हेमा मासी गरजीं, "और इन्हें ठीक से पढ़ा-लिखा सकें इससे ज़्यादा ज़रूरी कुछ नहीं। तुम ऐसा कुछ कैसे कह सकती हो? वह भी एक रिपोर्टर को? एक रिपोर्टर?"

"अगर आप लेख पढ़ लें तो आप देखेंगी कि..."

"ओह, तो अब तुम यह भी कहना चाहती हो कि हम पढ़ नहीं सकतीं हैं?" अमीना मासी गुर्राईं, और हेमा मासी से अख़बार छीनकर उसे फिर से पटकने लगीं और फिर से आतिशबाजी शुरू हो गई। "मैं अभी तुम्हें पढ़कर बताती हूँ। तुमने कहा कि,'हम स्कूल विकास और प्रबंधन समिति के लिए समुदाय के सदस्यों को जोड़ना चाहते हैं लेकिन दुर्भाग्य से हमें समुदाय से कोई सहयोग नहीं मिल रहा।' "

"हाँ, मतलब मैंने नहीं..."

"सुनो अमीना", कमला मासी ने धीरे से अमीना मासी का कंधा छूकर नीचे झुकाते हुए कहा, "तुम तो जानती हो यह रिपोर्टर कैसे होते हैं। वे लोगों की बातों को तोड़-मरोड़कर लिख देते हैं।"

"वह सही कह रही है", हेमा मासी ने अपनी अंगुली नचाते हुए कहा जिससे उनकी बाजू हिलने लगी, "इन रिपोर्टरों पर भरोसा नहीं किया जा सकता।"

"यह लोग हमेशा ही लिखते रहते हैं कि हम अपने बच्चों की और अपनी देखभाल नहीं कर सकते", निमीषा मासी ने सहमति जताते हुए कहा।

"और हमने उसे इतनी सारी बातें लिखने के लिए बताई थीं। लेकिन उसने कुछ सुना थोड़े ही? बिल्कुल नहीं!" अमीना मासी ने अख़बार को मिस की मेज पर पटकते हुए कहा, जिससे एक बार फिर पटाखा फूटने की आवाज़ हुई।

"हम लोग ग़रीब हैं लेकिन निर्दयी नहीं हैं!" हेमा मासी ने कहा। तभी उन्होंने पीछे मुड़कर देखा कि मैं और दीप्ति कक्षा में आ गए हैं और उन्होंने मुझसे पूछा, "वह कौन-सी चीज़ थी जिसके लिए तू हमें आने के लिए कह रही थीं सरोजिनी? क्या क्यू-आर-एस-टी?"

"एसडीएमसी मासी", मैंने कहा या मैं जैसे चहक पड़ी।

"एसडीएमसी", हेमा मासी ने कहा, "हम कल इसकी बैठक कर सकते

हैं। दोपहर तीन बजे।"

"ओह,—क्या यह तो—यह तो बहुत अच्छी बात है", मिस ने कहा।

वह मुस्करा रही थीं लेकिन मैंने देखा कि उन्होंने मेज के कोने को कसकर पकड़ रखा था। मज़बूती से।

"मैं जाकर अम्मा को बताती हूँ", दीप्ति ने कहा और वह वहाँ से उड़न छू हो गई, मैना से भी ज़्यादा तेज़ी से।

"एनी, उस रिपोर्टर लड़की को भी बुला लेना", हेमा मासी ने अपनी विशाल छाती पर हाथों को बाँधते हुए कहा, "उसको इस बैठक के बारे में बता देना और कहना कि हमारे बारे में उल्टा-सीधा लिखना बन्द करे।"

"ज़रूर मैडम", मिस एनी ने कहा।

मुझे लगता नहीं कभी दुनिया के इतिहास में किसी ने हेमा मासी को इससे पहले मैडम कहकर बुलाया होगा, लेकिन उन्हें यह अच्छा लगा। उन्होंने अपना माथा ऊँचा उठा लिया और किसी महारानी की तरह सर हिलाया। फिर वह पीछे मुड़ीं और घूमकर बाएँ मुड़ते हुए इस तरह वहाँ से चल दीं जैसे उन्होंने कोई पुरानी-सी नाइटी नहीं बल्कि सुंदर कंजीवरम की साड़ी पहनी हुई हों। सारी मासियाँ उनके पीछे चल दीं।

मिस अपना पर्स टटोलते हुए बुदबुदाईं, "उस रिपोर्टर लड़की को बुला लेना।" अन्ततः उन्हें अपना मोबाइल मिल गया और उन्होंने फ़ोन मिलाया।

यह सब बहुत बढ़िया था मिसेज नायडू, क्योंकि मासियों ने तो अम्मा को नहीं बताया था लेकिन रोहिणी रिपोर्टर ने अख़बार में इस तरह लिख दिया था कि अम्मा को आसानी से पता चल जाएगा।

शानदार।

मैं उम्मीद करती हूँ कि रोहिणी रिपोर्टर शोक संदेश भी अच्छी तरह लिखती होंगी।

शुभकामनाएँ
सरोजिनी

20 अगस्त, 2013

डियर मिसेज नायडू

मैंने आपके बारे में किताब लगभग पूरी पढ़ ली है मिसेज नायडू, और ऐसा लगता है कि कुछ चीज़ें आप अक्सर किया करती थीं :

आपने भाषण और कविताएँ लिखीं।

आप जेल गईं।

आपने अध्यक्षता की।

पहले मुझे अध्यक्षता का मतलब नहीं पता था। सिर्फ़ इतना पता था कि आपने ख़ूब की है। आपने केन्या में पूर्वी अफ्रीका में भारतीय कांग्रेस, दक्षिण अफ्रीका में भारतीय राष्ट्रीय कांग्रेस, और भारत में भारतीय राष्ट्रीय कांग्रेस की अध्यक्षता की।

ऐसा लगता है कि आपने जब भी अध्यक्षता की, आपने यह तय किया कि सब लोग नियमों का पालन करें और तय काम पूरे हों।

यदि इसे ही अध्यक्षता कहते हैं मिसेज नायडू, तो आज मैंने भी अध्यक्षता की। फ़र्क़ बस यह है कि यह दूसरे देश या दिल्ली या ऐसी किसी जगह पर नहीं थी। यह यहाँ बंगलोर में एसडीएमसी की बैठक में थी।

हेमा मासी, निमीषा मासी, अमीना मासी और कमला मासी तीन बजने से पाँच मिनट पहले ही एक साथ यहाँ पहुँच गईं। दीप्ति अपने अप्पा और अभि के साथ दस मिनट देरी से पहुँची। (मुझे बहुत आश्चर्य हुआ मिसेज नायडू, क्योंकि मैंने सोचा था कि उसकी अम्मा भी आएँगी। और यह भी पता चला कि उसके अप्पा बेकार नहीं हैं। वह वाकई अच्छे आदमी हैं, सच में।) तीन बजकर पंद्रह मिनट पर एनी मिस ने सबके बीच बिस्किट रखे और कहा कि

हम बैठक शुरू कर सकते हैं।

"हम्म, तो", मिस ने कहा। (उनकी आवाज़ से लग रहा था कि काकियों के साथ हुई कल की मुठभेड़ के कारण वह आज भी थोड़ा आशंकित हैं।) "तो—सबसे पहले हमें क्या करना चाहिए?"

मिस ने दीप्ति की तरफ़ और फिर दीप्ति ने मेरी तरफ़ देखा, तो मैंने कहा, "मेरे ख्याल से सबसे पहले हमें यह देख लेना चाहिए कि समिति के लिए जितने लोगों की ज़रूरत है, क्या उतने सदस्य हो गए हैं। हमें नौ लोग चाहिए जिनमें से कम से कम 75% अभिभावक हों और कम से कम 50% महिलाएं।"

"इस एक आदमी के अलावा हम सारी महिलाएँ हैं", हेमा मासी ने दीप्ति के अप्पा की तरफ़ इशारा करते हुए कहा, "और आपको और लड़कियों को छोड़कर हम सब अभिभावक हैं।"

"लेकिन हम सब मिलाकर आठ ही हुए हैं", मैंने कहा", अगर हम अभि को गिन लें तो बात अलग है।"

"1-2-3-4-5-6-7-8-9!" अभि ने कहा।

"हाँ, देखा जाए तो...तकनीकी रूप से वह आंगनवाड़ी का विद्यार्थी है, स्कूल का नहीं", मिस ने कहा, "इसलिए मुझे नहीं लगता कि उसे शामिल किया जा सकता है।"

"इन नियमों की कौन परवाह करता है?" अमीना मासी ने कहा।

"अगर कभी कोई जाँच करता है तो हमें सभी चीज़ें सही तरीक़े से करनी चाहिए", मैंने कहा, "मैरी मासी कहाँ हैं?"

"वह गाँव गई है", निमीषा मासी ने कहा, "उसकी बहन को कुछ दिन पहले ही बच्चा हुआ है।"

"कमला तुम्हारा आदमी कहाँ है?" अमीना मासी ने पूछा।

"वो नहीं आएगा", कमला मासी ने गर्दन हिलाते हुए कहा, "उसको लगता है कि यह सब औरतों के काम हैं।"

"दीप्ति क्या तुम मज़दूर बस्ती में किसी से पूछ सकती हो?" मैंने कहा।

"हमने कोशिश की थी", दीप्ति ने अपने आँखें घुमाकर अपने अप्पा की ओर देखते हुए कहा, जो अभि को गोदी में लिए बैठे थे। वह एक बदरंग-सी

कमीज़ और लूँगी पहने हुए थे और सर पर पुराना सा गमछा लपेट रखा था", उन्हें चिंता है कि अगर वह इधर आ गए तो उन्हें पूरे दिन की मज़दूरी नहीं मिल सकेगी।"

"तो सुजाता कहाँ है?" हेमा मासी ने कहा।

"कौन?" दीप्ति ने पूछा।

"सही बात है", निमीषा मासी ने कहा, "सरोजिनी, बच्चा जाओ, अपनी अम्मा को बुला लाओ।"

"उम्म।"

मैंने बहुत गहरी-सी साँस लेते हुए कोई बहाना खोजने की कोशिश की, जैसे "अगर में जाती हूँ तो वह मुझे घर में जंजीर से बाँधकर उसकी चाभी कहीं दूर फेंक देंगी" या "ज़रूर मैं जाकर उन्हें बुला लाऊँगी, लेकिन आप लोग मेरी अन्त्येष्टि की तैयारी कर लेना।"

लेकिन यह तो लिखा हुआ था मिसेज नायडू और मुझे कोई बचा नहीं सकता था।

"अरे सुजाता, अच्छा हुए तुम आ गईं", निमीषा मासी ने कहा।

मैंने फीकी-सी हँसी हँसने की कोशिश की, क्योंकि मुझे लगा था कि वे मज़ाक कर रही हैं। लेकिन तभी मैंने मुड़कर देखा और वहाँ तो कक्षा के दरवाज़े पर अम्मा खड़ी थीं। और वह अकेली भी नहीं थीं।

"बिल्कुल, मुझे तो आना ही था", सुजाता जो कि मेरी अम्मा के नाम से भी जानी जाती हैं, ने कहा, "मेरी बेटी यह बैठक करवा रही है, क्यों है न?"

"यह कौन है?" कमला मासी ने पूछा।

क्या आप अंदाज़ा लगा सकती हैं मिसेज नायडू?

मैं आपको तीन सुराग देती हूँ :

1. उन्हें अपने चश्मे और अपनी भौंह को ठिकाने पर रखने में बहुत परेशानी आती है।
2. इस बात की बहुत संभावना है कि वह दुष्ट हों।
3. वह निश्चय ही बहुत होशियार हैं।

आप भी बहुत होशियार हैं मिसेज नायडू, इसलिए आपने अनुमान लगा लिया होगा कि मैं विमला मैडम की बात कर रही हूँ।

"सरोजिनी बिटिया!" मैडम ने कहा। जैसे ही वह कमरे के अन्दर आईं सब लोग खड़े हो गए, जैसे कि वह कोई प्रधानमंत्री या ऐसा ही कुछ हों। एनी मिस फटाफट एक लोहे की कुर्सी खोलने लगीं लेकिन मैडम ने ऐसे जताया मानों उन्होंने उन्हें देखा ही न हो—या शायद सच में ही उनका उस तरफ़ ध्यान न गया हो। वे ज़मीन पर ही आलथी-पालथी लगाकर बैठ गईं और अपने लंबे कुर्ते से अपने घुटनों को ढँक लिया। "तुम्हें देखकर कितना अच्छा लग रहा है। अख़बार में लेख बहुत अच्छा था। न्याय के रास्ते में मीडिया बहुत मज़बूत साधन है।"

"थ-थ-थैंक यू मैडम", मैंने कहा, मेरी आवाज़ एनी मिस की तरह लग रही थी जैसी मासियों के धावे के बाद उनकी हो गई थी।

दीप्ति की भौंहें ऊपर तन गईं, उसने अपने अप्पा का हाथ छोड़ा और दौड़कर कमरा पार कर पास में आ गई। "मैडम?" अपना हाथ आगे बढ़ाते हुए उसने कहा, "मैं दीप्ति हूँ।"

"आह, ज़रूर! अख़बार में तुम्हारे बारे में भी पढ़ा", विमला मैडम ने दीप्ति के साथ ज़ोर से हाथ मिलाते हुए कहा, जैसे वह किसी वकील से हाथ मिला रही हों, "तुमसे मिलना मेरे लिए गर्व की बात है, यंग लेडी। तुम बहुत अच्छा काम कर रही हो।"

"क्या आप हमारी समिति में शामिल हो रही है, मैडम?" मैंने पूछा।

"तो सरोजिनी, मैंने आज सुबह क़ानून को फिर से देखा", मैडम ने कहा। उन्होंने अपना चश्मा उतारा और मेरी ओर इस तरह लहराया जैसे हेमा मासी अपना बाजू लहराती हैं, "असल में समुदाय के ज़िम्मेदार नागरिक समिति में सदस्य के तौर पर शामिल हो सकते हैं। और समुदाय के एक ज़िम्मेदार नागरिक के तौर पर मुझे इस समिति में शामिल होकर बहुत ख़ुशी होगी—अगर तुम्हारी इजाज़त हो तो।"

सब लोग इस बात से बहुत प्रभावित दिखाई दे रहे थे कि विमला मैडम जैसी बहुत महत्त्वपूर्ण व्यक्ति, न सिर्फ़ इस धूल भरे कमरे में रुककर एक सरकारी स्कूल जैसी ग़ैर ज़रूरी चीज़ के बारे में समिति की बैठक में शामिल होने के लिए राज़ी हैं बल्कि वह ऐसे किसी काम के लिए मुझसे इजाज़त माँग रही हैं।

"ज़रूर मैडम", मैंने उनके प्रति सम्मान व्यक्त करने के साथ ही साथ

ज़िम्मेदार भी दिखने की कोशिश करते हुए कहा, "दीप्ति तुम सहमत हो?"

"ठीक है", दीप्ति ने कहा। उसके अप्पा ने उसे कुछ इशारा किया और उसने अचानक अपना गला साफ़ करते हुए कहा, "जी, ज़रूर मैडम।"

"बहुत शुक्रिया देवियों", विमला मैडम ने कहा। उन्होंने अपना चश्मा फिर से पहना और बालों में हाथ फिराया, "तो शुरू करें, क्या कहती हो सरोजिनी?"

सबने मेरी तरफ़ देखा क्योंकि मैडम की मेहरबानी से सबको ऐसा लगने लगा था कि मैं ही कर्ता-धर्ता हूँ। इसलिए मैं अम्मा के पास जाकर बैठ गई और कहा, "जी, तो मिस अब हमारे पास क़ानून के हिसाब से पर्याप्त संख्या में लोग हो गए हैं, है न?"

"बिल्कुल", एनी मिस ने कहा। उन्होंने झिझकते हुए लोहे की कुर्सी की तरफ़ देखा जैसे कि वह उसे किनारे रख देना चाहती हों और फिर उसे वहीं छोड़ फर्श पर बैठ गईं। बाक़ी सब लोग भी बैठ गए और दीप्ति बैठने के लिए अपने अप्पा के पास चली गई। "तो लड़कियों तुम्हारा कारोबार शुरू किया जाए फिर?"

समान्यतः ऐसे में दीप्ति की दबंगई को खुलने का मौक़ा मिल जाता है। लेकिन आज वह विमला मैडम को देखने में बहुत व्यस्त थी जैसे कि वह कोई सिनेमा की खलनायक हों। तो अध्यक्षता की ज़िम्मेदारी मेरे ऊपर आ गई।

शायद आप मुझे बता सकती हैं कि मैंने इसे ठीक से निभाया कि नहीं?

मैंने सबको शुरू में बताया कि भारत में प्रत्येक स्कूल में ऐसी एक प्रबंधन समिति होनी चाहिए।

इस समिति की बहुत सारी ज़िम्मेदारियाँ हैं, जैसे यह तय करना कि बजट को सही जगह ख़र्च किया गया है, जो बच्चे स्कूल से छूट गए हैं उन्हें स्कूल में नामांकित किया जा सके, और यह देखना भी कि पढ़ना-पढ़ाना ठीक से हो रहा है कि नहीं। लेकिन आज की बैठक में हम स्कूल के विकास की योजना बनाने में समिति की ज़िम्मेदारी पर ध्यान देंगे।

मैंने उन्हें बताया कि कैसे दीप्ति, मिस और मैंने मिलकर उन बातों को एक सूची बनाई है जिन्हें स्कूल में बदले जाने की ज़रूरत है, और यह सूची ही फिलहाल हमारी स्कूल के विकास की योजना है, क्योंकि इसमें आरटीई

के तहत स्कूल को कैसे सुधारा जा सकता है उसमें से बहुत सारी बातों को शामिल कर लिया गया है। हो सकता है आप भूल गई हों मिसेज नायडू, तो हमारी यह सूची इस तरह है :

1. गेट की मरम्मत
2. परिसर की दीवार को साफ़ करना और उसकी मरम्मत
3. खेल का मैदान तैयार करना
4. पीने के पानी के लिये प्यूरीफायर लगाना
5. दीप्ति जैसे बच्चे, जिनकी किसी कारण से पढ़ाई छूट गई हो, उनकी मदद के लिए किसी को नियुक्त करना
6. हमारे शिक्षकों का प्रशिक्षण होता कि वे हमें शारीरिक दंड देना बन्द करें

फिर मैंने पूछा कि अगर किसी को कोई आपत्ति हो तो बताए।

"आपत्ति क्या होती है?" अमीना मासी ने पूछा।

"यानी कोई ऐसी बात जिसके लिए आप सहमत न हों", मैंने कहा।

"तो तुमने ऐसे ही क्यों नहीं कहा?" निमीषा मासी ने कहा।

"क्या, तो अब मेरी बेटी को आसान शब्द इस्तेमाल करने होंगे क्योंकि तुमने सिर्फ़ आठवीं तक पढ़ाई की है?" अम्मा ने कहा।

"वह तुमसे तीन कक्षा ज़्यादा पढ़ी है सुजाता", अमीना मासी बीच में कूद पड़ीं।

सारी मासियाँ एक साथ बातें करने लगीं। विमला मैडम ने अपने चश्मे को नाक पर नीचे उतारकर भौंहें ऊपर चढ़ाईं।

"ओए!" दीप्ति ने कहा, नहीं बल्कि वह चिल्लाई।

तब मैंने एक अजीब आवाज़ सुनी, एक ऐसी आवाज़ जिसकी मुझे उस वक़्त तो बिल्कुल भी आदत नहीं थी जब सारी मासियाँ आसपास हों और उनसे किसी बात पर सलाह ली गई हो। (क्योंकि कोई एक बात जो उन सबके पास ख़ूब है वह है सलाह।)

आप जानती हैं मिसेज नायडू, वह क्या आवाज़ थी?

शांति।

"क्या किसी को किसी बात पर असहमति है?" दीप्ति ने पूछा।

कमला मासी ने धीरे से कहा, "यह तो बहुत अच्छी सूची है बच्चे।"

"एकदम पूरी", अमीना मासी ने गर्दन हिलाते हुए कहा।

"असल में यह तो बस शुरुआत है", मैंने कहा, "स्कूल में और बहुत से सुधारों की ज़रूरत है, लेकिन हमने सोचा कि इनसे शुरुआत की जा सकती है। बाद में और चीज़ों को शामिल किया जा सकता है।"

सारी मासियों ने सहमति में गर्दन हिलाते हुए कहा, "बहुत बढ़िया।"

(मुझे लगा कि विमला मैडम भी मुस्कराना चाहती थीं, क्योंकि उनकी आँखें थोड़ी सिकुड़ गई थी हालाँकि उन्होंने चेहरे पर वही दुष्ट होशियार व्यक्ति का चेहरा पहन रखा था, जिसे देखकर वे अदालत में सारे खूनी दरिंदे भी अपना जुर्म कबूल कर लेते होंगे। लेकिन मेरा दावा है कि अगर वह मुस्कराईं तो उनके चेहरे में दरार न आ जाए, इसलिए बिना मुस्कराए ही ठीक हैं।)

"तो हम सब इस सूची पर सहमत हैं?" मिस ने पूछा।

सबने हाँ कह दिया तब मिस ने कहा, "तो अब क्या करना है सरोजिनी?"

(मिसेज नायडू, उन्होंने मुझसे पूछा क्योंकि मैं अध्यक्षता कर रही थी।)

"प्रधानाध्यापक सर ने कहा था कि हम जो भी चाहें कह सकते हैं तो हमारे पास इजाज़त तो पहले से है", मैंने कहा, "लेकिन उन्होंने यह भी कहा था कि उनके पास बजट नहीं है, तो हमें पैसे का इंतज़ाम करना पड़ेगा।"

शांति को भंग करने के लिए इतना बहुत था। सारी मासियाँ फिर एक साथ बोलने लगीं। कौन क्या कह रही थी बता पाना मुश्किल है लेकिन कुल मिलाकर सब एक ही बात कह रही थीं।

"बजट न हो, ऐसा कैसे हो सकता है?"

"बकवास—वह आदमी जब से इस स्कूल में आया है,स्कूल पर एक पैसा ख़र्च नहीं किया है!"

"तो फिर सारा पैसा गया कहाँ?"

"अगर वह हमसे पैसा वसूलना चाहता है तो भूल जाए।"

"जानकी मैडम कभी ऐसी बात नहीं कहतीं।"

"शांऽऽऽत!" दीप्ति चिल्लाई।

सब अचानक चुप हो गए, ज़्यादातर तो इसलिए ही सदमे में आ गए थे

कि इतने छोटे से शरीर से इतनी तेज़ अवाज़ भी निकल सकती है। सौभाग्य से मुझे दीप्ति की आदत है, इसलिए मैंने तुरंत आगे बात शुरू कर दी।

"हम में से किसी को स्कूल के प्रधानाध्यापक से यह पूछना पड़ेगा कि वह हमें स्कूल का बजट दिखा दें", मैंने कहा। एसडीएमसी के सदस्यों के तौर पर यह हमारा अधिकार है। और हम में से किसी को अगर ज़रूरत पड़ी तो सरकार से पैसा माँगना पड़ सकता है।"

"पार्षद को हमें पैसा देना पड़ेगा", हेमा मासी ने कहा, "अगर वह हमारी छतें नहीं बनवा सकतीं तो स्कूल को ही ठीक करवा दें।"

"आइयो, वह निकम्मी औरत?" निमीषा मासी ने कहा।

"और हम किससे कहेंगे निमि?" हेमा मासी ने कहा।

"अगर हम माँगेंगे नहीं तो पैसा मिलेगा नहीं", अम्मा ने कहा।

"अगर हम माँगेंगे तो भी यह पार्षद तो पैसा लाने से रही", निमीषा मासी ने कहा।

"तो तुमने उसे वोट क्यों दिया था?" अमीना मासी ने पूछा।

और फिर वे सब एक साथ बोलने लगीं। इस बार उन्हें चुप कराने के लिए दीप्ति काफ़ी नहीं थी। दूसरे अब उसके चिल्लाने में हैरानी की बात नहीं रही थी (कोई भी जासूस जानता है कि समस्या को हल करने के लिए यह एक ज़रूरी तत्व है।)

"सरोजिनी, क्या मैं कुछ कहूँ", मैडम ने अपना हाथ ऊपर करते हुए कहा।

विमला मैडम बोलने के लिए मुझसे इजाज़त ले रही थीं?

इतने भर ने उन सब को चुपकर दिया।

(जैसा कि मैंने कहा मिसेज नायडू, आश्चर्य का तत्व।)

"हाँ मैडम", मैंने उन्हें इस तरह बुलाया जैसे मैं कोई अध्यक्ष टीचर हूँ।

"मेरा जो भी सीमित अनुभव है, उसे देखते हुए मैं यह कह सकती हूँ कि इस तरह की बैठकों में जाने से पहले यह पता होना चाहिए कि आपको कितने पैसों की ज़रूरत होगी", मैडम ने कहा, "अन्यथा आपकी बात को सुने बिना ही आपको लौटा दिया जा सकता है।"

मैडम की वकीलों वाली भाषा से इस बात को सरल आम लोगों की भाषा

में बदलकर बताने में मुझे एक मिनट का समय लगा।

"मेरे ख़याल से मैडम, आप यह कह रही हैं कि हमें अपना बजट बनाना होगा", मैंने धीरे से कहा।

"एकदम सही", विमला मैडम ने कहा। वह पीछे पीठ टिकाकर इस तरह सहमति में सर हिला रही थीं जैसे मैंने अभी-अभी उनकी बात लोगों के समझ आ जाए इस तरह उसका दोहरान नहीं किया है बल्कि मद्रास युनिवर्सिटी की मेट्रिक की परीक्षा पास कर ली हो।

"सुजाता बजट तुम बनाओ", कमला मासी ने कहा, "तुम अंकों के साथ सबसे होशियार हो।"

अम्मा ने कुछ जवाब नहीं दिया, लेकिन वह पीठ थोड़ी-थोड़ी सीधी करके बैठ गईं। मैंने देखा कि वह कनखियों से मैडम की तरफ़ देख रही थीं कि उन्होंने इस बात पर ध्यान दिया कि नहीं।

"अम्मा अंकों के साथ सबसे होशियार हैं", मैने कहा, "लेकिन उनके पास काम बहुत ज़्यादा है, और बजट बनाने के लिए भी समय चाहिए। यह अच्छा रहेगा कि कोई और शुरू करे और वह उसे बाद में देख लें?"

"मैं शुरू कर सकती हूँ", मिस ने कहा।

"मैं भी मदद कर दूँगी", निमीषा मासी ने कहा, "शादी से पहले मेरी गणित भी ज़्यादा ख़राब नहीं थी।"

(मिसेज नायडू, मुझे नहीं लगता कि शादी से किसी की गणित ख़राब हो जाती होगी, लेकिन मासियाँ इसी तरह बात करती हैं।)

इसके बाद बैठक फटाफट आगे चलती रही। हमने यह तय किया कि प्रधानाध्यापक से कौन मिलेगा, पार्षद के पास कौन जाएगा और हमारी अगली बैठक कब होगी।

"उस रिपोर्टर लड़की का क्या हुआ?" हेमा मासी ने पूछा। उन्होंने मिस एनी की तरफ़ देखकर कहा, "आपने उसे फ़ोन भी किया था?"

एनी मिस ने झेंपते हुए कहा, "हाँ, मैंने फ़ोन किया था, लेकिन उसने कहा कि वह आज नहीं आ पाएगी। उसने कहा कि हमारे काम में जो भी प्रगति हो उसके बारे में उसे बताएं।"

"यह लोग तब नहीं आते जब हम कुछ अच्छा करते हैं", कमला मासी ने उसाँस लेते हुए कहा, "सिर्फ़ तब आएँगे जब कुछ ग़लत हुआ हो।"

"तो हमें ज़रूर यह तय करना चाहिए कि हम सब सही करें", दीप्ति ने कहा।

"सुनो, सुनो!" विमला मैडम ने कहा।

यह बड़े लोग कितने अजीब होते हैं।

(बुरा नहीं मानना मिसेज़ नायडू)

जब हम स्कूल से निकल रहे थे तो सारी मासियाँ एक झुंड में निकल गईं, दीप्ति और उसके अप्पा (जिन्होंने पूरी बैठक के दौरान कुछ भी नहीं कहा) ने अभि को लिया और चले गए।

"बहुत बढ़िया सरोजिनी", मैडम ने मुझसे हाथ मिलाते हुए कहा, "यह तो बहुत अच्छी शुरुआत हो गई।"

"शुक्रिया मैडम", मैंने कहा, "और आपको यहाँ आने के लिए भी शुक्रिया।"

"सुजाता", विमला मैडम ने कहा, "मुझे यहाँ लाने के लिए तुम्हारा शुक्रिया। अब मैं तुम्हें यह बताना चाहती हूँ कि इस काम के सिलसिले में तुम्हें जितनी भी छुट्टी लेने की ज़रूरत हो, तुम ले सकती हो। तुम्हारी तनख्वाह नहीं काटी जाएगी। मेरा सिर्फ़ एक अनुरोध है कि तुम मुझे पूरी ख़बर देती रहोगी और जहाँ कहीं भी मैं कुछ काम आ सकती हूँ, मुझे बताओगी।"

"शुक्रिया मैडम", अम्मा ने कहा, "लेकिन आप चिंता न करें, मैं आपके यहाँ हमेशा समय पर आ जाऊँगी।"

"तुम्हारी माँ कमाल की औरत है सरोजिनी", मैडम ने अपनी भौंह नीचे करते हुए और अपने चश्मे को नाक के ऊपर चढ़ाते हुए कहा, "और तुम प्यारी बच्ची, कमाल की लड़की हो।"

"मैडम, क्या मैं आपको रिक्शा ढूँढने में मदद कर दूँ", अम्मा ने पूछा।

"कैसी फिजूल बात है", मैडम ने कहा, "इतनी सुहानी शाम है, मैं आराम से पैदल चलकर जा सकती हूँ। शुभ रात्रि तुम दोनों, सावधानी से घर जाना।"

हमने उन्हें शुक्रिया कहा और तब वह एक दिशा में चल पड़ीं और हम

दूसरी।

मिसेज नायडू, मैं अम्मा से इतनी सारी बातें पूछना चाहती थी। मैं जानना चाहती थी कि वह क्यों आईं थीं और विमला मैडम उनके साथ कैसे आ गईं। मैं उनसे पूछना चाहती थी कि उन्हें बैठक कैसी लगी और क्या मैं अच्छी तरह अध्यक्षता कर रही थी। सबसे ज़्यादा तो मैं यह जानना चाहती थी कि अब तो मेरे साथ उनका ग़ुस्सा दूर हुआ और शायद उन्हें मुझ पर गर्व जैसी भी कोई भावना महसूस हो रही हो।

लेकिन मैं अम्मा से कुछ भी पूछ पाती इसके पहले ही अम्मा ने कहा, "सीधे घर जाकर अपना होम वर्क ख़त्म करना। उसे मेरे देखने के लिए बाहर ही छोड़ देना। फिर अपनी वर्दी पर इस्तरी कर लेना और रात का खाना बनाना।"

"अच्छा अम्मा", मैंने कहा।

हम थोड़ी दूर चुपचाप चले और इसके बाद अम्मा ने मेरा हाथ अपने हाथ में लेकर दबा दिया। वह उसे तब तक हाथ में लिए रहीं जब तक हम उस नुक्कड़ पर नहीं पहुँच गए जहाँ से उन्हें दूसरी तरफ़ उस मकान पर जाना था जहाँ आज मेहमान आने वाले हैं, और इसके लिए उन्हें कुछ अतिरिक्त पैसा मिलेगा। उन्होंने जल्दी से मुझे अपनी तरफ़ खींचा, माथे पर चूमा और कहा, "अच्छे से रहना।"

मिसेज नायडू, इस दुनिया में बहुत सारे रहस्य हैं लेकिन कोई भी बात उतनी रहस्यमय नहीं जितनी अम्मा हैं।

शुभकामनाएँ
सरोजिनी

22 अगस्त, 2013

डियर मिसेज नायडू,

कल मैंने पढ़ा कि भारत को आज़ादी मिलने के बाद आप उत्तर प्रदेश की राज्यपाल बन गईं। (हालाँकि तब इसे आगरा और अवध संयुक्त प्रांत कहा जाता था।) इससे पहले आप मुंबई नगर पालिका में पार्षद थीं और कांग्रेस पार्टी की अध्यक्ष बनने वाली पहली भारतीय महिला थीं। (एनी बेसेंट आपसे पहले कांग्रेस में महिला अध्यक्ष बनी थीं, लेकिन वह तो अंग्रेज़ थीं।)

मिसेज नायडू, मुझे नहीं समझ आता कि आपने किसी पद पर रहते हुए क्या काम किया होगा ?

(मैंने जब इस किताब में पहली बार यह पढ़ा कि आपने दफ़्तर संभाला तो मेरे मन में विमला मैडम की स्टडी को अपने हाथ में उठाए आपकी तस्वीर उभरी। तब मैंने मिस एनी से इसके बारे में बात की तो उन्होंने बताया कि इसका मतलब है जब आपको बहुत सारे लोगों ने अपना वोट देकर अपना प्रतिनिधि बनाया उसके बाद आप सरकार के लिए काम करने लगीं।)

ख़ैर, तो मैं कह यह रही थी कि जितना मैंने पढ़ा है उससे यह पता चलता है कि आपने कई दफ़्तर संभाले, कई जगहों की यात्राएँ कीं, बहुत सारे भाषण लिखे और गांधी बाबा, नेहरू जी और अपने परिवार के लोगों को भी बहुत सारे पत्र लिखे। ऐसा भी लगता कि सब समय आप इस कोशिश में रहती थीं कि औरतों को उनके हक़ मिलें, मुसलमान और हिन्दू मिल-जुलकर रहें, और अंग्रेज़ भारत छोड़कर चले जाएँ। क्योंकि यह सारे काम पूरे भी हुए तो मुझे लगता है कि आप तो पूरे समय ही बहुत व्यस्त रहती होंगी और आप अपने

कामों को करने में भी बहुत कुशल होंगी।

यदि आपके पास थोड़ा सा समय हो मिसेज नायडू तो शायद आपको आकर हमारी पार्षद को बताना चाहिए कि दफ़्तर संभालने का मतलब क्या होता है। मुझे यह तो नहीं पता कि वह करती क्या हैं, लेकिन इस बात का यक़ीन है कि वह ऐसा कुछ नहीं करतीं जिस तरह आपने किया होगा।

अगर आपको याद हो तो पिछली बैठक के आख़िर में ~~अम्मा और बाक़ी सारी मासियाँ~~ एसडीएमसी इस बात के लिए सहमत हो गई थी कि हम बजट तैयार करेंगे और फिर हम में से आधे लोग प्रधानाध्यापक के पास जाएँगे और आधे लोग पार्षद के पास। मुझे विश्वास नहीं होता लेकिन निमीषा मासी और एनी मिस ने बैठक के दूसरे ही दिन बजट तैयार कर लिया था। अम्मा ने इसे देखा और दीप्ति से कहा कि मज़दूर बस्ती के लोगों से पूछे कि उनकी इसके बारे में क्या राय है, क्योंकि वे लोग हमेशा ही मकान बनाने के कामों से जुड़े रहते हैं और उन्हें इसमें लगने वाले सामानों की क़ीमत का अनुमान रहता है। ज़्यादातर लोगों को तो कुछ नहीं पता था, लेकिन कुछ लोगों ने मामूली बदलाव के सुझाव दिए। इसके बाद अम्मा ने इसको फिर से देखा और कह दिया कि अब यह ठीक है। मैरी मासी एसडीएमसी में नहीं हैं फिर भी उन्होंने उनके पति जिस सोसायटी में चौकीदार हैं उसके पास फोटोकॉपी की दुकान से हमारे लिए बजट की प्रतियाँ निकालकर ला दीं। अम्मा ने दो प्रतियाँ ली और निमीषा मासी, कमला मासी और दीप्ति को साथ लेकर प्रधानाध्यापक के पास गईं। इसके बाद मिस एनी ने दो प्रतियाँ लीं और मुझे, हेमा मासी और अमीना मासी को साथ लेकर पार्षद से मिलने गईं, जो वही महिला हैं, जिनके चेहरे वाला होर्डिंग हेमा मासी की छत की जगह लगा हुआ है।

पहले तो मुझे लगा कि शायद हेमा मासी को यहाँ लाना ग़लत फैसला है। वह पूरे रास्ते साथ चलते हुए शिकायत करना बन्द ही नहीं कर रही थीं।

"उस औरत ने मुझे छत बनाकर देने का वादा किया था", वह भुनभुनाईं।

"एक बार इन लोगों को वोट मिल जाए इसके बाद ये किसी की परवाह नहीं करते, सिवाय पैसे और ताक़त के। इस साल तो बारिश भी बाक़ी सब सालों से ज़्यादा हुई है। मैं कोई भी चीज़ कैसे भीगने से बचाकर रखूँ?"

"अइयो हेमा", आख़िर अमीना मासी ने कहा, "हम यहाँ तुम्हारे मकान

के लिए बात करने नहीं जा रहे। हमें यहाँ स्कूल के बारे में बात करनी है।"

"वह सही कह रही हैं", मिस ने कहा जो अब मासियों के धावे के सदमे से उबर गई थीं, "हमें मुद्दे से भटकना नहीं है।"

"मैं बता रही हूँ, वह औरत कोई न कोई बहाना बना जाएगी", हेमा मासी ने कहा, "वह भी बाक़ी सारे राजनेताओं जैसी है, भ्रष्ट और निकम्मी। मुझे तो समझ नहीं आ रहा कि हम उससे मिलने ही क्यों जा रहे हैं।"

"वह हाँ भी तो कह सकती हैं न मासी", मैंने कहा, "सारे राजनेता बुरे भी नहीं होते।"

(मिसेज नायडू, जब मैं यह बात कह रही थी उस वक़्त मैं आपके ही बारे में सोच रही थी।)

हेमा मासी ने अपनी जीभ से टिच-टिच किया और प्यार से अपना हाथ मेरे कंधे पर रख दिया, "बहुत प्यारी बात है सरोजिनी, लेकिन तू अभी छोटी है लेकिन एक दिन तू भी समझ जाएगी।"

(पता नहीं सब बड़े लोग ऐसा क्यों कहते रहते हैं कि बच्चे कुछ नहीं जानते क्योंकि बच्चे छोटे होते हैं। बहुत सारे बड़े भी कुछ नहीं जानते।)

"हमें कम से कम एक बार कोशिश करके देखना चाहिए", कमला मासी ने कहा, "क्या पता?"

"वक़्त की बरबादी है", हेमा मासी बोलीं।

"हम पहुँच गए", मिस ने कहा।

मिसेज नायडू, यह वह जगह थी जहाँ हमें पार्षद से मिलना था और मैंने जैसा सोचा वैसा तो यहाँ कुछ भी नहीं था। आपके, गांधी बाबा और पंडित जी और आंबेडकर जी और गोखले जी के बारे में पढ़कर मुझे ऐसा लगता था कि राजनेता या तो बड़े-बड़े मकानों में रहते हैं या छोटे आश्रमों में और वह ऐसे दफ़्तरों में काम करते हैं जहाँ कागजों का ढेर लगा होता है, वहाँ सब तरफ़ उनकी पार्टी के बारे में पोस्टर लगे रहते होंगे और खादी पहनने वाले बहुत सारे लोग वहाँ होंगे जो भारत को और बेहतर बनाने के लिए काम करते होंगे। मुझे लगता था कि यह कोई ऐसी जगह होगी जिसे बाहर से देखकर ही आप ऊर्जा से भर जाएँ और आप कह सकें कि यह कोई ख़ास जगह है।

शायद आपके जैसी हैं मिसेज नायडू—जैसी दिखती हैं उससे कहीं ज़्यादा मज़बूत। मैं भी एक दिन इसी तरह मज़बूत होना चाहती हूँ—ऐसा कि पतली-सी टहनियाँ भी दुनिया जहान का वजन उठा सकें।

मैंने सोचा था मिसेज रेड्डी भी उसी तरह मज़बूत होंगी। लेकिन वह नारियल की पत्तियों जैसी नहीं हैं। वह तो मानसून के अंधड़ जैसी हैं, रास्ते के आने वाली हर किसी चीज़ को उड़ाकर दूर फेंक देने वाली और जिन्हें तूफान से किसी को भी बचाने की परवाह नहीं है।

हम सब में एनी मिस ही थीं जो सबसे अधिक देर तक विनम्र रह सकती थीं इसलिए उन्होंने कहा, "हम विद्यालय प्रबंधन समिति से हैं। हम आपसे मिलने आए हैं क्योंकि हमारा स्कूल आरटीई यानी शिक्षा का अधिकार क़ानून के मानकों पर खरा नहीं है।"

"मुझे पता है आरटीई क्या है", मिसेज रेड्डी ने कहा। वह अब भी अपने फ़ोन में देख रही थीं लेकिन मैंने देखा कि उन्होंने अपनी आँखों के कोनों को सिकोड़ा।

"तो आप यह भी जानती होंगी कि हमारा स्कूल क़ानून का उल्लंघन कर रहा है", मिस ने कहा, "और एक पार्षद के रूप में इसे ठीक करने में हमारी मदद करना आपकी ज़िम्मेदारी है।" मुझे यक़ीन नहीं हो रहा था लेकिन मिस की आवाज़ में ज़्यादा धारदार होती जा रही थी और उसमें से सारे प्रश्न चिह्न ग़ायब हो चुके थे।

"मेरी ज़िम्मेदारी?" मिसेज रेड्डी ने कहा।

और फिर वह ठठाकर हँसीं, ज़ोर से जैसे किसी कन्नड़ धारावाहिक में दुष्ट सास अपने ख़तरनाक इरादे बताने से पहले हँसती है।

(मिसेज नायडू, धारावाहिक जासूसी उपन्यासों जितने मज़ेदार तो नहीं होते लेकिन कई बार वे वास्तविक जीवन से ज़्यादा मिलते-जुलते लगते हैं।)

यह अट्टहास सुनना था और हेमा मासी का धैर्य चुक गया।

"एक टीचर से ऐसे बात मत करो", हेमा मासी ने झिड़कते हुए कहा, "यह औरत हमारे बच्चों की जिन्दगी को बेहतर बनाने के लिया अपना जीवन लगा रही है। यह तुम जो कर रही हो उससे कहीं बड़ा काम है। तुम्हें क्या लगता है हमने तुम्हें वोट देकर क्यों चुना था, यहाँ सोने से लद कर पलंग पर बैठो और

हमसे इस तरह बात करो जैसे तुम हमसे ऊँची हो?"

मिसेज रेड्डी ने कुछ नहीं कहा, बस वह वापस अपने फ़ोन में व्यस्त हो गईं।

मिस ने अपनी न्यायपूर्ण और सुंदर दुनिया वाली आवाज़ में कहा, "मिस हेमा यह कहने की कोशिश कर रही हैं कि आरटीई इस विचार पर आधारित है कि स्थानीय नेता शिक्षा व्यवस्था को सुधारने में स्कूल के साथ मिलकर काम करेंगे। और क्योंकि आप यहाँ की स्थानीय नेता है।"

"यह इस पर आधारित नहीं है", मिसेज रेड्डी ने हमें बताया।

"हाँ यह है", अमीन मासी ने कहा।

"सरोजिनी इन्हें बताओ", कमला मासी ने मेरे कंधे पर हाथ रखते हुए कहा।

तब उन सबने मेरी तरफ़ देखा।

यहाँ तक कि मिसेज रेड्डी ने भी नज़र उठाई।

मिसेज नायडू, मैं जानती हूँ कि आपने सैकड़ों लोगों के सामने भाषण दिए हैं, और उनमें से कुछ लोग तो महाराजा-महारानी, प्रधानमंत्री, राष्ट्रपति भी रहे होंगे। मैं जानती हूँ कि मैं तो ऐसे किसी व्यक्ति से मिली भी नहीं हूँ।

फिर भी मुझे लगता है कि उनमें से किसी भी नेता ने मिसेज रेड्डी की तरह अट्टहास नहीं किया होगा।

मैंने अपनी पीठ सीधी की, गला साफ़ किया और अपनी वकीलों जैसी आवाज़ का इस्तेमाल करते हुए कहा, "आरटीई में यह कहा गया है कि एसडीएमसी स्कूल के विकास की योजन बनाए। इसके बाद हमसे यह उम्मीद की जाती है कि हम इस योजना को स्थानीय नेता के पास लेकर जाएँ और उनसे उम्मीद की जाती है कि वे इसे कार्यान्वित करने में हमारी मदद करें।"

"तो तुम लोगों को क्या चाहिए, पैसा?" मिसेज रेड्डी ने कहा।

"हम अपने बजट के साथ योजना की प्रति लाए हैं", मैंने कहा और इसे मिसेज रेड्डी के हाथों में दे दिया। उन्होंने अपना फ़ोन नीचे रख दिया और इसे देखने लगीं, इस बीच मैंने अपनी बात जारी रखी, "हम आपसे एक अनुदान चाहते हैं ताकि आपकी मदद से हम और पैसा जुटा सकें।"

"हम्म", मिसेज रेड्डी ने कहा। वह अब भी हमारी तरफ़ नहीं देख रही थीं लेकिन अब कम से उनकी नज़र अपने फ़ोन पर नहीं हमारी योजना पर

टिकी थी।

उन्होंने पन्नों को पलटा इस बीच हम सब चुप रहे, क्योंकि हमें नहीं पता था कि किसी ऐसे व्यक्ति से क्या कहा जाए जिसे अपने मतदाताओं से ज़्यादा चिंता अपने नाखूनों की हो।

आख़िर उन्होंने कागजों को वापस मेज पर रख दिया और कहा, "अगर मैं कुछ कर सकूँगी तो तुम्हें बताऊँगी।"

हवा भारी हो गई और इसमें एक सन्नाटा पसर गया।

"चलो", हेमा मासी ने कमला मासी और मिस एनी को कोहनियों से पकड़ते हुए कहा, "मैंने तुमसे पहले ही कहा था कि यहाँ आना समय की बर्बादी है।"

एनी मिस ने मुड़कर उन्हें "शुक्रिया", कहा जबकि हेमा मासी उन्हें और कमला मासी को बाहर की तरफ़ खींच रही थीं।

मेरे ख़याल से पहले-पहल वह यह भूल गई थीं कि मैं पीछे छूट गई हूँ। मिसेज रेड्डी अब भी अपने फ़ोन में व्यस्त थीं। "मैम", मैंने कहा, "आप पार्षद क्यों बनीं?"

उन्होंने एक मिनट के लिए सोचा जैसे कि मैं जवाब देने की लायक भी हूँ या नहीं। मेरे ख़याल से उन्हें लगा कि मैं लायक हूँ क्योंकि उन्होंने फेविकोल से अपने चेहरे से चिपकी उस मुस्कान के साथ मुझे देखा, "तुम क्यों पूछ रही हो?"

"मैं इन दिनों एक महिला नेता के बारे में किताब पढ़ रही हूँ", मैंने कहा, "उन्होंने बालिका शिक्षा के लिए बहुत काम किया। मुझे उम्मीद थी कि आप भी उनके जैसी होंगी।"

(निश्चय ही मिसेज नायडू, वह महिला नेता आप ही थीं जिनकी मैं बात कर रही थी।)

मिसेज रेड्डी ने हल्का सा फुफकारते हुए वापस अपने फ़ोन के बटन दबाना शुरू कर दिया, "तुम्हारा नाम क्या है लड़की, फिर से बताना?"

"सरोजिनी", मैंने कहा।

मिसेज रेड्डी ने कहा, "जब तुम बड़ी हो जाओगी तब समझोगी।"

"मुझे ऐसा नहीं लगता", मैंने कहा, "मुझे नहीं लगता कि मैं आपके जैसे

लोगों को कभी भी समझ सकूँगी।"

"मेरे जैसे?" मिसेज रेड्डी ने पूछा। ऐसा लग रहा था कि वह फिर अट्टहास करने लगेंगी, "और मैं कैसी हूँ?"

"यह तो मुझे नहीं मालूम। लेकिन मैं यह जानती हूँ कि आप किनके जैसी नहीं हैं। आप उन मासियों में से किसी की जैसी नहीं हैं, जो आज मेरे साथ यहाँ तक आईं।"

"तुम कहना चाहती हो कि तुम मेरे बजाय उन में से किसी औरत जैसी बनना पसंद करोगी?" मिसेज रेड्डी ने अपना फ़ोन नीचे रखकर मेरी तरफ़ घूर कर देखा।

"बिल्कुल", मैंने कहा।

मुझे नहीं लगता कि उन्हें कुछ समझ आया होगा मिसेज नायडू, लेकिन मैं वहाँ रुककर समझाने वाली भी नहीं थी। मैं वहाँ से निकल आई, और जब मैं बाहर पहुँची तब हेमा मासी को उँगली हिला-हिलाकर चिल्लाते हुए इतनी देर हो चुकी थी कि उन्होंने चिल्लाना बन्द कर मुझे खींचकर अपनी बाहों में भर लिया।

मेरे सर के ऊपर बहुत कसकर चूमते हुए वह बोलीं, "निक्कमी औरत!" उन्होंने इतने ज़ोर से चूमा कि मेरी चोटी में से कुछ बाल बाहर निकल आए।

"भाड़ में जाने दो उसे", अमीना मासी ने कहा, "हम दूसरा रास्ता खोज लेंगे।"

ज़रूर ही हम खोज लेंगे मिसेज नायडू। लेकिन अब कम से कम मैं उतना अकेला नहीं महसूस कर रही।

शुभकामनाएँ
सरोजिनी

23 अगस्त, 2013

डियर मिसेज नायडू,

इस बहुत छोटे से पत्र के लिए माफ़ कीजिएगा। मैं इसे विमला मैडम की रसोई में बैठकर लिख रही हूँ (चिंता मत कीजिए, वह यहाँ नहीं, अपनी स्टडी में हैं) और अम्मा को लग रहा है कि मैं अपना सोशल स्टडी का होम वर्क कर रही हूँ। वह तो मैं कर ही लूँगी मिसेज नायडू, लेकिन सच बताइए जब इतना कुछ चल रहा हो तब आपको बताए बिना मेरा किसी और काम में मन लग सकेगा, इसकी कल्पना भी कैसे की जा सकती है।

क्योंकि आपने कई देशों में अलग-अलग लोगों की कई तरह की आज़ादी के लिए संघर्ष किया है इसलिए आप समझ गई होंगी कि मैं आपको क्या बताने वाली हूँ। प्रधानाध्यापक से हमारी मुलाक़ात भी उतनी ही ख़राब रही जितनी पार्षद से रही थी। दीप्ति ने बताया कि वह उस दिन स्कूल में नहीं थे (जो कि पता ही था क्योंकि वह तो सिर्फ़ महीने की पहली तारीख को आते हैं और अभी पहली तारीख के आने में देर थी) लेकिन अम्मा ने उनके घर का पता ढूँढ़ लिया और वह उनसे मिलने वहीं पहुँच गयीं (यह भी होना ही था क्योंकि अम्मा एक बार कुछ तय कर लें तो उस काम को करने से उन्हें कोई रोक नहीं सकता)।

दीप्ति ने बताया कि प्रधानाध्यापक ने उनसे ब्लॉक शिक्षा अधिकारी से मिलने के लिए कहा। अम्मा ने उनका नंबर पता करके प्रधानाध्यापक के सामने ही उन्हें फ़ोन मिला दिया। बीईओ ने उनसे प्रधानाध्यापक से बात करने के लिए कहा है। इस पर अम्मा ने कहा कि अगर उन दोनों को नहीं पता कि बजट की ज़िम्मेदारी उन दोनों में से किसकी है तो बेहतर होगा कि वे दोनों आपस में बात कर लें। इसके बाद अम्मा ने फ़ोन प्रधानाध्यापक को दे दिया।

इस पर प्रधानाध्यापक और बीईओ दोनों ही नाराज़ हो गए और अम्मा से कहने लगे कि वह इस तरह किसी से भी वित्तीय जानकारी नहीं माँग सकतीं। तब अम्मा ने कहा कि असल में वह माँग सकती हैं, बल्कि एसडीएमसी की सदस्य के रूप में यह उनकी ज़िम्मेदारी है कि वह आय-व्यय की जानकारी रखें—जो बिल्कुल किसी वकील की तरह की बात थी। मेरे ख़याल से प्रधानाध्यापक को यह बहुत नागवार लगा और उसने कुछ ऐसा कहा जिसे मैं यहाँ दोहरा नहीं सकती लेकिन जो सरासर बदतमीजी थी। इस पर अम्मा ने कहा कि वह मानवाधिकार के लिए मशहूर वकील को फ़ोन करने वाली हैं और उन्हें बताएँगी कि स्कूल क़ानून का उल्लंघन कर रहा है। यह सब करने के बाद अम्मा दक्षिण क्रोनिकल को भी फ़ोन करने वाली थीं और उन्हें यह कहने वाली थीं कि वह मुख पृष्ठ पर स्कूल के बारे में बहुत कड़ा लेख लिखें।

"तो वहाँ ख़ूब चीखना-चिल्लाना हुआ", दीप्ति ने बताया, "लेकिन बजट के नाम पर कुछ न मिला।"

मैंने जब रात को इस बारे में अम्मा से बात की तब मैंने पूछा कि क्या ऐसा हो सकता है कि प्रधानाध्यापक और बीईओ मिलकर पैसा बाँट लेते हों या राशन वग़ैरह बेच देते हों या कुछ भी ऐसा करते हों जैसी ख़बरें हम अक्सर अख़बारों में पढ़ते हैं। अम्मा ने कहा ऐसा हो भी सकता है लेकिन ज़्यादा संभावना इस बात की है कि वे उनके साथ कोई बजट साझा नहीं कर पाएँ क्योंकि उन्होंने कोई बजट बनाया ही न हो, और इसलिए वे इसे लेकर शर्मिंदगी महसूस कर रहे हों। उन्होंने कहा कि वह इस बारे में पुरानी प्रधानाध्यापक जानकी मैडम की सलाह लेंगी। लेकिन उन्होंने यह भी कहा कि अगर बजट है भी तो हमें उसके लिए अनुरोध करने और पैसा मिलने तक लंबा समय लगने वाला है, इसलिए हमें कुछ ऐसी भी कोशिश शुरू कर देनी चाहिए जहाँ से हमें तत्काल कुछ पैसे मिल सकें।

तो बात यह है मिसेज नायडू,कि हमारे पास योजना भी है और समिति भी, लेकिन कुल जमा यही है जो हमारे पास है। और एक काग़ज़ के टुकड़े से आप खेल का मैदान नहीं बना सकते। (बशर्ते वह काग़ज़ का टुकड़ा एक चेक हो तो बात अलग अलग है। लेकिन हमारे पास वह नहीं था।)

आज दोपहर को मुझे आमिर मिला। जब मैं दीप्ति और अभि स्कूल से

निकलने वाले थे ठीक तभी वह अपनी साइकिल पर आंबेडकर स्कूल आया, यहा आकार वह साइकल से उतर गया और नुक्कड़ तक हमारे साथ चला जहाँ से दीप्ति को बाएँ जाना था, मुझे दाएँ और उसे सीधे।

"हम और किसे चंदे के लिए पूछ सकते हैं?" मैंने कहा।

"आमिर, तेरे कोई अमीर दोस्त नहीं हैं?" दीप्ति ने पूछा।

"मेरे कोई दोस्त नहीं है, याद नहीं?" वह बोला, "बस तुम दोनों हो। क्या तुम दोनों में से कोई अमीर है?"

"मैं बहुत आलीशान घरों में रही हूँ", दीप्ति ने कहा।

"मैंने इस तरह तो कभी सोचा ही नहीं", मैंने कहा, "तुम तो असल में बंगलोर के सबसे रईस इलाक़ों में रही हो। यहाँ तक कि कुछ घर तो इतने आलीशान रहे होंगे, जितने आमिर के किसी ग़ैर-दोस्त के नहीं होंगे।"

"हाँ, दीप्ति", आमिर हँसा, "क्या तू आलीशान घरों वाले अपने उन लोगों से चंदे के लिए नहीं पूछ सकती?"

फिर दीप्ति ने अजीब सा चेहरा बनाया और जैसे अपने होठों में ही बुदबुदाई, "मेरे लोग।"

"दीप्ति", मैंने कहा, "जाने दे, तू कुछ भी जो सोच रही है मत सोच।"

तब उसने "बाय", कहा और अपनी गली से दो गली पहले ही बाएँ मुड़ गई।

"वो क्या करने वाली है?" आमिर ने कहा।

"मेरी मान, जितना कम जाने उतना ही बेहतर है", मैंने कहा।

आमिर ने कंधे उचका दिए और बोला, "अरे, तू मेरे साथ चलेगी?"

"मैं नहीं चल सकती", मैंने कहा, "अम्मा ने कहा है कि अगर मैं स्कूल के बाद सीधे मैडम के घर नहीं जाऊँगी तो वह मुझे बिहार के किसी मिशनरी स्कूल में भेज देंगी।"

"वे बिहार के मिशनरी स्कूलों में हिन्दू लड़कियों को ले लेते हैं?" आमिर ने पूछा।

"मुझे पता नहीं", मैंने कहा, "लेकिन तुझे तो पता है अम्मा अंसभव को संभव कर देती हैं।"

आमिर एक पल के लिए रुक गया और उन सारी बातों के बारे में सोचने

लगा जो अम्मा मेरे साथ कर सकती है। फिर उसने कहा, "अब तो तू झगड़ा नहीं कर रही हो, शायद तेरी अम्मा स्कूल विकास की योजना को भी पूरा करवा सकती हैं।"

मिसेज नायडू, मैं उम्मीद करती हूँ कि वह सही साबित हो। क्योंकि बहुत समय से मुझे ऐसा भी लगने लगा है कि जब भी हम एक समस्या का हल ढूँढ़ते हैं, उससे दुगुनी समस्याएँ उसकी जगह ले लेती हैं।

अब अच्छा होगा कि मैं सोशल स्टडी का होमवर्क शुरू कर दूँ।

मिसेज नायडू, मुझे लग रहा है कि अम्मा के मन में शक पैदा हो रहा होगा और बंगलोर में चाहे कितनी भी समस्याएँ हों, मैं बिहार से कहीं ज़्यादा यहाँ रहना पसंद करती हूँ।

शुभकामनाएँ
सरोजिनी

24 अगस्त, 2013

डियर मिसेज नायडू,

आज यह साबित हो गया कि मुझे जासूस नहीं, वकील ही बनाना चाहिए।

आज एक मामला सुलझाना था और मैं किसी भी सुराग को पहचान नहीं पाई।

यदि यह जासूसी कहानी होती तो इसका नाम होता 'गुमशुदा दीप्ति का रहस्य'।

मैं इतने सारे सुराग नहीं देख पाई :

1. आज दीप्ति मज़दूर बस्ती में नहीं थी, और उसके अप्पा भी नहीं थे।
2. लेकिन जब मैं स्कूल पहुँची तो मैंने अभि को आंगनवाड़ी में देखा।
3. अभि वहाँ था फिर भी दीप्ति खाने की घंटी से थोड़ी देर पहले तक स्कूल नहीं आई थी।
4. जब वह स्कूल आई तो दूर जाकर बैठ गई और उसने मेरी तरफ़ देखा तक नहीं।
5. वह खाने की छुट्टी में फिर चली गई और दोपहर में देर तक वापस नहीं आई।
6. जब वह स्कूल लौटकर आई तो उसके हाथों की अंगुलियाँ नीली रंगी हुई थीं।
7. छुट्टी से पहले वह एक बार फिर चली गई और फिर छुट्टी तक वापस नहीं आई।

मिसेज नायडू, आप देख सकती हैं कि इसमें बहुत सारे सुराग छुपे हुए हैं। लेकिन इन सुरागों को जाँचने और किसी निष्कर्ष पर पहुँचने की बजाय मैं

बस असमंजस में ही रही।

मैं भी इस रहस्य को बाक़ी सबके साथ ही सुलझा पाई : दिन के आख़िर में, जब स्कूल की छुट्टी हो गई और सब स्कूल का परिसर पार कर गेट की तरफ़ भाग रहे थे, घर जाने के लिए या टॉफी ख़रीदने के लिए या रात के खाने के लिए घर से बुलाया न जाए तब तक गलियों में ऐसे ही खेलने कूदने के लिए। लेकिन जैसे ही दीवार के पास पहुँचे हम सब रुक गए, क्योंकि सबसे बड़ा सुराग अब हम सबके सामने था।

कुछ लोग परिसर की दीवार की मरम्मत कर रहे थे।

मिसेज नायडू, क्या आप अनुमान लगा सकती हैं कि इसकी मरम्मत कौन कर रहा था?

(क्योंकि आप बहुत बुद्धिमान हैं मैं यक़ीन के साथ कह सकती हूँ कि आप अनुमान लगा सकती हैं।)

दीप्ति और उसके लोग।

उसके लोगों से मेरा मतलब है मज़दूर बस्ती के लोग।

वे लोग कूड़ा उठा रहे थे और उसे बड़े-बड़े थैलों में भर रह थे और उसे मज़दूर बस्ती के पास के इलाक़े में ले जा रहे थे।

जहाँ-जहाँ से कूड़ा हटा लिया गया वे वहाँ की ज़मीन की सफाई कर रहे थे।

दीवार जिन जगहों से टूटी हुई थी वहाँ वे ईंट और गारा भर रहे थे, जब तक कि वह सीधी और समतल न नज़र आने लगे।

यहाँ तक कि वे दीवार की पुताई भी कर रहे थे।

दीप्ति भी उनकी मदद कर रही थी और एक नए ब्रश से नीले रंग की परत लगा रही थी।

इसी से पता चला कि उसकी अंगुलियाँ क्यों नीली हो गई थीं।

(आप समझीं एक जासूस के रूप में अपने कौशल के बारे में मैं जो कह रही थी उसका क्या मतलब था?)

"यह तूने कैसे किया?" मैंने उससे पूछा।

"मैंने वही किया जो आमिर ने सुझाया था", उसने कहा, "मैंने अपने

लोगों से बात की।"

तभी दीप्ति के अप्पा आ गए। उन्होंने मुस्कराते हुए पूछा, "क्या कहती हो सरोजिनी?"

मैंने नई ताज़ा ईंटों, चमकते नए रंग, और धुले हुए पत्थरों पर नज़र डाली। हवा की ख़ुशबू ली जिसमें अब ज़रा भी सड़ांध नहीं थी; "बहुत सुंदर!"

और यह सच में सुंदर था मिसेज नायडू। बहुत-बहुत सुंदर।

सारी ईंटें एकदम सही तरीक़े से लगाई गई थीं। हालाँकि दीवार के थोड़े से ही हिस्से पर रंग लगाया गया था लेकिन वह ऐसा लगता था जैसे दोपहर का नीला चमकदार आकाश हो।

"तुम ईंट और रंग और बाक़ी समान कहाँ से लाए?"

"थोड़े दिन पहले सामान ख़त्म हो गया था तो हमारे यहाँ से कुछ लोगों को जाकर गोदाम से सामान लाना पड़ा था", दीप्ति ने बताया, "मैंने और अप्पा ने वहाँ जाकर गोदाम के मालिक से बात की। पता चला कि वह भी आंबेडकर स्कूल से पढ़ा था और उसने कहा कि वह कुछ सामान दानकर सकता है। उसके पास कोई बड़ा गोदाम नहीं है और वह बहुत अमीर भी नहीं है कि बहुत ज़्यादा कुछ दे पता, लेकिन उसके लिए जितना संभव था उसने दे दिया।"

तभी आमिर भी वहाँ पहुँच गया और उसने साइकल खड़ी की। उसने मुझे देखा, और दीप्ति को देखा और वहाँ खड़े बच्चों की तरफ़ देखा, काम करने वाले मज़दूरों को देखा और उस मिट्टी को देखा जो कूड़े से ढंकी रहती थी। क्या चल रहा है इसके बारे में कुछ पूछे बिना ही उसने कहा, "मेरे घर पर भी कुछ रंगाई का सामान रखा है, और अम्मा ने छत पर जो बगीचा लगाया है मैं उसमें से कुछ पौधे लेकर आता हूँ।"

और वह साइकिल उठाकर चला गया।

आमिर की यही बात है। वह बस समझ जाता है और मदद करने के लिए तैयार रहता है।

तभी मैंने नज़र उठाकर देखा कि अकेला आमिर ही नहीं था जो मदद करना चाहता था। मेरी तरह मेरी कक्षा के बाक़ी बच्चे खड़े होकर ताक नहीं रहे थे।

वे कूड़ा उठा रहे थे और दीवार पर पुताई कर रहे थे और ईंटें आगे बढ़ा

रहे थे और मसाला बनाने के लिए पानी और मिट्टी को मिला रहे थे।

"अंकल, आपको काम से छुट्टी लेने के कारण परेशानी तो नहीं उठानी पड़ेगी?" मैंने दीप्ति के अप्पा से पूछा।

"हमने कल फोरमैन से बात की थी", उन्होंने कहा, "वह बहुत ख़ुश तो नहीं था, लेकिन उसने कहा कि वह हमें काम से नहीं निकालेगा। हमें सिर्फ़ एक दिन की मज़दूरी का नुकसान उठाना पड़ेगा, बस।"

"यह तो बहुत नुकसान होगा न?" मैंने पूछा।

"दीप्ति की अम्मा काम कर रही है", दीप्ति के अप्पा ने कहा, "हम उस पर गुजारा कर लेंगे। वैसे भी कुछ रोटियों से यह ज़्यादा ज़रूरी काम है, नहीं क्या?"

दीप्ति मुस्कराई लेकिन शायद वह झेंप भी रही थी, क्योंकि उसने फिर दीवार की तरफ़ मुँह फेर लिया और जल्दी-जल्दी पुताई करने लगी।

"तुम्हें गर्व होना चाहिए सरोजिनी", वह कहने लगे, "तुम्हारे कारण ही यह सब हो रहा है। मेरी बेटी मुझे यहाँ लेकर आ गई, लेकिन वह तुम ही हो जिसने यह सब शुरू किया।"

उस वक़्त मैंने रुककर सोचा कि मैं कैसा महसूस कर रही थी।

मुझे अहसाह हुआ कि मुझे गर्व तो बिल्कुल नहीं महसूस हो रहा था।

मैं तो बहुत ग़ुस्से में थी।

बहुत ग़ुस्से में।

दीप्ति के अप्पा और उन सारे मज़दूरों को एक दिन की मज़दूरी क्यों नहीं मिलनी चाहिए, जबकि वे एक ऐसा काम कर रहे हैं जो सरकार को हमारे लिए नि:शुल्क करवाकर देना चाहिए?

वे बच्चे जिन्हें दोपहर में अपना होम वर्क करना चाहिए था, वे इस वक़्त कूड़ा क्यों उठा रहे हैं?

और मोहल्ले के ऐसे दुकानदार जो शायद मेरे और दीप्ति के परिवार से थोड़ा ज़्यादा कमा लेते हैं—लेकिन बहुत अमीर नहीं हैं, उन्हें मुफ़्त सामान देना पड़ रहा है जबकि वे इस सामान को बेचकर अपने परिवार की जरूरतों को पूरा करने के लिए कुछ और पैसा कमा सकते हैं?

"माफ़ कीजिए अंकल", मैंने कहा, "मुझे कुछ काम याद आ गया।"

मिसेज नायडू, इसके बाद मैं मिस एनी की कक्षा में गई। वही एकमात्र ऐसी टीचर थीं जो अभी तक स्कूल में थीं। पहले मैंने उन्हें बताया कि स्कूल के बाहर क्या चल रहा है। फिर मैंने पूछा कि क्या मैं उनके फ़ोन का इस्तेमाल कर सकती हूँ। वे जानना चाहती थीं कि मैं किसे फ़ोन करने वाली हूँ, और जब मैंने उन्हें बताया तो उनकी आँखों में वही न्यायपूर्ण और सुंदर दुनिया वाली तरलता आ गई। उन्होंने मुझे फ़ोन दिया और कहा कि मुझे चिंता करने की ज़रूरत नहीं कि मैं कितनी देर बात कर सकती हूँ।

उन्होंने कहा कि समता उनके फ़ोन बिल में कुछ पैसों के ख़र्च होने से कहीं ज़्यादा महत्त्वपूर्ण है।

(मिसेज नायडू, मुझे यह तो नहीं पता कि इसका क्या मतलब था, लेकिन मुझे उनका ऐसा कहना अच्छा लगा।)

फिर परिसर की दीवार की तरफ़ चली गईं ताकि वह भी कुछ मदद कर सकें।

पहला फ़ोन मैंने रोहिणी ~~मैडम मिस~~ रिपोर्टर को किया। उन्होंने एक घंटी बजते ही फ़ोन उठा लिया। उनके बोलते ही मैंने कहा, "हॅलो, मैं आंबेडकर स्कूल से सरोजिनी बोल रही हूँ।"

"बोलो सरोजिनी, क्या बात है?" रोहिणी रिपोर्टर ने कहा।

"क्या आप अभी स्कूल आ सकती हैं?" मैंने पूछा, "क्योंकि हमारी कहानी अब ख़बर बन गई है।"

"रुको, रुको", रोहिणी रिपोर्टर ने कहा। फिर मैंने कुछ कागजों के फरफराने और फूँक मारकर आँखों पर से उनके बालों को उड़ाने की आवाज़ सुनी, इसक बाद उन्होंने कहा, "हाँ तो अब बताओ।"

मैं जैसे-जैसे बताती जा रही थी, वह कहती जा रही थीं, "हाँ, हाँ और फिर?" पीछे मुझे उनकी नोटबुक में उनके पेन को घसीटकर लिखने की सरसराहट सुनाई दे रही थी, कैमरा से क्लिक और व्हिज्ज के आवाज़ें, और माइक पर लोगों के बोलने की आवाज़ें आ रही थीं।

जब मेरी बात पूरी हो गई तब मैंने पूछा, "आप इस वक़्त कहाँ हैं मैम—मेरा मतलब मिस—यानी कि..."

"असल में मैं एक प्रेस कॉन्फ्रेंस में हूँ और तुम्हारे मोहल्ले के बहुत पास

में ही हूँ। मेरे साथ यहाँ और बहुत सारे रिपोर्टर भी हैं।"

"क्या वहाँ पर मिसेज रेड्डी भी हैं?" मैंने पूछा।

"असल में", रोहिणी रिपोर्टर ने कहा, "वह यहीं पर हैं।"

"तो प्लीज़ मिसेज रेड्डी और अपने रिपोर्टर दोस्तों से कहिए कि वे अगर इस वक़्त स्कूल आना चाहें तो उनका बहुत स्वागत है।"

"तुम्हारी बहुत मेहरबानी, सरोजिनी", रोहिणी रिपोर्टर ने कहा, "हम बस रास्ते में ही हैं।" मैं फ़ोन पर भी उनकी मुस्कान को महसूस कर सकती थी।

दूसरा फ़ोन मैंने अम्मा को किया।

"सरोजिनी?" अम्मा ने पूछा, "क्या हुआ?"

"अम्मा, मैं आज मैडम के घर नहीं आऊँगी।"

मैंने अम्मा को मज़दूर बस्ती के लोगों, दीप्ति और उसके अप्पा के दान में सामने लेकर आने, आमिर के घर से रंग लाने और रोहिणी रिपोर्टर के यहाँ आने तक सारी बातों के बारे में बताया और अम्मा ने बिना टोके मेरी पूरी बात को ध्यान से सुना।

"अम्मा, जब रिपोर्टर यहाँ आएँगी तब मैं उनसे बात करूँगी।"

"रिपोर्टर से बात करोगी? क्यों?"

"क्योंकि न्याय पाने के लिए मीडिया एक मज़बूत औज़ार है।"

(मैंने ऐसे कहा जैसे मैं एक नालायक जासूस हो सकती हूँ, लेकिन मैं एक बहुत अच्छी वकील हो सकती हूँ।)

"सरोजिनी, यह रिपोर्टर किसी काम के नहीं होते और..." अम्मा शुरू हो गईं।

"क्योंकि अम्मा, यह बिल्कुल ठीक नहीं है", मैंने शायद अपनी ज़िन्दगी में पहली बार अम्मा की बात को बीच में ही काटते हुए कहा", बच्चों को कूड़ा क्यों बीनना चाहिए और माँ-बाप की मज़दूरी का पैसा उन्हें क्यों नहीं मिलना चाहिए जबकि यह सारा काम सरकार की ज़िम्मेदारी है? क्यों सब लोग उनसे ही सब कुछ छीन लेना चाहते हैं जिनके पास पहले ही ज़िन्दगी शुरू करने के लिए ज़रूरत भर चीजें नहीं हैं?"

अम्मा ने गहरी उसाँस ली, "अगर मुझे यह पता होता मेरी गुड़िया तो मैं हर दिन इतना कमरतोड़ मेहनत क्यों करती।"

मिसेज नायडू, हम दोनों इसके बाद थोड़ी देर तक चुप रहे। कई बार सारी ज़िन्दगी हम किसी को नहीं समझ पाते, उसे थोड़े से शब्दों में समझ जाते हैं।

"मैं हेमा को फ़ोन करती हूँ, और तुम्हारे साथ रहने के लिए कहूँगी", अम्मा ने कहा।

"क्यों?" मैंने पूछा, "क्या आपको मुझ पर भरोसा नहीं है?"

"बिल्कुल, मैं तुझ पर भरोसा करती हूँ", अम्मा ने कहा, "और मुझे यह भी पता है कि हेमा कभी-कभी उजड्ड हो सकती है और चुभने वाली बातें कह सकती है। लेकिन तू सुरक्षित रहे इसके लिये वह कुछ भी करेगी- तेरे ही नहीं मोहल्ले के सारे बच्चों के लिए।"

"मैं अपना ध्यान ख़ुद रख सकती हूँ, अम्मा।"

"मैं जानती हूँ तू रख सकती है,लेकिन तेरे सामने ऐसी नौबत नहीं आनी चाहिए।"

फ़ोन रखने के बाद मैं मिस का फ़ोन लौटाने के लिए जा रही थी और अचानक एक साथ बहुत सारी चीज़ें हो गईं। आमिर अपनी साइकल के हैंडल और टोकरी में आसमानी रंग के डिब्बे लटकाए और जेब में ब्रश ठूँसे हुए वहाँ पहुँच गया। तभी हेमा मासी, कमला मासी और अमीना मासी भी आ गईं, हालाँकि मुझे पूरा भरोसा है कि अम्मा ने खाली हेमा मासी को ही फ़ोन किया होगा। कमला मासी ने कूड़ा उठाना शुरू कर दिया और अमीना मासी कुछ बच्चों को साथ लेकर उस जगह में पौधे लगाने में जुट गईं जहाँ पहले कूड़े के ढेर हुआ करते थे, और हेमा मासी ने आसपास लोगों पर हुकुम चलाना शुरू कर दिया, जो मेरे ख़याल से उनका मदद करने का तरीका था। तभी रोहिणी रिपोर्टर दो टीवी चैनलों और तीन अख़बारों के पत्रकारों को साथ लेकर वहाँ आ गईं।

यह तो आप समझ ही गई होंगी मिसेज नायडू, कि मिसेज रेड्डी उनके साथ नहीं थीं।

लेकिन वह तो ठीक ही था क्योंकि वहाँ और बहुत सारे लोग थे जिनसे पत्रकार बात कर सकते थे।

पहले उन्होंने मिस एनी से बात की, जिन्होंने बाल अधिकार क्लब के बारे में बताया।

फिर उन्होंने दीप्ति और उसके अप्पा से बात की।

ज़्यादातर बातों का जवाब दीप्ति ने दिया जबकि उसके अप्पा बस गर्दन हिलाकर सहमति जताते रहे या अपनी घनी मूँछों में शर्माते और मुस्कराते रहे।

इसके बाद उन्होंने हेमा मासी से बात की क्योंकि उन्होंने कहा कि उनसे बात करनी होगी, और वे ख़ूब चिल्ला-चिल्लाकर बात कर रही थीं, लेकिन अगर आप उनके शब्दों पर ध्यान देंगे तो पता चलेगा कि असल में वे बहुत समझदारी की बात कह रही थीं।

तब उन्होंने मुझसे बात की। मैंने उन्हें बताया कि कैसे हम पार्षद, प्रधानाध्यापक और बीईओ सबकी तरफ़ से उपेक्षा भरे व्यवहार के कारण निराश थे, जो असल में हमारे स्कूल को ठीक करने में हमारी मदद करने के लिए ज़िम्मेदार थे।

"तुम क्यों चाहती हो कि इसमें सरकार दखल दे?" एक पत्रकार ने मुझसे पूछा।

"हमें उनकी ज़रूरत नहीं है", मैंने कहा, "क्योंकि हम ग़रीब हैं, इसका मतलब यह नहीं है कि हम ख़ुद अपना ख़याल नहीं रख सकते।"

"तो फिर क्या यह तुम लोग ख़ुद नहीं कर सकते?" एक और रिपोर्टर ने कहा।

"बिल्कुल हम कर सकते हैं", मैंने कहा, "लेकिन हमें करने की नौबत नहीं आनी चाहिए।"

यही लाइन थी जिसे रोहिणी रिपोर्टर ने रविवार को अपनी अख़बार की रिपोर्ट में लिखा, जिसे आमिर, दीप्ति और मैंने अपनी ख़ास जगह पर मिलकर बोल-बोलकर पढ़ा।

रोहिणी रिपोर्टर ने यह भी लिखा कि जिस वक़्त यह सब चल रहा था ठीक उस वक़्त मिसेज रेड्डी एक प्रेस कॉन्फ्रेंस आयोजित कर रही थीं, जहाँ उन्होंने दीप प्रज्ज्वलित किया और किशोरी बालिकाओं के लिए एक योजना शुरू की। जब रोहिणी रिपोर्टर ने यह पूछा कि जिस वक़्त आंबेडकर स्कूल में यह सब हो रहा था उस वक़्त मिसेज रेड्डी शिक्षा के अधिकार को ध्यान में रखते हुए क्या कर रही थीं, जिसके जवाब में उन्होंने कुछ शिक्षा को समर्पित होने जैसी बात कही। लेकिन जिस तरह रोहिणी रिपोर्टर ने इसे लिखा था उससे जाहिर था कि

मिसेज रेड्डी का व्यवहार पर्याप्त मूर्खतापूर्ण था।

"मैंने नहीं सोचा था कि मैं कभी ऐसा कहूँगा, लेकिन मुझे लगता है कि हेमा मासी सही कहती हैं", आमिर ने कहा, "यह पार्षद असल में एकदम निकम्मी है।"

"कम से कम दीवार अब सामान्य दिखाई देती है", दीप्ति ने कहा, "तुझे पता है, हेमा आंटी के बेटे रोशन और मैरी आंटी के बेटे जोसफ़ ने कहा की अगर और रंग हों तो वे दीवार पर चित्र भी बना सकते हैं। वे चित्र बनाने में हैं भी बहुत अच्छे—मैंने देखा है उनको जब काम करना होता है उस समय में भी वह कार्टून बनाते रहते हैं।"

"तुमने रोशन और जोसफ़ से काम करवा लिया?" आमिर ने कहा, "वाह इसकी तो अख़बार में ख़बर बननी चाहिए।"

"बिल्कुल, पहले पन्ने पर आनी चाहिए", दीप्ति ने कहा और हम सब ख़ूब हँसे।

"तुम लोगों को लगता है कि मिसेज रेड्डी इसे पढ़ती होंगी?" मैंने अख़बार पर हाथ रखते हुए कहा।

"मुझे लगता तो है", दीप्ति ने डोसा को ज़ोर से तोड़ते हुए कहा, जो मैं घर से लेकर आई थी, "और मुझे लगता है कि इसे पढ़कर उन्हें बहुत बुरा भी लगने वाला है।"

"मुझे इस पर शक है", मैंने इनकार में गर्दन हिलाते हुए कहा।

"मैं चाहता हूँ कि ग्रीनहिल भी अख़बारों में आ जाए", आमिर ने कहा, "मैंने सुना है कि पिछली बार जब अख़बार में स्कूल की बुराई में एक लेख छप गया था तो सबके होश ठिकाने आ गए थे और तुरंत सब ठीक हो गया था।"

"उसके बारे में कोई क्या ही बुरा लिख सकता है?" मैंने पूछा, "हॉल बहुत चकाचक हैं? उपकरण बहुत नए हैं?"

"ओ हॅलो", दीप्ति ने कहा, "ये वही स्कूल है जिसने तुझे निःशुल्क सीट देने के बदले में तेरी अम्मा से घूँस माँगी थी, और तुझे उसकी बुराई में एक लेख नहीं सूझ रहा?"

"मैं रिपोर्टर से उसके बारे में बात नहीं कर सकती।"

"क्यों नहीं?" दीप्ति ने पूछा।

मैंने आमिर की तरफ़ देखा, इस उम्मीद में कि वह मदद करेगा, लेकिन ऐसा लगा कि वह भी दीप्ति से सहमत था।

"अगर इसके बारे में कोई बात ही नहीं करेगा तो स्कूल ऐसा ही करता रहेगा", आमिर ने कहा।

"अगर मैं उसके बारे में बात करती भी हूँ तो इससे आंबेडकर स्कूल को कैसे मदद मिलेगी?" मैंने पूछा।

मिसेज नायडू, मुझे पता नहीं इसके बाद में दीप्ति और आमिर ने क्या कहा क्योंकि मेरे भेजे में बहुत शोर शुरू हो गया था।

क्योंकि ठीक उसी समय मुझे यह समझ आ गया थे कि इस बारे में बात करना आंबेडकर स्कूल के लिए कैसे मदद कर सकता है।

शुभकामनाएँ
सरोजिनी

28 अगस्त, 2013

डियर मिसेज नायडू,

आपको पिछली बार लिखा था उसके एक-दो दिन बाद मैं स्कूल से विमला मैडम के घर गई। इसलिए नहीं कि जाना मेरी मजबूरी थी, बल्कि इसलिए कि मैं जाना चाहती थी।

(मुझे पता है मिसेज नायडू कि चीज़ें ज़्यादा से ज़्यादा अजीब होती चली जाती हैं।)

पता चला कि मैडम भी मुझसे मिलना चाहती थीं।

अम्मा ने दरवाज़ा खोला और बोलीं, "सीधे स्टडी में चली जा।"

"क्या मुझे डांट पड़ने वाली है?" मैंने पूछा।

"क्या तूने कुछ ग़लत किया है?"

(आपने देखा होगा मिसेज नायडू, कि यह तो कोई जवाब नहीं हुआ।)

"नहीं", मैंने कहा।

"तो फिर?" अम्मा ने कहा, "जल्दी से चली जाओ। उन्हें और भी बहुत काम हैं।"

तो मैंने अपना स्कर्ट सीधा किया, चोटी ने निकल आए बालों को ठीक किया (हालाँकि मिसेज नायडू, मैं जिनसे मिलने जा रही थी उन्हें देखते हुए इस सबकी ज़रूरत नहीं थी, फिर भी पता नहीं क्यों) और मैंने बड़े भारी से लकड़ी के दरवाज़े को खटखटाया।

अन्दर से कड़क आवाज़ आई, "आ जाओ।"

मैंने धक्का मारकर दरवाज़ा खोला, मैडम अपनी मेज के पीछे बैठी थीं,

उनका चश्मा उनके नाक के किनारे पर टिका था, भौंहें ऊपर उठी हुई थीं, और बाल काले सफ़ेद बादलों की तरह छाए थे।

जैसे ही उन्होंने मुझे देखा उन्होंने अपना चश्मा ऊपर चढ़ा लिया और भौंह को नीचे कर लिया। यह मुझे बहुत अच्छा लगा, क्योंकि कम से कम वह सहज दिखने की कोशिश कर रही थीं।

"एक बार फिर बहुत शानदार स्टोरी सरोजिनी", मैडम ने कहा। उनकी मेज पर अंग्रेज़ी का दक्षिण क्रोनिकल रखा था। उन्होंने इसे हाथ में उठाते हुए कहा, "तुमने इतने कमाल के बयान दिए हैं।"

"शुक्रिया मैडम", मैंने कहा, "लेकिन वास्तव में मैंने तो सिर्फ़ अम्मा की कही हुई बातों को दोहराया भर था।"

"इसमें कोई आश्चर्य नहीं", उन्होंने कहा, "एक बहुत होशियार औरत ही तुम्हारे जैसी होशियार बेटी की परवरिश कर सकती है।"

"जी मैडम", मैंने कहा।

"तो अब, सारी दुनिया का ध्यान तुम्हारी तरफ़ है, आगे की क्या योजना है?" उन्होंने बगल में हाथ बाँधकर अपनी कुर्सी पर पीछे टेक लगाते हुए कहा। उनका चश्मा फिर आगे को सरक आया था, हालाँकि उन्होंने उसे हाथ नहीं लगाया था।

(मेरे ख़याल से अब चश्मे को भी आदत हो गई है कि कब सरककर नाक के किनारे पर आ जाना है।)

"असल में", मैंने बहुत सतर्कता से बैठते हुए कहा, "हालाँकि हमने मीडिया को तो बहुत अच्छी तरह इस्तेमाल किया है, लेकिन न्याय अब भी हमें नहीं मिला है। या असल में, अब भी पैसा हमारे पास नहीं है।"

"न्याय, पैसा", विमला मैडम ने अपने हाथ को हवा में लहराते हुए कहा, "यह सब एक ही सिक्के के अलग-अलग पहलू हैं।"

मिसेज नायडू, मुझे नहीं पता कि इसका अर्थ क्या है। लेकिन मैंने कहा, "जी मैडम", क्योंकि मुझे ऐसा लगा कि वह मुझसे ऐसा ही जवाब चाहती हैं।

"सरोजिनी, यह एक गहरी दुविधा है", मैडम ने इस तरह की आवाज़ में कहा जो वह वकीलों और बच्चों के लिए इस्तेमाल करती हैं, "क्या तुमने

कुछ सोचा है?"

"मेरे ख़याल से, मैंने कुछ सोचा है। मैंने मिस एनी से बात की थी—वे हमारी टीचर हैं।"

"मैं मिली हूँ उससे", विमला मैडम ने सहमति में गर्दन हिलाते हुए कहा, "बहुत प्यारी महिला है, बहुत प्रतिबद्ध।"

"सही—मेरा मतलब जी मैडम। मैंने उनसे और आंगनवाड़ी वाली मिस से बात की थी, क्योंकि उनके पास आंगनवाड़ी में बहुत सारा सामान है, जैसे प्लास्टिक की कुर्सियाँ, एक स्टोव और बहुत सारी चित्र कथाओं वाली किताबें। तो, उनका कहना यह है कि राजनेता असल में पैसा नहीं देते। वे सामान्यतः सामान दे देते हैं। जैसे कि मिसेज रेड्डी से पहले जो पार्षद थे उन्होंने आंगनवाड़ी की मिस को कुर्सियाँ, स्टोव और बाक़ी सारा सामान दिया था।"

"अच्छा", मिस ने कहा।

"लेकिन मैं तो चाहती हूँ कि एक खेल का मैदान हो, और मुझे नहीं लगता कि पार्षद इतनी बड़ी चीज़ दे सकती हैं", मैंने कहा, "मेरा मतलब है, मुझे तो यह भी नहीं लगता कि वह किसी भी तरह का चंदा देने वाली हैं। और प्रधानाध्यापक अम्मा को बजट देने से रहे, इसलिए हमें यह भी नहीं पता कि स्कूल के पास कितना पैसा है। या हमें यह भी नहीं पता कि असल में स्कूल के पास पैसा है भी या नहीं।"

"तुम्हारी अम्मा ने बताया था", मैडम ने गर्दन हिलाते हुए सहमति दी।

(मुझे थोड़ा आश्चर्य हुआ, मिसेज नायडू—आपको याद होगा अम्मा जिन बातों को "हमारी समस्या" मानती हैं उनके बारे में ज़्यादातर बात नहीं करती हैं।)

"इसलिए इस सारी बातों को ध्यान में रखते हुए, ऐसा लगता है कि हमें खेल के मैदान के लिए किसी और से पैसा माँगने की ज़रूरत है।" मैंने कहा।

मैडम ने कुछ कहा नहीं, लेकिन उन्होंने अपनी दोनों हथेलियों को आपस में मिला लिया उनपर अपनी नाक को टिकाकर सहमति में गर्दन हिलाई,जैसे कोई दुष्ट होशियार रानी के कत्ल की योजना बताने से पहले करती हो।

(अब तक मुझे इस बात का यक़ीन हो चुका है कि विमला मैडम दुष्ट नहीं

हैं। लेकिन जब वह ऐसी हरकतें करती हैं तो मुझे अब भी शक होने लगता है।)

"पहले तो मुझे समझ नहीं आ रहा था कि क्या किया जाए, क्योंकि मुझे लगता था कि हमें तो सरकार से पैसा मिलना चाहिए। लेकिन फिर मुझे किसी ऐसे व्यक्ति का ख्याल आया जिससे हम पैसा माँग सकते हैं", मैंने कहा, "या असल में एक जगह है, जहाँ से माँग सकते हैं।"

मैं एक पल के लिए रुक गई, मुझे समझ नहीं आ रहा था कि मेरे मन में जो है उसे कैसे कहा जाए।

"तो?" विमला मैडम ने पूछा।

मुझे पता है मिसेज नायडू कि आप इसे यहाँ पढ़ेंगी तो यह आपको एक प्रश्न की तरह दिखाई देगा। लेकिन आप तो जानती हैं विमला मैडम को : वह प्रश्न भी आदेश की तरह पूछ सकती हैं।

इसलिए मैंने उन्हें एकदम नए विचार के बारे में बताया।

मैंने बताया कि कैसे जब मुझे बाल अधिकार क्लब में 25% आरक्षण के नियम के बारे में पता चला तो अम्मा मुझे लेकर ग्रीनहिल स्कूल में गई थीं। (मैं उन्हें यह नहीं बताना चाहती थी कि ~~मेरा पक्का दोस्त~~ मेरे दोनों पक्के दोस्तों में से एक वहाँ जाता है इसलिए मुझे बहुत मन था कि मैं भी वहाँ जा सकूँ। वैसे भी यह अपने बचाव में कोई मज़बूत तर्क भी नहीं था, है न?) और फिर मैंने उन्हें बताया कि कैसे ग्रीनहिल की सेक्रेटरी ने अम्मा से घूस माँगा।

"इसके बाद ही मैं वह पर्चा लेकर आपके पास क़ानून के बारे में समझने के लिए आई थी मैडम और आपने मुझे बहुत अच्छे से समझाया", मैंने कहा, "इसके बाद मैंने दीप्ति के साथ बात की और फिर हमने अपने स्कूल को ही सुधारने का फैसला किया।"

(मैंने उन्हें यह भी नहीं बताया कि मैं किस कदर यह चाहती थी कि अगर हम स्कूल को ठीक कर लेंगे तो ~~मेरा पक्का दोस्त~~ मेरे दोनों पक्के दोस्तों में से एक वापस हमारे स्कूल में लौट आए। क्योंकि यह भी यह अपने बचाव में कोई मज़बूत तर्क नहीं था, है न?)

मेरे पूरी बात बताने के दौरान मैडम का चश्मा नीचे सरकता जा रहा था

और उनकी भौंहें और ज़्यादा ऊपर चढ़ती जा रही थीं। अगर मैं यहाँ रुक नहीं जाती हो शायद उनकी नाक पर जगह कम पड़ सकती थी। और माथे पर जगह तो पक्का ही कम पड़ जाती।

"सरोजिनी, मैं तुमसे बहुत निराश हुई हूँ", उन्होंने कहा, "मैंने तुम्हें कितनी बार बताया है कि मैं बहुत अनुभवी मानवाधिकार वकील हूँ। इसके अलावा, मैं भारत में बाल अधिकार की सबसे प्रमुख स्वयं सेवी संस्था की संस्थापक हूँ। मैंने और मेरी संस्था ने बहुत ख़ुशी से 25% आरक्षण की सीट हासिल करने के मामले में तुम्हारी मदद की होती, जिसमें तुम्हें भ्रष्टाचार का सामना करना पड़ा।"

यह सुनकर मेरे पेट में मरोड़-सी उठी। "मैं आपको परेशान नहीं करना चाहती थी मैडम", मैंने अपने पैरों की तरफ़ झाँकते हुए कहा, "यह इतनी छोटी-सी बात थी जिसके लिए मैं आपको कैसे परेशान कर सकती हूँ।"

"छोटी-सी?" मैडम ने अपनी मेज पर हाथ पटकते हुए गुर्राकर कहा, "छोटी-सी? पूरे बंगलोर में बच्चे इसी स्थिति का सामना कर रहे हैं क्योंकि ग्रीनहिल जैसे स्कूल क़ानून की दी हुई अपनी ज़िम्मेदारी को पूरा नहीं करना चाहते। तुम्हारी तरह की हरेक घटना एक ग़लत उदाहरण पेश करती है। किसी एक मामले को मिली चुनौती इस पूरे इतिहास को बदल सकती है। तुम्हारे जैसे प्यारे और होशियार प्रतिवादी के साथ हमें ज़रूर ही अभूतपूर्व सफलता मिलती। तुम्हारा केस पूरे शहर में बच्चो की ज़िन्दगी को बदल सकता है—बल्कि पूरे देश में भी संभव है। यह छोटी-सी बात नहीं है। हरगिज़ नहीं, बल्कि यह बहुत बड़ी बात है!"

अब तो वह लगभग चिल्ला रही थीं। उस तरह नहीं जैसे मासियाँ छोटी-छोटी बातों में एक-दूसरी पर चिल्लाकर ड्रामा खड़ा कर देती हैं, या जब अम्मा मेरी सुरक्षा की फिक्र में मुझे डांटती हैं। यह इस तरह का चिल्लाना था जैसे वह काल्पनिक रिपोर्टरों से भरी एक काल्पनिक अदालत में मीडिया को न्याय के लिए एक मज़बूत उपकरण के रूप में इस्तेमाल करते हुए किसी काल्पनिक जज के सामने जिरह कर रही हों।

(मिसेज नायडू, मैं बहुत नहीं चिल्लाती। लेकिन एक दिन मैं इस तरह चिल्लाना चाहती हूँ।)

"सॉरी मैडम", मैंने कहा, "लेकिन जब पहले दिन मैं आपके साथ क़ानून समझने की कोशिश कर रही थी तब मुझे लगा कि आप यह समझाने की कोशिश कर रही हैं कि प्राइवेट स्कूल में दाख़िला लेने से ज़्यादा महत्त्वपूर्ण है कि सरकारी स्कूलों को सुधारा जाए। क्योंकि मुझे यह तो नहीं पता कि 25% कितना होगा, लेकिन ऐसा लगता है कि उनकी तुलना में बहुत कम होगा जिन्हें इसके बावजूद दाख़िला नहीं मिल सकेगा। छोटी-सी बात से मेरा मतलब ऐसा था।"

मैडम ने मुझे घूरकर देखा और मेरे पेट में और तेज़ मरोड़ उठी। ऐसा लगा जैसे बहुत देर तक वह न अपनी जगह से हिलीं और न ही उन्होंने कोई आवाज़ की। फिर अचानक फुफकारीं और कहीं दूर देखने लगीं, कहीं खोई हुई-सी वह अपनी मेज को अंगुलियों से बजाने लगीं।

"मेरे ख़याल से मैं यही समझाने की कोशिश कर रही थी", मैडम ने कहा। या असल में वह बुदबुदाईं।

वह थोड़ी देर तक ऐसे ही ताक़ती रहीं। आख़िर उन्होंने अपना गला साफ़ किया और फिर से मेरी तरफ़ देखा।

"तो, तुम्हारे दिमाग़ में क्या है सरोजिनी?"

तब मिसेज नायडू, मैंने उन्हें बताया। और जब मैंने बताया तो वह सच में मुस्कराईं।

मैं झूठ नहीं कह रही।

वह मुस्कराईं।

और उनके चेहरे में दरार नहीं पड़ी, उनके माथे में विस्फोट नहीं हुआ, और यह ब्रह्मांड टुकड़ों-टुकड़ों में बिखर नहीं गया।

(मुझे पता नहीं मिसेज नायडू,—जब एक दुष्ट होशियार मुस्कराती हैं तो क्या होता है?)

इसके बाद उन्होंने उठकर आँगन पार किया, मेरी कुर्सी के पास से गुज़रकर दरवाज़ा खोला और रसोई की तरफ़ देखकर चिल्लाईं, "सुजाता! तुम्हारी इजाज़त हो तो मैं सरोजिनी को कल सुबह अपने साथ एक शैक्षिक टूर पर ले जाऊँ। तुम स्कूल को यह बता सकती हो की वह सुबह की कक्षा में नहीं आ सकेगी क्योंकि वह एक ऐसे प्रशिक्षण में गई है जो उसके भविष्य में

वकालत के पेशे में मददगार रहने वाला है।"

(जो कि सिर्फ़ अम्मा को यह बताने का एक नायाब तरीका था कि वह मुझे हमारी योजना को अंजाम देने के लिए कल ग्रीनहिल लेकर जाने वाली हैं।)

(मिसेज नायडू, मुझे यह समझ नहीं आया कि उन्होंने इस बात को सीधे-सादे तरीक़े से क्यों नहीं कह दिया।)

वकील बनना जासूसी से ज़्यादा मज़ेदार हो सकता है मिसेज नायडू, लेकिन इसका यह मतलब नहीं कि मुझे जासूसी कहानियाँ पसंद नहीं। आपको मालूम है न जासूसी कहानियों का मेरा सबसे प्रिय हिस्सा?

रहस्य।

(घबराइए नहीं मिसेज नायडू,—कल तक आपको सब पता चल जाएगा।)

शुभकामनाएँ
सरोजिनी

29 अगस्त, 2013

डियर मिसेज नायडू,

क्या आप तैयार हैं कि मैं रहस्य से पर्दा उठा दूँ?

अब मैं जो कहानी आपको सुनने जा रही हूँ वह एक सुखांत कहानी है।

पता है क्यों?

क्योंकि यह एक सुंदर शुरुआत की तरफ़ ले जाती है।

जैसे कि यह आज़ाद भारत की नई शुरुआत हो।

उससे कहीं छोटी।

उससे कहीं अलग।

आज सुबह मैं जल्दी विमला मैडम के घर पहुँच गई ताकि ड्राईवर हमें कार में बैठा कर, एसी चलाकर सही समय पर ग्रीनहिल पहुँचा दे। मैं सोच रही थी कि जब मैं पिछली सीट पर बैठकर जाऊँ तो खिड़की से बाहर देखते हुए सबको हाथ हिला सकूँ, ताकि वे जान लें कि मैं कितनी स्टाइलिश हो गई हूँ।

लेकिन जैसा कि होता है, मैडम ने कुछ और ही सोच रखा था।

"सरोजिनी, आज तुम एक ऐसे संस्थान से न्याय माँगने जा रही हो जो तुम्हारे मकसद के प्रति असंवेदनशील रहा है", उन्होंने कहा, "यहाँ सफल होने के लिए तुम्हारी पूरी तैयारी होनी चाहिए।"

(एक वकील की सौम्य भाषा से सामान्य भाषा में उसका अनुवाद कुछ इस तरह होगा कि ग्रीनहिल के लोगों ने तुमसे बदतमीजी की है, इसलिए तैयार रहो कि अपनी बात को सही तरह से रख सको।)

(आप तो बुद्धिमान हैं मिसेज नायडू, आप शायद पहले ही समझ गई होंगी।)

ग्रीनहिल तक चलकर जाने में मुश्किल से 20 मिनट लगते हैं लेकिन बंगलोर के सुबह के ट्रेफिक में कार से जाने में हमें एक घंटा लग गया। पूरे रास्ते विमला मैडम मुझसे ऐसे सवाल पूछती रहीं जो उन्हें लगता था कि ग्रीनहिल की प्रधानाध्यापिका मुझसे पूछ सकती हैं। जब मैं जवाब देती तो वह गर्दन हिलातीं और फिर से नए सवाल पूछतीं जो कभी-कभी बहुत कठिन भी होते जा रहे थे और कभी मुझे और ज़्यादा सोचने का मौक़ा देते थे।)

वह ऐसे सवाल भी पूछतीं कि "क्या इसी बात को और सटीक शब्दों में कहा जा सकता है?"

या "तुम जो दावा कर रही हो इसके पक्ष में तुम्हारे पास सुबूत क्या है?"

या "तुम्हें क्या लगता है कि अभी जो तुमने कहा इस पर प्रधानाध्यापिका का क्या जवाब हो सकता है?"

मैं कहना चाहती हूँ कि ग्रीनहिल पहुँचने तक मेरे मन में लबालब आत्मविश्वास आ गया था। मेरा पेट एकदम सही था, यहाँ तक कि जब हमने सफ़ेद चमकदार गलियारों को पार किया, ट्रॉफियों और तस्वीरों के पास से गुजरे तब भी और जब वहाँ लगे शीशों और आइनों में मेरे हज़ारों प्रतिबिंब मेरी तरफ़ झांक रहे थे तब भी।

जब तक कि हम वहाँ के कार्यालय डेस्क पर नहीं पहुँचे।

वहाँ डेस्क पर मैंने उसी सेक्रेटरी को बैठे देखा जिसने अम्मा से घूस देने के लिए कहा था।

मुझे लगा कि मेरा आत्मविश्वास कूदकर हलक में आ गया है और मुँह से बाहर आने के लिए धकेल रहा था। ऐसा लगा कि मेरी हिम्मत जवाब देने वाली है क्योंकि मेरे पेट में फिर से मरोड़-सी उठाने लगी थी।

यह भी मजेदार बात है मिसेज नायडू, कि मुझे तो सेक्रेटरी याद थी लेकिन वह मुझे पहचान नहीं पाई थी। जब मैं चलकर उसके पास गई तो उसने कुछ नहीं कहा। इसके अलावा हो सकता है वह मुझे पहचान भी जाती अगर उसने मेरे चेहरे की तरफ़ ध्यान दिया होता, लेकिन वह तो अपनी कुर्सी से उठकर सीधे विमला मैडम के आसपास नाचने लगी थी।

"मैडम विमला राव", वह चिल्लाई, "आपको यहाँ देखकर बहुत अच्छा लग रहा है। कितना लंबा समय हो गया था आपको देखे। आपके प्यारे बच्चे कैसे हैं?"

"वे अच्छे हैं नीलोफर, शुक्रिया", विमला मैडम ने कहा, "सरोजिनी और मेरी हेड मिस्ट्रेस के साथ मुलाक़ात तय है। क्या तुम उन्हें बता दोगी कि हम आ गए हैं।"

"जी, ज़रूर मैडम", सेक्रेटरी ने कहा। हालाँकि मैडम ने अभी मेरा नाम लिया था फिर भी उसने मेरी ओर देखा तक नहीं। "प्लीज़, आइये न, प्लीज़, आइये।"

बिना किसी सवाल या व्यवधान या शर्मिंदगी के मैं और मैडम सीधे चलकर उस जगह पहुँच गए जहाँ तक जाने के लिए कुछ महीने पहले मैंने और अम्मा ने अपना पूरा ज़ोर लगा दिया था लेकिन हमें जाने नहीं दिया गया था : मेज-कुर्सियों की भूलभुलैया, और एक और पॉलिश किए काँच के दरवाज़े को पार कर हम प्रधानाध्यापिका के कमरे में पहुँच गए।

"मिसेज राव", प्रधानाध्यापिका ने कहा", वाह, क्या सुखद आश्चर्य है!"

अगर सेक्रेटरी कठोर, कर्कश और भड़कीली थी तो प्रधानाध्यापिका नर्म, मुलायम और गोलमटोल थीं। उनके छोटे घुँघराले बाल उनके गोल-मटोल दूधवाली चाय जैसे रंग के गालों के आसपास छल्ले बना रहे थे। उन्होंने वैसी ही बैंगनी-गुलाबी रंग की सूती साड़ी पहनी थी जैसा बैंगनी-गुलाबी रंग सूर्यास्त के समय आसमान का हो जाता है। विमला मैडम से हाथ मिलाने की बजाय उन्होंने उन्हें आगे बढ़कर गर्मजोशी से गले लगा लिया।

"कितना अच्छा लग रहा है आपको देखा कर", उन्होंने चहककर कहा, "बैठिए न।"

"पद्मिनी, आपसे मिलना हमेशा ही सुखद होता है।"

विमला मैडम उनकी डेस्क के सामने लगी कुर्सी पर इस इत्मिनान से बैठ गईं, जैसे वह कठोर टीक न हो, बल्कि बड़ा सा नर्म गद्‌देदार सोफा हो। उन्होंने मुझे अपने पास की कुर्सी में बैठने के लिए इशारा किया। मैंने भी कोशिश की कि मैं पीठ टिकाकर बैठ जाऊँ लेकिन मैं उड़ने के लिए तैयार मैना की तरह कुर्सी के कोने पर टिक गई।

"नीलोफर कुछ चाय का इंतज़ाम करवाओ", प्रधानाध्यापिका ने सेक्रेटरी से कहा, "बहुत शुक्रिया डियर।"

"अगर आपको ऐतराज न हो तो मैं चाहूँगी कि नीलोफर भी यहीं रहे",

मैडम ने कहा।

"ज़रूर", प्रधानाध्यापिका ने कहा। सेक्रेटरी अपनी भड़कीली अदा से मुस्कराई और थोड़ा सा काँप गई, "और यह कौन हैं?"

"यह सरोजिनी है", विमला मैडम ने कहा, "एक बहुत मेधावी नन्ही महिला जो बहुत संभावनाओं से पूर्ण है। टॉप रैंक लाती है, शानदार व्यक्तित्व है—यह एक दिन ज़रूर बेहतरीन वकील बनने वाली है। अपने स्कूल और समुदाय में यह पहले ही अपनी नेतृत्व क्षमता को साबित कर चुकी है। यह और इनकी माँ मेरे लिए परिवार की तरह है।"

मैंने सेक्रेटरी की तरफ़ देखा और एक पल के लिए उनका चेहरा काँप गया ऐसा मुझे लगा। शायद अब वह मुझे पहचान गई थी।

"अच्छा", प्रधानाध्यापिका ने मेरी तरफ़ आँखें झपकाते हुए कहा, "सरोजिनी, हम ग्रीनहिल में तुम्हारे जैसे नन्हें नेताओं को हर तरह से सहयोग करने की कोशिश करते हैं। ख़ासतौर से लड़कियों को।"

मैंने विमला मैडम की तरफ़ देखा और उन्होंने मेरी तरफ़ देखकर सहमति में सिर हिलाया। तब मैंने एक गहरी साँस ली और कहा, "दरअसल, मैडम मैं यहाँ इसीलिए आई हूँ कि मैंने कुछ महीने पहले भी आपका सहयोग लेने की कोशिश की थी।"

"ओह?" प्रधानाध्यापिका ने कहा।

"मेरी अम्मा और मैं यहाँ यह पता करने के लिए आए थे कि क्या मुझे 25% आरक्षण वाली सीट पर यहाँ प्रवेश मिल सकता है", मैंने कहा।

इस बार मेरे सामने बैठी सेक्रेटरी के चेहरे पर कुछ कौंध गया, सिर्फ़ संशय में नहीं। अब वह अच्छी तरह से मुझे पहचान गई थी।

मैंने प्रधानाध्यापिका को सारी बात बता दी, जैसा मैंने और विमला मैडम ने अभ्यास किया था—सारी नहीं तो भी लगभग सारी बातें बता दीं। मैंने उन्हें बताया कि जब मैं पिछली बार यहाँ आई तब मैं आरटीई के सारे नियम नहीं जानती थी, लेकिन अब जानती हूँ। मैंने उन्हें बताया कि मैं जानती हूँ कि अगर उनकी केजी और नर्सरी का कक्षाएँ 25% आरक्षण की सीटों को नहीं भर पाती हैं तो उनकी यह ज़िम्मेदारी है कि वे मेरे जैसे बच्चों को मना करने की बजाय स्कूल में प्रवेश दें। मैंने उन्हें बताया कि कैसे उन्होंने हमारे ऊपर ग़लत आय

प्रमाणपत्र लाने का आरोप लगाया, जो न सिर्फ़ ग़लत था बल्कि झूठ भी था।

इसके बाद मुझे सबसे मुश्किल बात कहनी थी। मैंने थूक निगला और विमला मैडम की तरफ़ देखा। और वह वही कर रही थीं मिसेज नायडू, असल में वे सारी चीज़ें। वह अपनी कुर्सी पर पीठ टिकाए बैठी थीं और सीने पर हाथों को बाँध रखा था। उनकी भौंहें उनके ललाट पर बहुत ऊँची चढ़ चुकी थीं और चश्मा नाक पर बहुत नीचे तक उतर आया था, और दुष्ट होशियार की सारी ऊर्जा के साथ उनकी निगाहें एक व्यक्ति पर टिकी हुई थीं।

सेक्रेटरी पर।

जो अब तक सफ़ेद और अजीब से नीले रंग में तब्दील हो चुकी थी और यह पता नहीं चल रहा था कि उसे चक्कर आने वाला है या वह उल्टी कर देगी।

सारे साक्ष्यों को देखते हुए, मैं इस निष्कर्ष पर पहुँची कि विमला मैडम की आँखें सेक्रेटरी को वहीं जलाकर भस्म कर दें इससे पहले यह अच्छा होगा कि मैं इस कहानी को जल्दी से पूरा कर दूँ।

"असल में", मैंने गला साफ़ करते हुए कहा, "उन्होंने हमें उस सीट के बदले में घूस देने के लिए भी कहा।"

"क्या कह रही हो?" प्रधानाध्यापिका ने अपनी पीठ सीधी करते हुए और अपने कोमल चेहरे पर एक तरह के कठोर और सख़्ती के भाव लाते हुए कहा, "लड़की, यह एक बहुत गंभीर आरोप है।"

"और एक ऐसा आरोप जिसके प्रमाण उसके पास हैं", विमला मैडम ने अपनी विमला मैडम वाली आवाज़ में कहा, जिसका जवाब देना किसी बच्चे के लिए मुश्किल होता।

लेकिन अगर आप एक प्रधानाध्यापिका हैं तो आपके लिए मुश्किल नहीं।

"मिसेज राव", प्रधानाध्यापिका ने अपनी कुर्सी में पहलू बदलते हुए और अच्छी तरह साड़ी के पल्लू को ठीक करते हुए कहा, "हमारा सकूल बंगलोर का सबसे प्रतिष्ठित शिक्षा संस्थान है। हमने अलग-अलग क्षेत्रों में नेतृत्व करने वाले लोगों की कई पीढ़ियों को शिक्षित किया है। हम जिन मूल्यों के लिए खड़े होते हैं..."

"आप तो यह बताइये कि 25% आरक्षित सीटों को भरने की दिशा में

आपकी प्रगति क्या है?" विमला मैडम ने बीच में ही टोकते हुए पूछा।

"हम अपने आप को एक अल्पसंख्यक स्कूल का दर्जा दिलाने की कागजी प्रक्रिया पूरी कर रहे हैं", प्रधानाध्यापिका ने अपनी नाक को ऊँची उठाए हुए ही कहा।

"अल्पसंख्यक स्कूल?" मैडम गुर्राईं, "किस आधार पर?"

"हम बड़ी तादाद में मुसलमान और ईसाई बच्चों को हमारे यहाँ प्रवेश देते हैं।"

"हाँ मैंने आपके न्यूज़ लेटर में देखा कि आपने इस साल बहुत थोड़े से अल्पसंख्यक बच्चों को प्रवेश दिया है", विमला मैडम ने कहा, "बहुत आसान रास्ता है न?"

"अभिभावक और पूर्व विद्यार्थी पूरी तरह हमारे इस क़दम के पक्ष में हैं", प्रधानाध्यापिका ने कहा। इसके आगे जोड़ते हुए वह बोलीं, "मिसेज राव, आप तो जानती हैं कि मैं इस क़ानून की प्रबल पक्षधर हूँ, और पूरी कोशिश करती हूँ कि जब भी मौक़ा मिले स्कॉलरशिप वाले बच्चों को यहाँ प्रवेश दे सकूँ।"

(आंशिक स्कॉलरशिप, आमिर से हुई बात को याद करते हुए मैंने अपने मन में सोचा।)

"सच तो यह है कि आरटीई में ही कई कमियाँ हैं", वह आगे बोलती गईं, "अगर हम ऐसे बच्चों को प्रवेश देते जाएँ जिनके बारे में हमें सरकार से इस बात की गारंटी न मिले कि हम जो बहुमूल्य समय और संसाधन उन पर ख़र्च करेंगे उसका भुगतान हमें हो जाएगा तो हम अपनी श्रेष्ठता के रिकॉर्ड को कायम नहीं रख पाएँगे। और अगर—यहाँ मैं ज़ोर देकर कहना चाहती हूँ कि अगर—वे जितना पैसा देने की गारंटी देते हैं उतने का भुगतान कर भी दें तो उससे हमारी पूरी लागत नहीं निकलती।"

"यह बहुत ख़राब बहाना है", विमला मैडम ने फुफकार कर कहा।

(मिसेज नायडू, यह देखकर मुझे प्रधानाध्यापिका पर तरस आया क्योंकि मुझे ऐसा लगा कि वे ख़ुद भी जो उन्हें करना पड़ता है उसे पसंद नहीं करतीं, लेकिन उनके पास कोई दूसरा उपाय नहीं है। तब मुझे याद आया कि सेक्रेटरी ने मुझे और अम्मा को कैसे देखा था, जैसे हमें कोई छूत की बीमारी हो, और सेंट औगस्टीना में दीप्ति के साथ कैसा व्यवहार हुआ था, और कैसे मैंने और

दीप्ति ने अपनी समस्या का समाधान ढूँढ़ लिया जबकि हम तो बच्चे ही हैं। जब मुझे यह सब याद आया तो मुझे उन पर तरस आना एकदम बन्द हो गया।)

तब प्रधानाध्यापिका ने मेरी तरफ़ देखा, "सरोजिनी, यही नाम है न तुम्हारा?"

"जी मैडम", मैंने कहा।

"सरोजिनी, बेटा मैं समझ सकती हूँ कि तुम्हें बुरा लगा होगा कि तुम्हें यहाँ प्रवेश नहीं मिल सका, लेकिन इसका मतलब यह नहीं कि तुम लोगों पर रिश्वत लेने के आरोप लगाते हुए घूमो।"

"माफ़ कीजिए हेड मिस्ट्रेस मैडम", मैंने कहा।

"लेकिन मैं किसी पर ऐसे ही आरोप नहीं लगा रही। यह मेरे साथ हुआ है। मैं और अम्मा दोनों इसके गवाह हैं। इसके अलावा मेरे पास यह भी है।" मैंने अपने बैग में हाथ डाला और वह काग़ज़ का टुकड़ा निकाला जिस पर सेक्रेटरी ने घूस के बारे में लिखा था। मैंने इसे इतना ऊपर उठाया ताकि वे इसे देख सकें।

(मैंने इसे उनके हाथ में नहीं दिया मिसेज नायडू, क्योंकि जासूसी उपन्यास पढ़ते हुए मैं इतना जानती थी कि यदि साक्ष्य अपराधी के हाथ में लग जाए तो वे उसे ग़ायब कर सकते हैं, इसलिए उन्हें अपने पास ही रखना चाहिए।)

"क्यों नीलोफर", प्रधानाध्यापिका ने थोड़ा ठहरकर कहा, "मैं पहचान सकती हूँ कि यह तुम्हारी ही लिखावट है।"

मैंने सेक्रेटरी की तरफ़ देखा और अब वह नीली-सफ़ेद की बजाय पूरी तरह नीली पड़ चुकी थी। इतना ही नहीं उसने दीवार का सहारा ले रखा था और उसके पैर काँप रहे थे, इसलिए जहाँ तब मुझे समझ आता है अब भी चक्कर या उल्टी आने की संभावना आधी-आधी ही थी।

"मैं इधर कुछ समय से आरटीई से जुड़ी समस्याओं को हल करने के लिए कुछ रिपोर्टरों के साथ काम कर रही हूँ", मैंने वापस उस स्क्रिप्ट की तरफ़ लौटते हुए कहा, जिसका अभ्यास मैंने और विमला मैडम ने किया था।

प्रधानाध्यापिका शांत थीं और आँखों से अंगारे उगलते हुए सेक्रेटरी की तरफ़ देख रही थीं, मुझे यह समझने में एक मिनट का समय लगा कि यह दरअसल तूफान से पहले की शांति है।

"पहले तो मैंने सोचा कि मैं यह घूस वाली बात उन्हें बताऊँ", मैंने थोड़ा

ऊँची आवाज़ में इस बात को कहा ताकि पसरे हुए सन्नाटे को तोड़ा जा सके, "मेरे ख़याल से इससे मेरी तरह प्रवेश में कठिनाई का सामना करने वाले सारे बच्चों की समस्या की तरफ़ ध्यान खींचा जा सकता था। लेकिन फिर मैंने यह महसूस किया कि मुझे दरअसल अब ग्रीनहिल में सीट नहीं चाहिए। मैं तो यह चाहती हूँ कि मेरा स्कूल—मेरा सरकारी स्कूल बेहतर ढंग से काम कर सके।"

प्रधानाध्यापिका की आँखों के भाव कुछ बदले, और उन्होंने कहा, "हाँ आगे बोलो।"

"तब मैं यह सोच रही थी कि : अगर ग्रीनहिल उदारता दिखाते हुए आंबेडकर स्कूल को एक खेल का मैदान दान में दे दे तो कैसा रहे?" मैंने एक बार वापस अपने बैग में हाथ डाला और एसडीएमसी का तैयार किया बजट वाला काग़ज़ बाहर निकाला, "इसकी लागत लगभग उतनी ही है, जितनी घूस की रकम माँगी गई थी।"

"यह तो उससे कहीं ज़्यादा है", प्रधानाध्यापिका ने बजट को देखते हुए कहा। उन्होंने एक पेन निकाला और एक काग़ज़ पर अंकों को लिखा जैसे वह यह जाँच रही हों कि कहीं जोड़ में ग़लती तो नहीं। (अम्मा तो इस तरह की गिनती मन ही मन में कर लेती हैं।)

"हाँ, हो सकता है", मैंने माना, "लेकिन निश्चय ही एक मानवाधिकार वकील जो कभी अपना केस नहीं हारती हैं, से मुक़दमा लड़ने में जो लागत आएगी उससे तो बहुत कम है।"

विमला मैडम ने एक भौंह को ऊपर उठाया और सहमति में सर हिलाया।

मिसेज नायडू, ऐसी बहुत सारी चीज़ें हैं जो मैं नहीं कर सकती।

जैसे मैं एक भौंह को ऊपर नहीं उठा सकती।

मैं चश्मे को नाक के नीचे तक नहीं उतार सकती। (इसलिए भी नहीं क्योंकि मेरे पास चश्मा है ही नहीं।)

मैं कुर्सी को चरमरा नहीं सकती।

लेकिन आपको पता है मैं क्या कर सकती हूँ?

मैं सही समय पर सही शब्द काम में ले सकती हूँ।

क्योंकि प्रधानाध्यापिका ने अपनी गिनती पूरी करने के बाद मेरी तरफ़ देखा और कहा, "इस आकार के एक दान की व्यवस्था तो की जा सकती है।

इतना ही नहीं", अपनी कुर्सी में पीछे पीठ टिकाकर पेंसिल के पिछले सिरे को अनजाने ही चबाते हुए कहा, "यह हमारे विद्यार्थियों के लिए भी एक अच्छा सबक होगा, कि वे समुदाय के प्रति ग्रीनहिल की प्रतिबद्धता को बता सकेंगे।"

"बहुत बढ़िया", विमला मैडम ने फिर मेज थपथपाते हुए कहा।

"हाँ, ज़रूर", प्रधानाध्यापिका ने कहा, "तुमने क्या बताया, तुम कौन से स्कूल में जाती हो सरोजिनी?"

"आंबेडकर राजकीय स्कूल, मैं'म", मैंने कहा।

"आह, हाँ", उन्होंने कहा, "इस साल एक बच्चा वहाँ से हमारे यहाँ आया है।"

"आमिर", मैंने कहा।

"तुम जानती हो उसे?"

"वह मेरा सबसे अच्छा दोस्त है", मैंने कहा, "मतलब मेरे सबसे अच्छे दोस्तों में से एक।" एक सेकंड रुककर मैंने कहा, "मैडम।"

"अच्छा", प्रधानाध्यापिका ने कहा, "बहुत प्यारा लड़का है। बहुत विनम्र। एकदम तुम्हारी तरह। और असल में वह अभी कुछ ही दिन पहले किसी टीचर के साथ यहाँ आया था और स्कूल नहीं जाने वाले बच्चों के लिए ट्यूशन का कार्यक्रम शुरू करने की बात कर रहा था। तुम्हें इसके बारे में कुछ पता नहीं होगा, क्यों?"

"उसने कुछ बताया तो नहीं", मैंने चुपचाप मुस्कराते हुए कहा, "लेकिन ऐसा लगता है कि वह कुछ करने वाला है।"

"हम्म", प्रधानाध्यापिका ने कहा। उन्होंने अपनी मेज पर रखे रजिस्टर में कुछ लिखा और कहा, "मैं तुम्हारे प्रधानाध्यापक को बुलाकर बात करती हूँ और सारी व्यवस्था करती हूँ। चंदे की भी और प्रेस कॉन्फ्रेंस की भी। जहाँ तक ट्यूशन कार्यक्रम की बात है, हमें देखना होगा क्या कर सकते हैं।"

"जी मैडम", मैंने कहा।

"सरोजिनी", विमला मैडम ने कहा, "मुझे यक़ीन है कि तुम अपनी मीडिया संपर्क के लोगों को ख़बर कर दोगी।"

"जी मैडम", मैंने कहा।

"और पद्मिनी, मैं उम्मीद करती हूँ कि तुम अपने स्टाफ में घूस माँगने

वालों के साथ इस मसले को सुलझा लोगी।"

मैंने एक बार फिर सेक्रेटरी की तरफ़ देखा, उसकी आँखें जाल में फंसी बिल्ली की तरह चमक रही थीं।

"आप निश्चिंत रहें मिसेज राव", प्रधानाध्यापिका ने कहा। इसके बाद उन्होंने मेरे हाथ को अपने हाथ में लेकर कहा, "सरोजिनी, मुझे बहुत दुःख है कि हमारे स्कूल में तुम्हारे साथ इस तरह का व्यवहार किया गया। यहाँ आने के लिए तुम्हारा शुक्रिया, हम मिलकर इसे ठीक कर सकते हैं।"

इसके बाद विमला मैडम ने कुछ वकीलों वाली बातें कहीं और यह भी कहा कि वे आने वाली बोर्ड मेटिंग में रहना चाहेंगी और पता नहीं क्या जो मैं नहीं सुन पाई। इसके बाद मैं और वह वहाँ से चले आए।

और काम हो गया।

मैडम ने मुझे आंबेडकर स्कूल पर छोड़ा। मैं तुरंत भागकर मिस एनी को सब बताने के लिए उतावली थी और रोहिणी रिपोर्टर को फ़ोन करने, और एसडीएमसी की बैठक बुलाने और दीप्ति और आमिर को यह बताने के लिए कि आख़िर इतनी सारी लड़ाई के बाद, नाकाम होने और फिर लड़ने और फिर नाकाम होने और फिर लड़ने के बाद आख़िर वह समय आया है जब हम नाकाम नहीं होंगे।

(गलत मत समझिएगा मिसेज नायडू, मैं जानती हूँ कि अभी और बहुत लड़ाई बाक़ी है, और बहुत बार नाकाम होना है। लेकिन लड़ना तब आसान हो जाता है जब आपके पास कुछ अनुभव ऐसे भी हों जब आप नाकाम नहीं हुए।)

जब मैं कार से निकल रही थी, विमला मैडम ने मुझसे हाथ मिलाया।

"मैं तुमसे ज़्यादा से ज़्यादा प्रभावित होती जा रही हूँ, प्यारी लड़की", उन्होंने कहा, "यह मत भूलना कि मेरा सहयोग हमेशा तुम्हारे साथ है।"

(मेरे ख़याल विमला मैडम वकील की तरह अपने निराले ढंग से सिर्फ़ यह कहना चाहती थीं कि वह हमेशा मेरी मदद करना चाहती हैं। सिर्फ़ अभी नहीं और सिर्फ़ इसलिए नहीं कि इस मामले में हम मिलकर काम कर रहे हैं।)

(मुझे पता नहीं कि वह इसे सीधे तारीके से क्यों नहीं कह सकतीं।)

"शुक्रिया मैडम", मैंने कहा।

"मेरी बात याद रखना। अभी तो बस शुरुआत हुई है।"

मिसेज नायडू, मुझे उम्मीद है कि वह सही कह रही हैं।

क्योंकि सबसे अच्छा अन्त वही होता है जो नई शुरुआत की तरफ़ ले जाए।

लेकिन मिसेज नायडू, मेरे ख़याल से यह तो मैं पहले ही से जानती हूँ। क्योंकि यह मैंने आपसे सीखा है।

शुभकामनाएँ
सरोजिनी

2 सितम्बर, 2013

डियर मिसेज नायडू,

मिसेज नायडू, मुझे यह कहते हुए बहुत ख़ुशी हो रही है कि ग्रीनहिल की सेक्रेटरी भले ही बेईमान हो, लेकिन वहाँ की प्रधानाध्यापिका नहीं हैं। उन्होंने जैसा कहा था वैसा ही करते हुए हमारे प्रधानाध्यापक को फ़ोन कर चंदे और प्रेस कॉन्फ्रेंस के आयोजन के बारे में बात की। यह भी अच्छी बात थी कि उन्होंने आज ही फ़ोन किया क्योंकि आपको तो याद ही होगा कि हमारे प्रधानाध्यापक सिर्फ़ महीने की पहली तारीख़ को स्कूल आते हैं और इस बार 1 तारीख़ को रविवार था इसलिए वह आज यानी 2 तारीख़ को स्कूल आए थे।

दीप्ति और मुझे ग्रीनहिल से आए फ़ोन के बारे में अंग्रेज़ी का पीरियड ख़त्म होने से पहले तक कुछ पता नहीं था। आज का दिन भी बाक़ी दिनों के जैसा ही लग रहा था। अंग्रेज़ी की मिस हमेशा की तरह देर से आईं और उन्होंने बोर्ड पर कुछ वाक्य लिख दिए और हमें अपनी कॉपी में नक़ल उतारने के लिए कह दिया। फिर वह अपने साथ लाई कन्नड़ भाषा की पत्रिका पढ़ने लगीं और उन्होंने हमारी तरफ़ कोई ध्यान नहीं दिया।

(आप सोचती होंगी कि वह अंग्रेज़ी की टीचर हैं तो अंग्रेज़ी की पत्रिका पढ़ती होंगी, लेकिन ऐसा नहीं है। वह सिर्फ़ उस वक़्त कन्नड़ पत्रिका नहीं पढ़ती हैं जब उन्हें कोई और काम करना होता है। ऐसे में वह बोर्ड पर अंग्रेज़ी के वाक्य नहीं लिखती हैं, बल्कि हमें भी अपनी मदद करने के लिए बुला लेती हैं।)

(एक बार हम सबने उनकी बेटी की शादी के आमंत्रण कार्ड पर पते की

चिप्पियाँ चिपकाई थीं। हालाँकि हमें उन्हें चिपकाने में पूरी दो कक्षा जितना समय लगा था, और शादी का मंडप सड़क पार करते ही था फिर भी उन्होंने हममें से किसी को भी शादी में आमंत्रित नहीं किया था।)

दीप्ति और मैं वाक्यों की नक़ल का काम मिलकर कर रहे थे। हम अपने लिखे वाक्य मिस को दिखाने के लिए बार-बार उनके पास जा रहे थे और उनसे पूछ रहे थे कि हमने ठीक लिखा है या नहीं। हम उनसे वाक्यों को पढ़कर बताने के लिए भी कह रहे थे ताकि हमें यह समझ आ जाए कि हम उनका उच्चारण भी सही करते हैं या नहीं। हालाँकि हम दोनों ही ऐसा कर रहे थे—बाक़ी किसी को ज़्यादा परवाह नहीं थी। मिस ने तब भी ध्यान नहीं दिया जब कक्षा में शोर बहुत ज़्यादा होने लगा। मुझे लगता है कि पत्रिका काफ़ी रोचक रही होगी।

तो दिन सामान्य रूप से बीत रहा था तभी रोशन और जोसफ़ ने रजनीकान्त की नई फ़िल्म से उनके मनपसंद दृश्य की नक़ल करनी शुरू कर दी।

अगर आपको पता न हो कि रजनीकान्त सुपरस्टार कौन हैं तो मैं बताती हूँ कि वह तमिल फ़िल्मों के बहुत प्रसिद्ध एक्शन हीरो हैं। वह यहाँ इस कारण बहुत प्रसिद्ध हैं क्योंकि वह बंगलोर के रहने वाले हैं और फ़िल्मों में जाने से पहले वह एक बस कंडक्टर हुआ करते थे। मेरे ख़याल से लड़के इसी कारण उन्हें बहुत पसंद करते हैं : क्योंकि उन सबको लगता है कि अगर रजनी स्टार बन सकता है तो किसी दिन वे भी बन सकते हैं। (मतलब मिसेज नायडू, आमिर के अलावा उन सबको ऐसा लगता है—वह बाक़ी लड़कों जैसा नहीं है। वह उन सबसे कहीं ज़्यादा होशियार है।)

तो, वे दोनों जब भी रजनी के किसी दृश्य की नक़ल करते हैं तब एक ही हरकत दोहराते हैं। रोशन चारों तरफ़ इस तरह कराटे करते हुए उछल-कूद करता है जैसे मैंने तो किसी फ़िल्म में नहीं देखा लेकिन जोसफ़ उसमें जिस तरह उसका साथ देता है वह एकदम सटीक असर छोड़ता है। शायद जोसफ़ को लगता है कि रोशन जो भी करता है वह एकदम सही है, चाहे वह कितना भी मूर्खतापूर्ण क्यों न हो। खासतौर से वह मूर्खतापूर्ण हो तब।

अंग्रेज़ी की मिस आसपास हो रही इस सारी उछल-कूद पर ध्यान दिए बिना अपनी पत्रिका पढ़ने में मगन थीं जब तक कि कक्षा में एकदम पीछे रखी हुई पुरानी टूटी लोहे की मेज पर कूदने का महान विचार रोशन के मन में नहीं

आया। यह मेज लगभग पिछले पाँच साल से तो वहीं रखी हुई होगी।

(आपने देखा मिसेज नायडू, आमिर की बाक़ी लड़कों से तुलना करने से मेरा क्या मतलब था?)

वह सीधा जोसफ़ के ऊपर कूदा, और जोसफ़ गिर गया और उसकी सारी किताबें सब तरफ़ बिखर गईं और बहुत ज़ोर से कुछ गिरने की आवाज़ भी हुई। शुरू में सबने सोचा कि यह रोशन या जोसफ़ में से कोई होगा लेकिन तब पता चला कि यह तो वह बेंच है जिस पर जोसफ़ के साथ कुछ और भी बच्चे बैठे थे।

(मुझे इसमें कोई आश्चर्य नहीं हुआ मिसेज नायडू, क्योंकि यह सारी बेंचें बारिश में भीग कर इतनी जर्जर और कमज़ोर हो चुकी थीं कि किसी के बैठने भर से भी टूट सकती थीं।)

जोसफ़ और सारे बच्चे ज़मीन पर गिरे और उनकी स्लेट और चॉक के टुकड़े यहाँ-वहाँ बिखर गए।

आख़िर मिस को ध्यान देना पड़ा। वह अपनी डेस्क से उठीं और अपनी लकड़ी की छड़ी हाथ में लेकर उन्होंने इससे रोशन को पीटा।

"मूर्ख लड़के, बदतमीजी करना बन्द करो!" वह चिल्लाईं।

(उन्होंने सिर्फ़ मूर्ख लड़के ही नहीं कहा था, बल्कि और भी बहुत बुरा-भला कहा था।)

इसमें कुछ भी असामान्य नहीं था, मिसेज नायडू।

जब भी कोई मिस का ध्यान बँटाता है तो वह अपनी जगह से उठती हैं, छड़ी उठाती हैं, चिल्लाती हैं और फिर भूल जाती हैं।

लेकिन तभी कुछ असामान्य बात हुई।

प्रधानाध्यापक भागते हुए कक्षा में आए।

और उनका रजनीकान्त वाला एक्शन रोशन से कहीं ज्यादा वास्तविक था।

उन्होंने किसी एक्शन हीरो की तरह लपककर कमरे को पार किया और इससे पहले कि छड़ी रोशन को दुबारा छू पाती उन्होंने मिस के हाथ को हवा

में ही रोक लिया। उन्होंने छड़ी को मिस से छीन लिया और उन पर ज़ोर से चिल्लाए, “क्या लगता है आप इस बच्चे के साथ क्या कर रही हैं?”

पूरी कक्षा में सन्नाटा पसर गया।

मेरी ज़िन्दगी में यह पहली बार होगा कि मैंने रोशन और जोसफ़ को एकदम स्थिर देखा।

“सर”, एक मिनट के बाद मिस ने कहा, “वह कक्षा में उधम मचा रहा था, और मैं...”

“बच्चों को पीटना गैर कानूनी है”, प्रधानाध्यापक गुर्राए। वह पीछे हट गए लेकिन उन्होंने छड़ी अपने पास ही रख ली। जब वह बोल रहे थे तब उन्होंने इसे मजबूती से पकड़ रखा था और मुझे ऐसा लगा कि अगर ज़रूरत पड़ी तो वह इसे अपनी सुपर स्टार वाली फ़िल्म को करने के लिए इस्तेमाल कर सकते हैं।

“लेकिन सर”, मिस ने घबराहट के साथ मुस्कराते हुए कहा, “अगर हम छड़ी का इस्तेमाल नहीं करेंगे तो विद्यार्थी हमारा सम्मान नहीं करेंगे।”

“उनका सम्मान कमाइए”, प्रधानाध्यापक ने कहा। उन्होंने बोर्ड पर लिखे वाक्यों को देखा और मेरी स्लेट उठा ली।

उन्होंने लगभग स्लेट को वापस डेस्क पर पटक दिया।

उनके सामने यह साबित कीशिये कि आपको अपने काम से कोई लगाव है।

“और अगर वे बदतमीजी करें तो?” मिस ने पूछा। वह लगातार मुस्करा रहीं थीं ताकि प्रधानाध्यापक को यह लगे कि वह मज़ाक कर रही हैं लेकिन हम सब जानते थे कि ऐसा नहीं था।

“एक सकारात्मक अनुशासन होता है, आपने ज़रूर अपने बी.एड. में इसके बारे में पढ़ा होगा। नहीं तो इस बारे में आप और दूसरे शिक्षकों के लिए अगले महीने से प्रशिक्षण आयोजित किया जाएगा”, प्रधानाध्यापक ने कहा, “तब आप लोगों को कई नई बातें जानने को मिलेंगी।”

दीप्ति और मैंने एक-दूसरे को देखा। दीप्ति का मुँह खुला का खुला रह गया था और मेरे ख़याल से मेरा भी रह गया होगा। मिसेज नायडू, आप जानती हैं ऐसा क्यों हुआ होगा?

शारीरिक दंड को लेकर प्रशिक्षण हमारी स्कूल सुधार योजना का हिस्सा था!

"तब तक", प्रधानाध्यापक ने उनके पास झुकते हुए गुर्राकर कहा, "मेरी सलाह है कि बच्चों को वास्तविक शिक्षण गतिविधियों में व्यस्त रखिए।"

दीप्ति एकदम लाल हो गई थी और उसने अपना मुँह छुपाकर नज़रें मेरी स्लेट पर गड़ा लीं ताकि मैं उसकी तरफ़ देखकर कहीं हँसना ही शुरू न कर दूँ।

"दीप्ति और सरोजिनी", प्रधानाध्यापक ने ज़ोर से कहा, "तुम दोनों मुझसे मेरे दफ्तर में मिलो, अभी।"

याद है, मैंने कहा था कि प्रधानाध्यापक खलनायक के सहयोगी जैसे लगते हैं? मिसेज नायडू, अब वह ऐसे नहीं लग रहे थे।

अब वह किसी सुपर स्टार जैसे लग रहे थे।

या दुष्ट होशियार जैसे।

कैसे लग रहे थे बताना मुश्किल है।

स्कूल में हमारी कक्षा से प्रधानाध्यापक के दफ्तर तक जाना कभी इतना लंबा नहीं लगा। मुझे लगा कि दीप्ति भी घबरा रही थी क्योंकि उसने मेरा हाथ बहुत कसकर पकड़ा हुआ था। मेरी अंगुलियाँ उसके हाथ में भिंच रही थीं। वह मेरा हाथ छोड़ नहीं रही थी।

आख़िर हम प्रधानाध्यापक के दफ्तर में पहुँच गए। ऐसा लग रहा था जैसे हमें वहाँ पहुँचने में घंटों लग गए हों (हालाँकि हमें इसमें मुश्किल से एक मिनट लगा होगा।) वह पीछे मुड़े, अपने हाथों को बांध लिया और आँखों को सिकोड़ लिया।

"मेरे पास ग्रीनहिल की प्रधानाध्यापिका का फ़ोन आया था", उन्होंने कहा।

"और?" दीप्ति ने पूछा।

मैंने उसे कोहनी मारी, लेकिन प्रधानाध्यापक का उस पर ध्यान नहीं गया।

"उन्होंने कहा कि वह स्कूल को एक खेल का मैदान देना चाहती हैं", प्रधानाध्यापक ने कहा, "उन्होंने एक प्रेस कॉन्फ्रेंस का भी नाम लिया?"

तब दीप्ति ने मुझे कोहनी मारी। ज़ोर से। मैंने मुड़कर उसकी तरफ़ देखा और उसने अपनी गर्दन हिलाई और भौंह उठाई, जिससे दीप्ति का आशय था,

"वकील की तरह बात करना।"

मैंने सांस गटककर अपनी पतली चिंचियाती बिना वकील की सी आवाज़ में कहा, "सर, यह स्कूल सुधार योजना में एक काम है। मैंने वहाँ मिलकर एसडीएमसी की की तरफ़ से चंदे का अनुरोध किया था।"

सर ने गर्दन हिलाई लेकिन कुछ कहा नहीं।

"आपने कहा था कि आपको परेशान न करें..." मैंने कहा, जबकि मेरी आवाज़ काँप रही थी।

"आपको प्रेस कॉन्फ्रेंस में पूरा श्रेय दिया जाएग", दीप्ति ने कहा, "चिंता मत कीजिए सरोजिनी चंदे वाले पक्ष पर काम कर रही है, प्रेस को मैं संभाल रही हूँ।"

"क्या यह ठीक कह रही है?" सर ने पूछा।

मिसेज नायडू, मैं पक्का तो नहीं कह सकती लेकिन मुझे ऐसा लगा कि वह लगभग मुस्कराए।

"हाँ, क्योंकि मैं यहाँ कुछ रिपोर्टरों को जानती हूँ", दीप्ति ने कहा, जैसी वह कोई बारह साल की लड़की न हो बल्कि कोई स्थानीय नेता हो।

तब प्रधानाध्यापक असल में हँस पड़े। लेकिन यह कुटिल हँसी नहीं थी। यह दयालु हँसी थी। और एक पल के लिए मुझे ऐसा लगा कि मैं किसी ऐसे व्यक्ति का चेहरा देख रही हूँ जो कभी अपने विद्यार्थियों को अपना बच्चा मानते रहे हों।

"तेरह तारीख़ तय कर लो", प्रधानाध्यापक ने कहा, "मेरी पत्नी कहती है कि यह इस तरह के कामों के लिए शुभ दिन है। और अपने में से किसी की अम्मा से ज़रूर बात कर लो। वे जानती हैं कि हमें दीप प्रज्ज्वलित करने के लिए क्या-क्या सामग्री की ज़रूरत होगी।"

"जी सर", दीप्ति ने मुस्कराते हुए कहा।

हम दोनों एक सेकंड के लिए उन्हें देखते हुए वहीं खड़े रहे। तब, अचानक जैसे उन्हें होश आया कि वह कहाँ खड़े हैं। उन्होंने अपनी मुस्कान को गुर्राने में बदलकर कहा, "अब भागो, अपनी क्लास में जाओ।"

"जी सर", हम दोनों ने एक साथ कहा।

दफ्तर से निकलते ही हम दोनों उछल-कूद और मस्ती करने लगे।

"क्लास!" वह पीछे से चिल्लाए। फिर उन्होंने गलियारे में अपना सर

निकालते हुए छड़ी घुमाकर इशारा किया।

"जी सर", हमने कहा और हम हँसते हुए दौड़कर कक्षा में पहुँच गए।

जब हम अंग्रेज़ी की कक्षा में पहुंचे तो सब शांत बैठकर अपना काम कर रहे थे। यहाँ तक कि रोशन और जोसफ़ भी।

बोर्ड पर अब भी वही वाक्य लिखे थे, लेकिन मिस ने किताबों की अलमारी खोल ली थी और कुछ कार्य-पुस्तिकाएँ निकाल रही थीं जो जानकी मैडम पहले वाली टीचर के लिए लेकर आई थीं।

दीप्ति और मैं अपनी-अपनी जगह पहुँच गए और हमने अपनी स्लेट निकाल ली। लेकिन आख़िर में हम दोनों को कमरे के दो अलग-अलग छोर पर बैठा दिया गया क्योंकि हम दोनों एक-दूसरी को देखे और हँसे बिना रह ही नहीं पा रहे थे।

मिसेज नायडू, आपके बारे में जो किताब है न उसमें एक फ्रेंच कहावत है, जिसका मतलब है "सब अपना भाग्य साथ लेकर आते हैं"। मेरे ख़याल से इसका आशय यही है कि सब लिखा हुआ होता है।

किताब में यह बताया गया है कि आपको यह कहावत बिल्कुल पसंद नहीं थी। इसलिए आपने वही किया जो लेखक करते हैं—सही शब्दों को खोजना। आपको वे शब्द कविताओं में मिले, आपने उन्हें पत्रों में लिखना शुरू किया।

आपने जिन शब्दों को खोजा मिसेज नायडू, वे इस प्रकार थे—'सबके पास उसका संभव अनंत विस्तार है।'

स्कूल से छुट्टी के समय घर जाने से पहले मैंने मिस एनी से 'अनंत विस्तार' का मतलब पूछा और उन्होंने बताया इसका मतलब है कुछ ऐसा जो कभी ख़त्म नहीं होता।

आज मेरा मन कुछ ऐसा ही महसूस कर रहा है मिसेज नायडू। जैसे यह हमेशा-हमेशा चलता रहेगा।

मुझे लग रहा है शायद मेरे दिल का विकास हो रहा है।

शुभकामनाएँ
सरोजिनी

13 सितम्बर, 2013

डियर मिसेज नायडू,

आज मैं पहली बार प्रेस कॉन्फ्रेंस में गई। मेरे ख़याल से आपने बहुत सारी प्रेस कॉन्फ्रेंस की होंगी मिसेज नायडू, लेकिन किसी कारण से आपकी मृत्यु के बाद चीज़ें बादल गई हों आप भूल गई हों कि वे कैसी होती हैं तो मैं आपको बताती हूँ कि वहाँ क्या हुआ।

हालाँकि आज एक नहीं तेरह तारीख़ थी फिर भी प्रधानाध्यापक स्कूल आए थे। वह फूल और एक पीतल का दीपका भी साथ लाये थे, उनका कहना था कि यह उनके पिताजी के समय का था। यहाँ तक कि उन्होंने कक्षा में झाड़ू लगाने और उसे साफ करने में भी हमारी मदद की, जैसे जानकी मैडम अपने रिटायरमेंट से पहले करती थीं।

दोपहर की छुट्टी से पहले एसडीएमसी के सदस्य आ गए, और उसी समय ग्रीनहिल की प्रधानाध्यापिका भी आ गईं। उनके साथ तस्मियाह मासी, आमिर और ग्रीनहिल के कुछ और बच्चे भी आए।

जब विमला मैडम ने ग्रीनहिल की प्रधानाध्यापिका का अभिवादन किया तब मैंने सुना कि छमक-छल्लो सेक्रेटरी ने स्कूल से इस्तीफा दे दिया है। मैंने इस पर कुछ नहीं कहा।

जब हमारे प्रधानाध्यापक ने अम्मा को देखा तो अपने बैग से एक फोल्डर निकाला। इसे खोलकर अम्मा के साथ पन्ने पलटते हुए उन्होंने कहा, "यह स्कूल का बजट है। और यहाँ मैंने अपनी तरफ़ से कुछ नोट्स स्कूल की जरूरतों के बारे में बनाए हैं। अपनी एसडीएमसी से बात करके देखिये हम क्या कर सकते हैं।"

अम्मा ने सहमति में सर हिलाते हुए कागज़ पर ऊपर से नीचे तक हाथ चलाया। मैं उनके दिमाग में संख्याओं का जोड़ना-घटाना और उनका भाग देना देख सकती थी। हमने एनी मिस की कक्षा को फर्रियों से सजाया जिन्हें हेमा मासी पिछले सप्ताह कृष्ण जन्माष्टमी के बाद लेकर आई थीं। निमीषा मासी ने प्रज्ज्वलित करने के लिए दीपक को लगाया और उसके आसपास ज़मीन पर आंगनवाड़ी वाली मिस ने नारंगी चॉक से रंगोली बनाई। दीप्ति के अप्पा ने दीपक में तेल डाला और कमला मासी ने बातियाँ लगाईं। हेमा मासी और अमीना मासी ने आंबेडकर स्कूल की सारी लड़कियों के बालों में नारंगी और सफ़ेद चमेली की फूलों की वेणियां लगाईं। इससे हम सबमें से मंदिर के जैसी भीनी ख़ुशबू आने लगी।

आंबेडकर स्कूल वालों में से किसी ने किसी ग्रीनहिल वाले से बात नहीं की और किसी ग्रीनहिल वाले ने अम्बेडकर वालों से बात नहीं की। सिवाय आमिर के जो है तो ग्रीनहिल से लेकिन उसने सिर्फ़ आंबेडकर स्कूल वालों से बात की।

तब आंबेडकर और ग्रीनहिल स्कूल के कुछ बच्चों के माता-पिता और कुछ पत्रकार भी आ गए।

जब बाक़ी सब लोग बैठने की जगह ढूँढ़ रहे थे और कैमरा लगा रहे थे, रोहिणी रिपोर्टर ने आकर मुझे और दीप्ति को गले से लगा लिया, जो रिपोर्टर जैसी हरकत तो नहीं थी, लेकिन रोहिणी जैसी थी। मैंने देखा कि ग्रीनहिल की प्रधानाध्यापिका हमें देख रही थीं, लेकिन उन्होंने कुछ कहा नहीं।

इसके बाद ग्रीनहिल की प्रधानाध्यापिका ने आमिर और ग्रीनहिल के दूसरे बच्चों को अपने साथ कतार में खड़े होने के लिए कहा। दीये में पाँच बातियाँ थीं दोनों प्रधानाध्यापकों ने एक-एक बाती को जलाया, एक मिस एनी ने और एक अम्मा ने जलाई। ग्रीनहिल की प्रधानाध्याशिका ने विमला मैडम को एक बाती जलाने के लिए कहा, लेकिन उन्होंने दियासलाई मेरे और दीप्ति के हाथ में दे दी, तो हमने इसे जलाया।

मैंने दोनों प्रधानाध्यापकों को देखा वे हमें ही देख रहे थे, लेकिन किसी ने कुछ कहा नहीं।

इसके बाद ग्रीनहिल की प्रधानाध्यापिका ने अपनी नर्म-मुलायम आवाज़ में

सबको संबोधित किया। उन्होंने यह बताया कि कैसे उनका बोर्ड और फ़ैकल्टी सभी बच्चों, चाहे वे किसी भी आर्थिक पृष्ठभूमि से क्यों न हों, उन्हें उनकी संभावना के विकास में मदद के लिए प्रतिबद्ध हैं। आज खेल के मैदान के बहाने एक नई पहल करना उनके लिए बहुत सौभाग्य की बात है। वह अपनी बात कहने के दौरान बार-बार अपनी बैंगनी सिल्क की साड़ी के पल्लू को संभाल रही थीं जो वहाँ आए किसी भी व्यक्ति के पहने कपड़ों से कहीं अधिक महंगी थी। फिर भी हो सकता है कि वह अगले एक या दो साल में इसे अपनी किसी घरेलू सहायिका को दे दें।

इसके बाद हमारे प्रधानाध्यापक और विमला मैडम भी बोलीं, लेकिन उन्होंने ग्रीनहिल की प्रधानाध्यापिका जितना समय नहीं लिया।

मैडम इस बात से थोड़ी सी झुंझलाई सी नज़र आ रही थीं कि जैसे कि वह यह चाहती हों कि उनकी बजाय एनी मिस, मैं या दीप्ति मंच से अपनी बात कहें, लेकिन ख़ुशकिस्मती से हम बचे रहे।

इसके बाद रिपोर्टरों ने प्रश्न पूछे। समान्यतः मुझे ऐसे में घबराहट होने लगती हैं लेकिन जब भी मुझे ऐसा लगा मैंने रोहिणी रिपोर्टर की तरफ़ देखा और वे मुस्कराकर गर्दन हिलाते हुए अपने बालों को फूँक मरतीं, जिससे उनके लंबे प्लास्टिक के झुमके उनके गाल और गर्दन पर हिलने लगते और मुझे राहत महसूस होती।

जैसे ही सवालों का सिलसिला ख़त्म हुआ, पेन से कागज़ पर लिखने की सरसराहट, फुसफुसाने और कैमरा के चमकते हुए फ्लेश शांत हुए तभी बाहर कुछ ठक-ठक-ठक और छन-छन-छन की आवाज़ें आने लगीं। आंबेडकर स्कूल के कुछ विद्यार्थी भागकर दरवाज़े तक पहुँच गए, और रोशन चिल्लाया, "देखो कौन आया!"

आप सोच सकती हैं मिसेज नायडू, यह कौन हो सकता है?

मैं आपको कुछ सुराग देती हूँ :

1. उन्होंने इतना सोना पहना था जितने में नारियल के झुरमुट में सब घरों पर छत बन सकती थी।
2. वह अपने फ़ोन में देखे जा रही थीं।
3. उनके नाखून बाघ के पंजे जितने लंबे थे।

अब तक के विवरण से आप इस निष्कर्ष पर पहुँच गई होंगी कि यह स्थानीय पार्षद मिसेज रेड्डी थीं।

हालाँकि वह स्कूल से बस कुछ ही दूरी पर रहती थीं लेकिन वह पैदल नहीं चल रही थीं।

और अकेली भी नहीं थीं।

वह रिक्शा पर आई थीं।

असल में वह तीन रिक्शे में आई थीं। एक में वह ख़ुद बैठी थीं और दो उनके पीछे जुड़े हुए थे, जिनके कारण ठक-ठक-ठक की आवाज़ आ रही थी।

दूसरे रिक्शा में पानी के लिए प्यूरीफायर लदे हुए थे, जिनके ठक-ठक-ठक की आवाज़ आ रही थी।

तीसरे रिक्शा पर तीन एकदम नए शौचालय थे, जिनके बारे में कुछ समझ नहीं आया।

और हालाँकि प्रेस कॉन्फ्रेंस ख़त्म हो चुकी थी, किसी ने मिसेज रेड्डी को आमंत्रित भी नहीं किया था, किसी ने शौचालयों की मांग भी नहीं की थी, दीप पूरी तरह प्रज्ज्वलित किए जा चुके थे और सारी तस्वीरें ली जा चुकी थीं लेकिन मिसेज रेड्डी ने कैमरा में देखकर इस तरह भाषण देना शुरू कर दिया जैसे कि यह शुरू से ही कार्यक्रम का हिस्सा रही हों।

शायद इसलिए ही वह इस वक़्त नाइटी में नहीं बल्कि साड़ी पहनकर आई थीं।

"मैं ग्रीनहिल स्कूल के सभी उदार लोगों की शुक्रगुजार हूँ कि उन्होंने हमारे इस छोटे से स्कूल को मदद करने का निर्णय किया", मिसेज रेड्डी अंग्रेज़ी में बोलीं, जबकि बाक़ी सभी लोग कन्नड़ में अपनी बात कह रहे थे। कोई उनके पीछे से आया (यह संभवतः उनके साथ रिक्शा में था—शायद शौचलय के नीचे) और उनके हाथ में एक फूलों की माला थमाई। उन्होंने इसे बढ़कर ग्रीनहिल की प्रधानाध्यापिका के गले में डाल दिया।

मेरे ख़याल से प्रधानाध्यापिका भी असमंजस में थीं लेकिन उनकी आँखें गोल और कोमल बनी रहीं और उनके चेहरे पर गड्ढेवाली मुस्कान बनी रही।

"अपनी सीमित सामर्थ्य में मैं भी कुछ सहयोग करना चाहती हूँ", मिसेज रेड्डी ने अपनी बाँहों को एक तरफ़ फैलाया जिससे उनकी साड़ी का पल्लू

किसी तितली की तरह फरफराया। "इसलिए मैं प्रत्येक कक्षा के लिए एक पानी प्यूरीफायर और कुछ शौचालय भेंट करना चाहती हूँ।"

(आपने देखा होगा मिसेज नायडू, कि इन सामानों की हमने माँग नहीं की थी।)

"आज दोपहर में बिजली से संचालित प्यूरीफायर लगा दिए जाएँगे ताकि बच्चों को पीने का पानी मिल सके", मिसेज रेड्डी ने अपना सर हिलाते और दांत भींचते हुए कहा, "बेचारे बच्चे बहुत समय तक इसके अभाव में रहे हैं। जहाँ तक शौचालय की बात है, मैं इन्हें लगाने के लिए बीईओ के साथ संपर्क में हूँ।"

इसके बाद मिसेज रेड्डी ने अपने हाथ में एक मिनी प्यूरीफायर उठाया और बड़ी सी मुस्कान चेहरे पर चिपकाकर पोज दिया। कैमरों के फ़्लैश चमके।

"इनसे काम कराने के लिए इतना सा करने की ज़रूरत थी", हेमा मासी ने कहा, "एक प्रेस कॉन्फ्रेंस?"

"यह बात मीडिया की नहीं है", अम्मा ने कहा, "इसके पीछे कुछ और भी ताक़तवर कारण है।"

"अमीर लोग?" हेमा मासी ने कहा।

अम्मा ने गर्दन हिलाई और कहा, "शर्मिंदगी।"

"पिच्च", हेमा मासी ने कहा, "देखो तो इस औरत को। इसे कोई लाज शर्म नहीं है।"

"मुझे पता नहीं", सुजाता आंटी शायद ठीक ही कह रही हैं।

हमने सबने देखा मिसेज रेड्डी प्यूरीफायर के साथ फ़ोटो खिंचा रही थीं, जो बिजली से चलते हैं, और बिजली दिन में एक बार कभी आती है, और शौचालयों के साथ जिन्हें लगाने के लिए हमारे पास कोई पैसा नहीं था।

"तो वह शौचालय दान करना चाहती हैं, लेकिन मेरे ट्यूशन वाले कार्यक्रम को कोई सहयोग नहीं करना चाहता?"

आमिर ने कहा, "छि:।"

"एकदम छि:", मैंने सहमति में कहा।

"किसे परवाह है", दीप्ति ने कहा, "कौन जाने अब शायद हमारे पास

पीने का पानी हो। हो सकता है कि हम शौचालयों का भी उपयोग कर सकें। उन्हें अपने फ़ोटो खिंचा लेने दो।"

वह मेरे ख़याल से बहुत उदार था, लेकिन तभी दीप्ति रिपोर्टरों पर चिल्लाई, "ओए! अब बहुत हो गया।"

अन्त में विमला मैडम ने मिस एनी को कहा कि वह अपनी बात कहें। शुरू में मिस बोलते हुए झिझक रही थीं लेकिन धीरे-धीरे उनकी न्यायपूर्ण और सुंदर दुनिया वाली आवाज़ में ठहराव आता गया।

"मैं आप सबका आभार व्यक्त करती हूँ कि हमारे स्कूल को सहयोग करने में आप सब आगे आए", उन्होंने कहा, "लेकिन सबसे ज्यादा मैं अपने विद्यार्थियों की शुक्रगुजार हूँ क्योंकि वे ही इन सारे सुंदर विचारों के साथ हमारे सामने आए। उन्होंने कानून को ख़ुद समझने की ज़िम्मेदारी को अपने हाथों में लिया और इन सारे प्रयासों का नेतृत्व किया। मैं समुदाय की उन माताओं की शुक्रगुजार जो मेरे अब तक के अनुभव में शामिल सबसे होनहार, समझदार और साहसी महिलाएं हैं। मैं आप सभी को करीब से जानकर बहुत उपकृत महसूस करती हूँ कि मैं इस समुदाय का हिस्सा बन सकी। और मुझे बहुत-बहुत गर्व है।"

और तब मिस एनी की आवाज़ थरथराने लगी, और उन्होंने अपनी आँखों को पोंछा। सामान्यत: मिस एनी की बातें मुझे इस तरह प्रभावित नहीं करतीं। लेकिन आज, मेरी आँखों में भी आँसू आ गए।

(मेरे ख़याल से मैंने देखा कि दीप्ति भी अपनी आँखें पोंछ रही थी, मिसेज नायडू। लेकिन मैं इस बात को ऑन रिकॉर्ड नहीं कह सकती।)

"बाल अधिकार क्लब के बच्चों, क्या आप सब मंच पर आएँगे?" मिस ने कहा।

मैं आगे की तरफ़ जाने लगी तब दीप्ति ने आमिर की कलाई पकड़कर कहा, "चलो।"

"लेकिन मैं तो क्लब में नहीं हूँ", आमिर ने कहा।

"तुम हमारे क्लब में हो", दीप्ति ने कहा।

तब मैंने आमिर का दायाँ हाथ पकड़ा और दीप्ति ने उसका बायाँ हाथ

पकड़ा और हम तीनों फ्लेश चमकाते कैमरों के सामने खड़े थे। रोहिणी रिपोर्टर आगे झुकी और दीप्ति से कहा, "तुम ठीक कहती थीं।"

"मैं कैसे?" दीप्ति ने पूछा।

"यह कमाल की कहानी है", उन्होंने कहा।

मैंने कमरे में मौजूद सारी मासियों और दीप्ति के अप्पा और विमला मैडम और दीप्ति और मिस एनी और अम्मा और यहाँ तक कि मिसेज रेड्डी और प्रधानाध्यापक को भी देखा। मैं बाहर उस मैदान की तरफ़ देख रही थी जहाँ हमारा खेल का मैदान तैयार होने वाला था, और पानी के प्यूरीफायर और शौचालयों को लादे खड़े रिक्शों को देखा। मैंने अभि की ओर देखा जो तालियाँ बजाते हुए ऊपर-नीचे उछल-कूदकर रहा था, हालाँकि उसे समझ नहीं आ रहा था कि हो क्या रहा है। मैं यह सोच रही थी कि कैसे कुछ ही सालों में वह एक ऐसे स्कूल में जाएगा जहाँ खूब सारी ट्राफियाँ सजी होंगी और कोई टीचर बच्चों पर हाथ नहीं उठाते होंगे।

सबसे ज्यादा मैं इस बारे में सोच रही थी कि मैं सारे रिपोर्टरों के सामने अपने पक्के दोस्त दो पक्के दोस्तों का हाथ थामे खड़ी थी।

मिसेज नायडू, आप जानती हैं यह कैसा एहसास है?

यह इस धरती को भूल जाने का सा अहसास है।

यह आसमान को हिला देने का सा अहसास है।

शुभकामनाएँ
सरोजिनी

मिसेज सरोजिनी नायडू

जिस किताब को सरोजिनी पढ़ रही है, दरअसल ऐसी कोई किताब है ही नहीं। संयोग से सरोजिनी नायडू के कवि, यायावर, स्वाधीनता सेनानी और नारीवादी रूपों का परिचय उसी तरह हो सकता है, जैसे मेरा हुआ—ख़ुद उनके लिखे को पढ़कर।

मिसेज नायडू को सबसे ज़्यादा उनकी कविताओं के लिए जाना जाता है। उनके कई कविता संग्रह प्रकाशित हैं, जैसे—*गोल्डन थ्रेसहोल्ड, द बर्ड ऑफ़ टाइम* और द *ब्रोकन विंग* आदि। मिसेज नायडू के निधन के बाद उनकी बेटी ने उनकी उस वक़्त तक अप्रकाशित कविताओं का एक संकलन प्रकाशित कराया : द फेदर *ऑफ़* द डॉन।

हालाँकि मिसेज नायडू ख़ुद को मुख्यत: कवि मानती थीं, वह एक बहुत प्रखर वक्ता भी थीं।

उनके भाषणों को आप सरोजिनी नायडू *सेलेक्टेड पोएट्री एंड प्रोज़* में पढ़ सकते हैं, जिसका सम्पादन मकरंद परांजपे ने किया है। और *आइडियाज़ ऑफ़ अ नेशन (वड्‌र्स ऑफ़ फ्रीडम)* पेंग्विन समूह से प्रकाशित है।

और अन्त में सरोजिनी की ही तरह मिसेज नायडू को भी पत्र लिखना बहुत पसंद था। उनके लिखे कुछ पत्रों को *महात्मा गांधी एंड अ यंग पोएटेस* में पढ़ सकते हैं, जिनका संकलन ई. एस. रेड्डी और सम्पादन मृणालिनी साराभाई ने किया है। *सरोजिनी नायडू : सेलेक्टेड लेटर्स 1890* टू *1940* का सम्पादन मकरंद परांजपे ने किया है।

मातंगी सुब्रमण्यन लेखक, शिक्षाविद और सामाजिक कार्यकर्ता हैं। वह इस बात में यकीन रखती हैं कि कहानियों में दुनिया बदलने ताक़त होती है। वह अमेरिका में एक सरकारी स्कूल में अध्यापिका रही हैं, सेस्मे वर्कशॉप में सह-उपाध्यक्ष और न्यूयार्क सिटी काउंसिल में वरिष्ठ नीति विश्लेषक रही हैं। वह फुलब्राइट नेहरू फ़ेलोशिप, टीचर्स कॉलेज ऑफ़िस ऑफ़ पॉलिसी रिसर्च फ़ेलोशिप और जैकब जेविस्ट फ़ेलोशिप प्राप्त कर चुकी हैं। उनका कथेतर लेखन द हिन्दू के रविवारीय परिशिष्ट, क्वाट्र्ज़, अल जज़ीरा अमेरिका, फैमिनिस्टिंग और सील प्रेस से प्रकाशित संकलन 'क्लिक' आदि में प्रकाशित होता रहा है। उनकी कहानियाँ स्किपिंग स्टोन्स और द हिन्दू की पत्रिका यंग वर्ल्ड में प्रकाशित हो चुकी हैं। 'डियर मिसेज नायडू' उनका पहला उपन्यास है।